Qiu Huadong
Collection

邱华栋文集

长篇小说

夏天的禁忌

邱华栋 著

江苏凤凰文艺出版社
JIANGSU PHOENIX LITERATURE AND ART PUBLISHING, LTD

图书在版编目（CIP）数据

夏天的禁忌 / 邱华栋著 . -- 南京 : 江苏凤凰文艺出版社 , 2018.6
（邱华栋文集）
ISBN 978-7-5594-0533-3

Ⅰ . ①夏… Ⅱ . ①邱… Ⅲ . ①长篇小说 - 中国 - 当代
Ⅳ . ① I247.5

中国版本图书馆 CIP 数据核字 (2017) 第 127260 号

书　　名	夏天的禁忌
著　　者	邱华栋
责任编辑	黄孝阳　王　青
出版发行	江苏凤凰文艺出版社
出版社地址	南京市中央路 165 号，邮编：210009
出版社网址	http://www.jswenyi.com
印　　刷	三河市人民印务有限公司
开　　本	690 × 960 毫米　1/16
印　　张	16.5
字　　数	205 千字
版　　次	2018 年 6 月第 1 版　2021 年 6 月第 3 次印刷
标准书号	ISBN　978-7-5594-0533-3
定　　价	38.00 元

（江苏凤凰文艺版图书凡印刷、装订错误可随时向承印厂调换）

目 录

第三部

第一部

第一章

1

我还记得 1976 年 9 月 10 日发生的事情。那一天，毛主席逝世，一时间，天似乎要塌下来了。整个国家好像方寸大乱。那一年我七岁半，上小学一年级，刚刚开学，坐在课堂上兴奋了没有几天，但是学校突然通知我们重新回家，来年再来。那一年的前些时候，周恩来总理和朱德老元帅也相继去世了，但是我没有什么印象了。可是毛主席的仙逝震动的情况，就似乎大不一样了。

我记得那一年那一天的唯一细节，是我父亲单位的人们聚集在一起，在一个小礼堂为毛主席开追悼会的情景。

大人们站成了一排排的，在哀乐中哀悼毛主席。灵堂上挂着巨大的毛主席像，他正在慈祥地看着我。我的个子很矮，被妈妈牵着手，我抬头看大人，他们都在哭。我于是也跟着哭。但我当时并不太明白，为什么毛主席这个我从来不认识的人死了，大家要哭成这个样子。然后，追悼会结束后，我惊奇地发现，礼堂的黄土地面上，全部都湿了。只有人站立的那个地方是干的。我想了一下，明白了，那是人们的眼泪造成的。

毛主席的逝世对我的直接影响，就是我需要等待一年，在第 1977 年的 9 月，才能够重新回到课堂上。因为当时整个国家的秩序需要重新安排，我们上学的事情倒在其次。

第二年我再次进入学校，记得学校排演过一个关于“四人帮”的小话剧，我扮演姚文元，和另外三个同学一起在舞台上化装成小丑的模样被批判着。我还偷偷地看着那个扮演江青的女生，我喜欢她，但是她在下个学期就要举家迁往西安了。

关于 20 世纪 70 年代的记忆，甚至更早的记忆，对于我，就只有这些了。

2

很快就进入 20 世纪 80 年代。过去很多的禁忌，似乎突然解除了。世道突然开始变化了。比如我重新看见了那个漂亮的女人，在百货商店卖东西。1974 年我五岁的时候，记得每次一个人去商店买红糖，她都要多给我一些。后来她消失了。我爸爸告诉我，她因为拿着印有毛主席像的报纸包了一块牛肉回家，被人告发了，因为污染了报纸的牛肉的血，被说成了她的月经血，而报纸上刚好有毛主席。于是她被判处了十年有期徒刑。

现在，她又出来了。

而且，不光是她出来了，还有很多老干部、老知识分子和一些被关到了监狱里面的各种各样的人。他们都出现在街上了。很快，一些人被允许做生意，那些过去的坏小子，也在街上做买卖了。

可是我仍旧生活在一个充满了各种禁忌的社会里。尽管这些禁忌在一点点地解除。这一点我很快就明白了。碰巧就是在这个时候，我进入了危险的青春期。

而我的印象里似乎所有的禁忌，都是和夏天有关的。谁都没有料到，那一个夏天来的竟是如此的刺激而又慌乱。早上醒来的时候，我明白发生了什么——我第一次遗精了，立刻羞得面红耳赤。当时我一个人睡一间屋子，我脱掉了短裤，看见乳胶般的液体，使我两腿之间的淡黄色毛发倒伏，并且渐渐地凝固了，我发现了这个变化，内心涌起了一种过去没有过的情绪，那是一种甜蜜、紧张和慌乱，甚至还带有一些恐惧和哀伤的情绪。

那是在1983年5月的一个温暖柔和的夏夜。和我身体发生变化的同时，我仿佛看见了身体里涌动着一条河流，那条河流闪闪发亮，激流澎湃。就在那一瞬间，我明白自己长大了，至少是已经开始长大了。遽然间，我感到了一种惆怅和失落。我拥着被子坐在床上，心潮起伏，难以平静。望着半明半暗的窗外天色，我仿佛看见了一些长着尖锐的嘴橼的鸟儿，呼啦啦地从我那颤抖着的心房上腾空而起，越过我身体里的河流，带着响亮的哨音，向着辽远的天地振翅飞去。

那一年我十四岁，上初中二年级。说来很怪，接下来的日子里，我开始变得有些内向了。我一直是一个天不怕地不怕的野家伙，可是由于这个突然的生理巨变，使得我格外地敏感起来。现在，我怕和同学们，尤其是和女同学接触。因为我在经历着一种生理上的巨变，这个巨变正在改变我的全部面貌，而别的人显然是浑然不觉。那种感觉像是犯罪了一样，或者有什么不可告人的秘密，仅仅是藏在我的心里。我记得很小的时候，我看过一个童话，说是有一个人知道了皇帝长着一个鬼耳朵，这个秘密叫他憋坏了，但是他又不能告诉任何人，否则是要杀头的，于是，这个家伙就在地上挖了一个坑，对着土坑说了三遍“皇帝长着鬼耳朵！”他自己心里就放下这个事情了，但是第二年，那个土坑中长出来一棵柳树，经过柳树的牧童，用柳树条子做篾哨，一吹就发出了“皇帝长着鬼耳朵”的声音。

现在，我就长了一个鬼耳朵，但是这个事情就只有我自己知道，我变得怪怪的。有时候，在上课的时候，或者是下课之后，我的目光偶尔不在意地扫过女同学那渐隆的胸脯，我就给吓坏了，呼吸都几乎停顿了，我慌忙就把目光移开，心中立刻涌起一阵犯罪感。我似乎还有了奇异的功能，就是可以看见周围的人，是什么动物变的。

我真的不骗你，那个夏天简直奇妙极了，比如我可以看见女同学都变成了色彩斑斓的花蝴蝶，或者是活泼的梅花鹿，身上散发着诱惑人的气息，那种既想靠近她们可是又无法靠近的感觉，使我深受折磨，同她们说话也变得吞吞吐吐，仿佛心事重重。

于是，我突然变得很坏，开始欺负和吓唬女同学，往她们的身上扔毛毛虫，或者在远处大声地冲着她们说下流话，似乎只有这样，才能够排遣我内心的郁闷。尽管表面上我装成一副谁也不在乎的样子，但是外强中干，多少次我责骂自己丑恶无比，可是没有办法，我觉得自己那幼小的心灵，已经像一块干净的海绵染上了污浊的水，再挤也无济于事，它总要留下些肮脏的痕迹了。

我是怎么进入了这样一个糟糕的境地的？我想起来了，一切全都是由那个粉红色的梦引发的。那一段时间，我总是连续做一个梦，我梦见一个穿着粉红色裙子的女人，一个非常成熟丰满的女人，用嫩白的双腿夹住了我，像是蟒蛇一样纠缠着我，使我无法逃脱。我每一次醒过来，都心惊肉跳气喘吁吁，左右张望唯恐别人看出我梦见了什么。

这是最为孤寂的年龄，我没有多少可以交流和倾诉的对象。只有在下课之后，发狂般地独自一人疯跑到校园里的杨树林里，在小溪边长时间默想；或是在清晨半疯一样迎着殷红的太阳跑，或者，特别傻地猛然扑倒在绿茸茸的草地上，嗅着大地母亲的温厚气息，内心充满了骚动、孤寂和困惑的洪流。

嗨，我忘了告诉你，我生活在天山脚下的一个小城市。这个城市当时似乎只有一条大街，没有什么高楼，最高的只有一幢三层楼。大街很长，在大街的两边，半对称分布着很多单位，什么公路队、邮局、法院、养路段、毛纺厂、物探大队、黄河车队、电线厂、物资局、电影院什么的，在一条季节河边上，还有一个整天散发动物皮毛臭气的皮革厂，一个整天冒黑灰色烟尘的水泥厂、一个火葬场和一所老干部休养院，还有一大片坟地，和远处依稀可见的高大的天山雪峰博格达峰，构成了我们那个小城市的基本风景。单位的大人不知道整天在忙些什么，反正一些人已经开始做小买卖了，那年夏天，大街边上的各种小商店像是蘑菇一样出来了好多，小商贩也整天在学校附近出没。可能新的时代来了，但是孩子们仍旧浑然不觉，我们照样以单位为分界线，整天打群架。

当然，我是一个游离分子，尤其是我进入了隐秘的青春期之后，就喜欢一个人活动了。比如这天，我一个人坐在五月黄昏里的田埂上，看夕阳静静地陷落。我咀嚼着一根青草，让嘴里弥漫着一股清新的香气。在我的面前，铺展而去的是一大片碧油油的麦田，在微风中摇摆着身体，像是滑过一道道柔曼的水波，还发出了好听的唰唰的声响。这是自然的天籁，应和着我内心的一种声音。我变得有些多愁善感，比如那天我就很忧郁地想，你看，血红的阳光从近乎永恒的远古发出，经过宇宙中多少光年的距离，降临到地球的这个世界上，每一束光芒其实是转瞬即逝，然后紧接着，到来的是另外的一束，如此周而复始，永不间断。这就是不断消逝的时光——我难以打消这令人感伤的念头，又联想到生命如同光芒一闪，倏然而去的一瞬间，心里就更加难过了。

我觉得自己变得脆弱和敏感了。下午上政治课的时候，班主任牛老师批评我不认真听讲，老是走神。但是有特异功能的我，却看见牛老师是一头长着巨大的乳房的母牛，正在呼哧呼哧地喘气，并且它的那一排鼓胀的乳房上，那粉红色的奶头还向地上滴着白色的牛奶，这个景象使我感到了慌乱，内心充满了愤懑。而这一切又无法对人言说，我只好封闭自己的内心。

现在我打算和太阳交流，告诉太阳我的那些奇异的幻视，但是太阳也要降落，没有东西可以和我交流。现在，我看见那夕阳就要落下去了，就像许多无可奈何的生命。我静静的一动不动地站着，眼睛里突然间就注满了泪水。我感悟到了生存的沉重与无奈。这种感觉是我过去没有过的。我琢磨我实际上进入了一个危险的年龄，而在这个危险的年龄中，处处都是青春的陷阱。

等到暮色淹没了一切的时候，我走进了家门，立刻感到，灰色的铁一样冷漠的气息围住了我。

我有一个酗酒如命的爸爸、一个开杂货店的妈妈，和两个愚不可及的妹妹。说实话，我厌恶家中的气氛。我的家由三间小砖房构成。那个时候只有少数当官的可以有楼房住。我家的屋子从外面看起来陈旧而又破败，加之雨水的冲刷，外墙上沟壑横陈，雨水的痕迹像是被讨厌的蜗牛玷污了一样，留下了黝黑和暧昧的颜色。其实，当时整座城市都是由这样的房屋构成，生活在这里的人们，都是一些国有企业，或者一些政府机关的人，小城市里人们的生活状态都很麻木和简单，每到逢年过节，总是有喝醉酒，倒毙在路边的阴沟里的人。而那些刚刚开业的录像厅和歌舞厅，总是有互相斗殴的年轻人，被匕首刺死的事件发生。那天，我推开吱呀作响的门，立刻，15 瓦电灯发出的昏暗的光，使我微微地眯起了眼睛。稍稍适应以后，我的眼睛才捕捉到我十分熟悉的屋内摆设。这个时候我看见父亲一个人呼哧呼哧坐在屋角，就着黯淡的灯光在补鞋——他是一个鞋匠。在他周围放着好几双皮布鞋子——那是顾客等着第二天要取走的。

因为有了奇异的视觉功能，我猛然发现，我父亲是一头野猪变的，我感到了惊慌——一头野猪在那里坐着补鞋子！我吓坏了，真的不骗你，我都不知道该跑还是怎么着，这个时候，听见我进来，野猪父亲没抬头，依旧叮叮当当地砸着缝着，脚下面踩着一个铁制的鞋楦子也在吱吱作响。我父亲是一个年过四十就开始显得苍老的人。现在，他佝偻着身子，脸上胡髭密布，皱纹横生，浮着一股苍黄之气，身上散发着野猪的腥臊气息。特别是他的眼睛，阴郁而又滞重，使正视它的人不那么愉快。他根本就不理会他儿子我进来，也没有和我打招呼，仿佛儿子是他随便甩在世界上的一个什么东西一样。我也没有理会父亲，我向自己的小屋走去。但是，我刚要走进左边我的小屋子，听见父亲“哐”地扔下了手中的家什，声音嘶哑而又恼怒：“喂，我的鞋掌子怎么就剩这么几个了？你拿了没有？”我愣了一下。我迟疑地缓缓转过身：“我拿了。班上的同学要钉新鞋子，我拿给他们了。”

“混账！你这个败家子，你妈还没败完败够吗？又轮到你来给我败家了！”我老爸猛地站了起来。我从他怒睁的眼睛里读到了自己的恐惧，和一头野猪的发怒，我惊慌地向后退着，而这时，父亲的手已经抓住了我的衣领。“你这个小混蛋，败家子，嘿嘿，你这个小混蛋，败家子！”我父亲呼哧呼哧喷着粗气，我看见了父亲伸长的獠牙，几乎要碰到了我的脸上，我闻到了浓烈的酒精味儿——父亲一定又喝酒了——刚意识到这一点，我的脑袋上已重重地挨了一下子，这一下打得我眼冒金星。在紧张的推拉中，我父亲用手提住了我的衣领，一脚踹开大门，用手劲一提一送：“滚！你这个败家子！”我被丢了出去，门“咣”地开了，随即又“咣”地冷漠地关上。

我感觉自己像袋垃圾一样给扔出了屋子，重重地摔在一堆木柴上。等到逐渐感觉到身体的疼痛，我才慢慢地站起来。月光下，十四岁的我站立着的身影孤单而又倔强，我的内心里充满了悲愤，以及河流上涌起的波浪。我没有流泪，只是狠狠地盯着那扇已然关闭的家门，目光仇恨而又阴冷。屋子里钉鞋的叮当声又复响起。昏暗的灯光透过几面窗子，流泻了出来。周围是破败、阴冷和晦暗的气息。许久，我咬了咬嘴唇，转身像鱼一样潜入夜的大海里了。

我在月光下的一条小路上飞快地走着，像是一条逃向深水的狗鱼。这时，我的泪已流了出来，我想求助些什么，然而我想不出谁是我的救星。此时的我，孤立无援，又像荒野上无家可归的狗，在月色朦胧的小路上发出低声的长嗥。我对父母从来没有过那种天伦的亲情，因为他们也基本上没有给我多少我渴望的温暖和柔情。这十四年来，我一直像根野草一样独自生长着。对于我来说，父亲只是一个暴君，一个软弱的抵抗不了酒精的懦夫，一头冷漠的野猪。而母亲呢，则是一具只知道吃喝打扮的行尸走肉，一头只顾及自己的山羊。我的两个妹妹——一个上五年级，一个上二年级，是两头白白胖胖的小家猪，头脑简单四肢发达，除了吃别的什么也不会。

不知不觉我已走到了城市的郊区，大海般的黑暗包围着我，那边有苜蓿地和养马场，使我感到了惬意与自由。我走到了养马场一个马厩附近，我的鼻子已经捕捉到了马的气息和青草味儿。我心中略略涌上了一丝暖意。我加快步伐，用袖子抹掉了脸上的泪痕，仿佛挣扎上岸的溺水者，走到马厩门口，睁大眼睛向马厩内探望。阴沉的月光轻纱一样铺下来，笼罩着整个夜的大地。

我的眼睛隐约看到了马的影子。那些马的温热的气息，随着风从马厩内飘散出来，而且它们的眼睛是隐约发亮的，犹如夜空中的星星，我不再害怕，也不再犹豫了，那些马呼哧地从鼻子喷出粗气，像是在向我表示同情和鼓励。我摸索着走进去；我的手摸到了马的身体，马的身体轻微地颤抖着，无声地表达着感激与渴望交流。后来，我找到了一堆半干的草，就钻了进去。一道月光穿过破漏的棚顶流泻进来，正好铺在我的身上。月光阴冷而又潮湿。我感到眼皮很沉重，像是挂了两块砖头，不知不觉地睡着了。

我梦见了冬天的雪原。雪下得好大，飘飘洒洒，整个天和地都是白茫茫的一片，分不清是在白昼还是夜晚，天空中聚满了冷灰的乌云，并且暴怒地翻滚着，我一个人在落雪的荒原上走着，茫茫无际的荒原只有我一个人。我四顾无援，时时因感到寒冷而搓动双手和肩膀。阴冷的风吹着，掀起冰凉的雪晶扑打在我脸上和脖子里，雪晶立刻被我的体温融化，变成温热的水渍。

我想看看自己是什么动物，就看见了自己长着腿毛的蹄子，原来我也是一匹马。我开始奔跑了，像一匹真正的马那样开始飞跑了。跑得是那样快，可以听见风在耳边低语，没有目标，眼睛里燃烧着一种殷红的渴望。因为荒原完全包围了我，我使劲地跑着，突然，发现在前方有一处水洼。黑亮的水洼在雪地上就像一只黑色的巨眼，沉默地盯着天空。我感到又冷又饿，匆匆地跑到水边。蓦地，我从镜子般的水面上看到了一只狼的影子。我仔细地辨识着，是的，是我，除了那双眼睛，我由一匹马又立即变成了狼的身体：直耸的灰耳朵，身上被雪濡湿的灰黑色毛发倒伏着，微微张开的大嘴露出了黄白的、尖利的、时刻准备嗜血的牙齿；四肢坚挺、冷硬而有力，支撑着我钢骨铮铮的疲惫的身体。只有那一双眼睛，那一双我熟悉的自己的眼睛里放射着人所具有的温慈、渴慕和孤寂。我就这样呆呆地在水洼边上看着自己的倒影，狼的倒影，心中充满了惊异与凄凉。

我疯狂地在雪原上奔跑，眼睛里燃烧着向往与焦灼。夜慢慢地降临了。天空逐渐地阴暗下来。雪似乎是停了，空气中弥漫着凄清冰凉的风。我更加茫然了，在雪地中驻足，向四下探望。忽然，我看见一幢房子，里面似乎还亮着灯。橘黄色的小灯像一面温暖明亮的旗，在夜的大幕中闪烁和飘扬。我小心翼翼地来到这间小屋前，侧耳倾听，屋内很静，没有任何声音。犹豫了一下，我用头拱开了门。

我看见了一个二十多岁模样的美丽端庄的少妇，穿着一条粉红色的裙子，正坐在沙发上看书。她斜躺着，裸着的双脚互相搓着。熊熊燃烧的壁炉离她不远，一阵阵温馨的气息扑面而来。我有些兴奋，但我猛然又意识到自己已经变成了一只狼，慌忙之中正要缩回头时，那个少妇一侧身发现了我。

“啊，谁家的孩子？大雪天的，还在外头乱跑？”她的声音圆润、动听，像玻璃珠在瓷盘中滚动。说话间她已站起身，走到门口，打开门，对犹疑不定的我说：“快进来，孩子，你还愣着干什么。”她叫我是孩子，她叫我是孩子，我内心涌上来一团火苗子。这个时候我知道自己已经不是马也不是狼了，它们都是我体内的兽性，现在我恢复了人形，我愉快地向前一跳就进了屋子。呵，我又变成了人，你看那大衣柜的镜子中站着的不正是我吗？我又变成了人，而不是野狼的模样了。

我坐了下来，“孩子，你是从哪里来的？”她温柔地看着我，鼓励我说话。于是开始诉说，诉说了我的身体的变化和从此看见了人变成了动物的事情。那个美丽的少妇满怀慈爱地倾听着。“你太孤独了。”她发出了甜蜜的叹息。她走了过来，抚摸着我的双肩。这时我突然冲动起来，一头扑进她的怀里，我的头在她高耸的两个乳峰间冲撞着，不，我要妈妈，你就是我的妈妈。狂乱中我感到少妇已张开怀抱，甚至还张开了自己嫩白的双腿夹住了我，现在我像一头狼崽一样在她身上寻找着喂奶的乳头，在她的怀里冲撞着，拱动着，啜泣着，寻找着，忽然间我又感到了害怕，想脱离这个女人的身体的缠绕，但是我发现她的身体在迅速地膨胀，使我完全陷身于其中，就像是陷身在一片巨大的棉花堆里，我根本就无法脱身了，而我体内的河流也暴涨着淹没了我。

我醒了。我发现自己又遗精了。这时我还是在马厩里。不同的是天色已经微明了。那些马的轮廓非常清晰，它们打着响鼻，喷着粗气，用警觉的眼神看着我，一边漫不经心地吃着青草。我呆呆地望着它们。我解开裤子，那里有一片湿渍。那些湿渍呈半透明的淡乳色，散发着浓烈的湿麦子的味道。刚才还不老实的我的茁壮的小东西，此时则像安静的小鸟一样蜷缩在那里了。在它的周围，分布着一圈淡黄色的、短短的，并且很柔软的细毛，已经被濡湿了。这个变化是我过去未曾注意的。摆弄了一会，我用草擦去那些黏液，感到饿了。是回家还是直接去学校？走出马厩的我犹豫着。

3

我的心很乱，总是在课堂上胡思乱想，比如现在，我就想，要是自己能成为一只雪豹，或者善于攀爬的盘羊该多好，这样我就可以站在天山山脉那些雪山的峰顶，一览大地和群山的博大与沧桑了。我看见，博格达峰很孤傲，因为它戴着冰雪王冠，俯瞰着我内心的激越与喧嚣，一言不发。我眺望雄伟的博格达峰时，思绪缤纷而缭乱，像是很多蜻蜓在飞舞。

讲课的是班主任牛老师。令我感到好笑的是，她在讲台上一会儿变成了正在反刍的奶牛，一会儿又变成了喋喋不休的她自己。她是天津人，年近五十，生就一副严肃的面孔，按同学马文新的说法，她那张脸就跟政治课本似的。牛老师说话特别快，而且干净利落斩钉截铁，说到结束时，她的大手总要向下一挥，做指挥千军万马向前发起冲锋的样子，或者是砍开了一个西瓜，叫人害怕和滑稽。她是一个马列主义老太太，给我们上政治课，但是我内心其实很同情她，因为她的女儿，在初中三年级时，因为青春早熟和叛逆，和附近一所军营的一个小战士勾搭上了，而且，她还怀孕了，结果事情败露之后，那个小战士被提前遣送回湖南老家了，而我们牛老师的女儿，也转到了另外的一所学校，所以，这件发生在上个学期非常轰动的事情，至今让牛老师情绪烦躁，有时候，她就把这种情绪发泄到我们的头上。你想想看，她是专门教我们政治课的老师，可是她却连自己的女儿都管不住，让女儿成了打她嘴巴子的反面典型，她当然下不了台面了。同学们喜欢悄悄地幸灾乐祸地谈论这件事情，可是我觉得她也很痛苦，可能我是唯一可以体会到她情绪的人。

我平时就坐在第四排。因为连续没有吃晚饭和早饭，我感到饿了，肠子和胃一抽一抽的，仿佛有几张巨大的嘴唇，在我的胃里吸气，或者是我身体里面出现了暗河，水流在向一个无底的深渊漏泻，一个蛇形花纹般的巨大旋涡形成了，一股股凉气顺着管道浮上来，发出的是咕噜咕噜的巨响。讲台上，牛老师的嘴喋喋而动，可我却听不到一点声音，我的脑袋中不时“嗡嗡”作响，接着眼前冒起一串串银色的火花，毕剥爆响，我感到了晕眩。

“杜军，站起来，回答人类社会发展有哪些阶段。”奶牛般的牛老师眼睛一瞪，突然点了我的名字。我忍着头晕，把纷乱的思绪归整了几下，懵懵懂懂地站起来，迟疑了一下：“人类社会的发展分……原始社会、封建社会、奴隶社会、社会主义社会还有共产主义……社会。”因为胃难受，我觉得眼前有无数个灯泡在一闪一灭，空气有一种丝绸撕裂的声音在耳朵里回响。

“错了！坐下。好好听讲，杜军同学。克秀塔来回答这个问题。”在第二组第三排坐着的副班长克秀塔站起来，我看到，她站起来的瞬间，简直仿佛一只鸽子的轻盈腾越。她一口气回答完了。我坐下来时，眼前电闪雷鸣，感到脊背顷刻间都冒出了细汗。克秀塔是一个俄罗斯族和汉族的混血儿，一只美丽的白色鸽子——她的声音温和清脆而又明晰，赢得了牛老师的表扬。当然，我们班上所有的男生，都暗地里喜欢她。

“回答得很好，很不错。有些同学，呵，上课时老是不注意听讲，走神、注意力分散，怎么能听好课，又怎么能学习好，将来怎么能为伟大祖国的建设出力呢？呵？有些同学就是——”牛老师现在又变成了奶牛，她巨大的乳房在颤抖，一排鲜红的奶头滴着奶汁，使我感到害怕。但是此时下课铃响了。牛老师愣了一下，那铃声急促而又剧烈，声音很大，持续时间很长，所有的声音都被这铃声给掩盖了，她张了两下嘴，还想说下去，可铃声淹没了一切。好久铃声才停，牛老师矮胖的身体从讲台左边移到了讲台右边，大手向下一挥，但是又泄气了，“这个……下课吧。”同学们呼呼啦啦站起来，欢笑着跳跃着，像乱飞的鸟儿和兔子一样冲出了教室。

我低着头，感到肚子里有几百只青蛙在猛烈跳跃。我用力地揉着肚子，浑身掠过一阵战栗。这时我感觉有一个人站到了自己身边。“你怎么了？”是克秀塔的声音。我很敏感，心中暗自惊喜，她在关心我，她身上有鸽子的好闻的气息，“你是不是病了？”但我转过脸，表情却很阴冷：“没什么，你别管我的闲事。”一阵绞痛袭来，我脸上的肌肉抖了几抖，摇晃着站起身，步履凌乱地向教室外边走去。一出教室楼，我感觉到白花花的阳光在眼前涌动，跳跃，燃烧，飞舞，一股火焰的味道扑鼻而来，阳光像针一样扎痛了我的眼睛，我的眼睛里滴出来几滴泪水，灼热地从脸上滚落，胃部像有架绞肉机在工作，发出“嘎吱吱”的响声，直冲我的脑顶。我坚持着走到一片小树林里，大口大口地呕吐起来，幻觉中，我看见了肚子里的青蛙和蚂蚱疯狂地向嗓子眼儿冲锋陷阵，我的眼前金光飞舞闪动着大片大片蜻蜓的金黄色羽翼……呕吐了许久，只吐了些污黄的水渍。我大声地咳嗽着，肺部的蜂窝又“轰”地炸开，黄色的马蜂疯狂地向着一个目标进攻，头脑中一片嗡嗡巨响。

“你怎么啦，你怎么啦？”又是克秀塔那鸽子般柔弱而又紧张的声音。我知道她一定是跟着我出来的，倏然间我的心头掠过一只温暖的小鸟。

我没再凶巴巴地瞪眼睛，只是摆了摆手。不一会儿，我止住了呕吐，擦掉眼睛里积存的泪水，对待在一边表情忧虑焦急的克秀塔说：“我可能是饿着了……其实没事的。你别管我——”

克秀塔听我这样说，站起身飞快地向教室跑去。在我抬头的时候，看见她的白裙子在微风中开成了美丽的白莲，那白莲一晃，就进了教学楼。还真的挺好看的，我琢磨。不一会儿，克秀塔手中拿着一样东西朝我跑来。

“给，这是我妈烙的饼子，你快吃吧。”她那典型的俄罗斯族的淡蓝色眼睛里流露出了关爱，我接过饼子，假装矜持，还有些迟疑。“快吃吧，还愣着干什么？”她有些急了。我又看了她一眼，装作满不在乎地大口地吃起来，立刻，嘴里弥漫开来粮食的清香和咸味儿，胃里嘈杂的声音在消退。我吃得很急，以至于克秀塔看到我狼狈的样子都笑了。

吃完饼，我对克秀塔说：“后两节课我不想上了，不舒服。你帮我请个假，好吗？”克秀塔有点忧虑地看着我，点了点头。上课铃响了，她说：“你最好去医院看看，有病早治，无病放心。我走了哦？”然后轻盈地转身向教室跑去。我一直盯着她的背影发呆。克秀塔的父亲是一位俄罗斯族，是地区师范大学的俄语教授，母亲是汉族，一位医生。他们只有她这么一个女儿。克秀塔是班上最漂亮、学习最好的女孩子，脾气也好，老师和同学都很喜欢她。她的一双深陷进眼眶的蓝色大眼睛，幽深而又活泼，睫毛很长，额头平滑、宽阔、饱满，嘴角有一粒小黑痣。上课的时候，她就坐在我左侧前面一排，有时候，阳光从窗外洒进来，刚好照在她身上，我就可以看见她脖颈上金黄的、细密的汗毛在闪闪发光，心中立刻长出了一大片白蘑菇。看着克秀塔的背影消失，我叹了口气，想着要是自己长大了，能和她在一起，把她娶过来做老婆该多好，可立刻我又为自己这想法而内疚。那两只饼下肚，可以感觉到它们顺流直下，一路消灭了肚子里的各种叫声，直达胃底。青蛙不再在我的胃里抗议了，现在肚子里有了实在感，我甚至都怀疑刚才那场呕吐压根儿就没发生过。

现在该去哪儿？回家？不，不。打死我也不想回去。我蹲在树田子的浓荫底下，看着远处的一排白杨树，在眼前阳光之海的蜃气中浮动。对了，自己为什么不去采一些初夏的美丽花朵，送给克秀塔？我犹豫了一下，还是打定主意走出了学校。我一个人在大街上游荡着。街上的行人步履匆匆，也不知都在忙些什么，这年月，仿佛全世界的人都开始赚钱了，就我一个人没事干似的，我心中既懊丧又有些愤愤不平。我走过那些货物丰富的商店，走过混杂着烤肉香和各种叫卖声的集贸市场，里面有维吾尔族人的好听的大声吆喝，还有回族人做的粉汤那好闻的味道。我走过欢声笑语的幼儿园，那些狗屁小孩子们显然比我的童年幸福，十分快活地玩着游戏。我一直到了市政府大门口，一眼就瞥见政府院内有一个大花园，我心头的一面锣"咣"地敲响了，于是我左右窥探了一下子，悄悄走了进去，像兔子一样钻进花圃。五月的花园里花儿绿叶葱葱，但花儿开得并不十分多。我搜寻了半天，发现有一种紫色的小花十分惹人喜欢，就猫下腰采了一些。

我刚刚把腰直起来，就看见有一个胖子，像是一只野蛮的棕熊，在三十米外冲我大喝一声："站住！"我一下子吓傻了，心里说你快跑呀，快跑！但我的脚却像不是我自个儿的，根本无法移动。而且，我感到小腹内一阵冲荡，尿憋得要死，我拼命忍住，大脑发出了几次紧张而又强硬的命令，但我还是跟秤砣一样一动未动，一直到这个棕熊般的胖子走到了我身边。胖子身材高大，眉宇宽阔，脸上有两个肉砣子，神情严厉，还向我呲了一下自己满嘴的利牙。"看见那个牌子了没有？偷折花木，罚款十元。你是哪个学校的？"棕熊男人吼叫着。我紧张得有些哆嗦，在我的眼里，眼前就是有一只高大的棕熊在吼叫，我被震慑了，感到自己在裤裆里溅出一些尿来，温热地贴着双腿流了下来，胸闷得难受。突然，我灵机一动，想起来电视上出现的一个官员的脸，而这座城市的人是怕官的，"我爸爸是张市长，你妈的，放开我，你有本事跟我爸理论去！"

这个棕熊大胖子仰天大笑，脸上的肉浪一层层荡漾开来，可怕的门牙倏忽间隐现："我什么时候多了你这么个儿子？我就是张市长，走，走，你这个偷花贼，你还骂人，跟我去值班室。"我一听心想完了，这个家伙就是张市长，他怎么是一头可怕的棕熊呢？他的原形是一头棕熊，一头棕熊管理着这座城市，这太可笑和恐怖了，我感到仿佛头顶有几千个气球被针扎破，一阵噼啪乱响，我连忙拔腿就跑，这一下子也不憋尿了，两条腿十分灵便。

大门门卫见状已将大门关住，向我包抄过来，我慌乱之中，跑向了有铁丝网的围墙，就往上爬。有一些东西从口袋里掉出来，我翻越了扎人的铁丝网，一头摔到墙外的马莲草丛里，眼睛里金花闪烁，我爬起来接着跑，但手中那把紫色的花束却毫不放松。

下午放学的时候，我把克秀塔叫住，领着她来到校园小树林的一处水洼地——为了防止花朵枯萎，我把花插进泥水中了。我心怀不安地把那束紫色的花递给了克秀塔，她的眼睛里立刻流露出欣喜："呀，太美了，是专门为我采的吗？"我点点头。

"太好了，还没有男孩子送花给我呢，谢谢你。"她有些害羞地笑了。

现在，我们俩并排坐在操场边的观礼台上。我还是第一次和一个女孩子这样坐着，坐得又那么近。我偷偷地端详克秀塔，觉得她美丽极了。这时，我感到了前所未有的震动。这是我第一次感到了女性的美，所带来的生理和心理上的巨大震动。我们都没有说话，看着前方操场上许多学生在踢球，扔飞碟，跑，跳的。阳光现在很温存，离地平线还有一指高。克秀塔身材苗条，她穿一件白色纱制连衣裙，我的目光触及她微隆的胸部，突然有一种想要摸一下的渴望，这种念头在我脑子里像火柴一样猛然燃亮，但立刻我在心中骂道：流氓，你简直是一个恶棍，混蛋！我歉疚地低下头去，心中坠下来一块铁，砸在了自己的脚背上，"铮"的一声响。我被想象中的疼痛给弄得咧开了嘴。

克秀塔依然沉浸在对花的爱恋中，她俯身向前，鼻尖轻触花朵。“这花有一股子清香，很奇特的。我很喜欢。它是什么花，你认识吗？”听见她说喜欢这花，我的心头掠过一阵狂喜，一阵感激，“可能是猫脸花吧，你看这花朵的样子像不像猫的脸？”

“像，你这么一说，我就觉得像了。”

我闻到了克秀塔身上吹气如兰的气息，“克秀塔，告诉你一个秘密，你知不知道，你是一只白鸽子变的。我能看见每一个人是什么动物变的。”

“我是一只白鸽子？”克秀塔笑了起来，“每一个人都是动物变的？那牛老师呢？她是什么动物变的？”

“她是一头奶牛，还长着一排巨大的乳房，鼓胀胀的，里面都是奶水。”我说完，立即觉得不好意思了。

“那你是不是有病了？”克秀塔忧虑地看着我，“你有了幻觉。”

“没事，这是我的特异功能，没事的。”

她端详了我一会儿，放心了一些，但好像忽然想到了什么，“中午你吃饭了吗？”我的神色立刻黯淡了，沉默了好一会儿，我把离家出走的事儿跟她说了。显然，克秀塔也很震惊，“那你晚饭怎么办？”她急急地问。

“我叫我妹妹从家里偷出来三个馒头。这不，还有两个在这里呢。”说着拍了一下书包，那样子很悲壮，也很满足。

“光吃硬馒头怎么行？到我家去吃饭吧。”她说，一束金黄的阳光从她如瀑的头发上轻轻地滑下来。

我摇了摇头，“你不要为我费心。”

“那我吃饭时，留一份给你偷偷送出来吧。你别逞能了。”克秀塔看了我一眼，我没作声。我有时候就是太好面子。“就这么办。你在我家楼前杨树下等着，很快我就会下来。好啦，我该回去了。咱们一起走吧。”我跟着她一起走了。

克秀塔又轻灵地飞进了她家所在的楼道，我凝视着克秀塔的背影隐入楼房。我总是可以无所顾忌地凝视她的背影，仿佛看见了鸽子的飞翔。现在正是薄暮时分，我站在她家楼下的杨树边，嘴角咬着一节榆树枝，有一股子发黏的淀粉味儿，在嘴里弥漫。我茫然地看着前方，脑海里一片空茫。停了一会儿，克秀塔没有出来，我感到黑夜在天空中伸展开来，仿佛有一只巨大的章鱼，喷吐着墨汁般的乌云，覆盖了天空，触角伸进了大地上所有的地方。我决定离开这里，因为我感觉到，克秀塔对我有某种怜悯的成分，我不需要怜悯。我抬头望了一眼克秀塔家的窗户，觉得她一定遇到什么事情了，就起身离开了。

我仍旧回到了马厩里，在路上我捡到了一张破席子，把它在干草上铺开，就躺下了。那些马匹非常友好，它们现在对我熟视无睹了，弥漫在我四周的是马的骚腥气味儿和青草味儿。这时，可以看见黑夜已经完全把世界全部浸泡了。我感到特别困倦，不一会儿，就睡着了。不知道睡了多长的时间，朦胧中我听到一个声音：“杜军——杜军——”我一下子醒来，一束月光照在那些马的身上。我听出来这声音是克秀塔的，忙一骨碌爬起来，跑出马厩，看见果真是她，她手里拿着一包东西，胳膊下还夹着一件东西。

“你怎么找到这来，我没有告诉你我在这里，”我的喉结上下滑了几下。

“我把饭拿下来的时候，你怎么走了？真不像个男子汉，说话不算数。

给你，这是米饭和烤肉。这是一件毛毯，是我平时盖的，你先用吧。”说着放下手里的毛毯。她看见我不动，就催促我：“快吃吧，饭都凉了。”

我缓缓接过饭盒,打开它,拿起筷子,一口一口地吃着,是好吃的烤羊肉,我内心充满了温情。你真好，克秀塔。你是一只白色的鸽子，可是我却是一匹流浪的狗。我很笨，很要面子，连说声谢谢都羞于出口，而你在我需要帮助的时候给了我安慰。

克秀塔见我吃完了，便拍了拍毛毯说：“晚上天凉，你盖好，别冻感冒了。好了，我走了。”

“天黑了我送送你吧。”我说。

“不，我不怕。”她说。“你在这里不害怕？”

“我不怕，有马做伴呢。”

“那我就走了。”

我呆呆地看着她走远，心中倒十分平静。我想，我要为你做些事儿，克秀塔，今后谁敢欺负你，我就收拾他。我要保护你，因为我是一个男子汉了，自从我发现了我身体里面的河流，我已经是一个大人了。现在，月光之下的一切都朦胧不可辨，夜鸟的鸣叫阴森古怪，在夜空里荡漾。我又钻进了草堆，把毯子盖在身上。我嗅到了毯子上一股女孩子的香甜气息，那是克秀塔的气味，是一种类似兰花的香气。我的心剧烈地跳动着，有一股火流顺着丹田上下流窜着，燃烧着。

这天夜里，我梦见了一条河，闪闪发光的河流，从天空深处流泻而来，从我张开的嘴巴进入我的体内，然后和我体内的河流汇聚了。

4

在我的记忆之中，那年夏天缤纷而又缭乱，大片大片的蜻蜓，从郊区的麦地飞起，向城市涌来，所有的蜻蜓的翅膀之上，都闪动着一种奇异的光芒，蜻蜓之翅扇动空气，发出了巨大的“嗡嗡”的声响，使我的内心骚动而又迷乱，我不知道自己迎来的将会是什么样的岁月和人生，不谙世事的我，惶恐而又紧张地看着无数只蜻蜓在空中凌乱地飞舞，唯一的河流在我的内心之中涌流，澎湃出激越的浪花。

但是蜻蜓的出现是坏小子的节日，我们到处用网罩，捕杀蜻蜓，然后把蜻蜓的尾巴和脑袋揪掉，穿在一根铁丝上烧着吃。这是一个杀戮的季节，很多从郊区的水洼和麦田里飞来的蜻蜓都遭殃了，被坏孩子们吃光了。于是，蚊子成了这个夏天的主宰，它们疯狂地从半空中向人们俯冲，叮咬着所有的人。毛毛虫也比往年多，它们密密麻麻地消灭着树叶，发出了沙沙的声响。而且，当蜻蜓被坏小子们消灭和杀戮了之后，蚰蜒开始大面积地出现，这种多足的令人恶心的东西到处攀爬，吓得整座城市的人们都坐卧不宁，人们开始消灭这种蚰蜒了，于是，这种反常的情况使城市中流传着一个谣言，说要地震了，或者，北京那边要发生大事了，因为在 1976 年的时候，就发生了唐山大地震，和几个伟人的逝世。于是这个夏天令人惶惶不可终日、令人疯狂和紧张，但是过了一个月，什么事情也没有发生，大家又放心了。

我开始注意克秀塔了。克秀塔坐在我的前方，现在正在上数学课，而我的注意力都移到了她的身上，她稍微一动，我的余光立刻就察觉到了，心中也随即响起了钟表滴答行走的声音。在的我余光之中，她的影子完美而又圣洁，她的每一个动作，我都在心中领略和评价一番，我甚至可以闻见她那边飘过来的好闻的气息。整整一个上午就这样过去了，我陷入了一片空茫，除了注意克秀塔，我不知道自己在干些什么。

第四节是体育课，同学们正要到操场上去，班主任牛老师挪动着身体走进了教室。她说：“同学们，今天的体育课不上了，改为班会，有件事情需要叫大家知道一下。”她表情严肃得像一张榆树皮，准备出去的同学们又像落巢的鸟一样，顷刻间落进了各自的座位。

牛老师类似巨大的母牛，挪动身体走上讲台，“杜军，你站起来。”我此时正在想象蜻蜓之翅掠过克秀塔的头发的感觉，我完全被蜻蜓的翅膀舞动空气的声音给迷住了，听到牛老师叫我，不禁头皮一紧，慌忙站了起来。

“你昨天上午到什么地方去了？又干了什么事？”

我的肚子咕咕响了一阵子，“我……什么也没干。我肚子疼去医院了。”说完，偷偷地瞥了克秀塔一眼。

“胡说，你看这是什么？”牛老师威风凛凛，把手一扬，宛如一部革命电影中的双枪老太婆。惶恐之下，我一眼望去，见是我的一张考卷，心中登时落了一阵儿树叶，我知道了，这是我在翻越市政府那可怕的围墙时，从口袋中掉下去的，上面有我的学校、班级和姓名。“你是不是在市政府摘了花？”她的声音像浪头一样打了过来，我似乎突然被谁向上提了一尺，悬空感弥漫于脚底。我大声说：“是的，我承认！”

“那么，你是不是还冒充是张市长的儿子了？”牛老师那得意的胖脸在我的视线中晃动，并且肿胀和变形。

我的喉咙里咕噜着，“是的。”

“同学们，都听见了吧？我们班，是全校的模范班，可是，在这样的集体中，居然有人去冒充市长的儿子，公然在市政府花圃里攀折花木。这是什么行为？就算是市长的儿子，他也得'王子犯法，与民同罪'。今天，我们大家开这个班会，实际上，是一个帮助会，帮助杜军改正错误。对这件事，本来是要严肃处理的，可是张市长已经指示了，说对学生主要靠教育，只要过了思想关就可以了。现在，我问你，你的行为是不是错误的？"

我的脑袋向下一沉，过了一会儿，我看到了克秀塔鼓励的目光。"是的。我是错了。"

牛老师从讲台这边踱到讲台那边，"那你为什么要攀折花木？它长在那里不好吗？"

"因为我喜欢。"我说。

"你们听听，仅仅因为喜欢，就要攀折花木。这是强盗逻辑！"牛老师尖叫着。

我心里却想，你怎么能懂呢，花儿只有送给美好的人，花才称其为花儿，才会更美，更有意义。牛老师看我不理会她，生气地向地上狠狠地砸了一个粉笔头："因为你喜欢你就可以摘吗？这全世界不乱套了？"这时候余光告诉我克秀塔站了起来，她说："牛老师，他折花……是送给我的。"她这么说，一下子使所有的声音都静了下来，这时我看见，听见了这句话的同学都猛然抬起头，看着克秀塔。我和大家一样吃惊，心想，克秀塔你怎么能这样说，这既害了你又害了我自己，这下子我肯定出名了。

我看到牛老师听了一愣，眼珠一转，我猜测她心里盘算：这折花事件看来并不像自己所想的那么简单。一个男生给一个女生送花，这意味着什么？这个杜军的思想有问题，小小年纪就胡思乱想，想引诱克秀塔。不过这事儿待有了证据再进行彻底的打击。想到这里，她的脸上掠过一丝难以察觉的笑意。她清了清嗓子："这个……克秀塔同学很好！大胆揭发了杜军的行为。你坐下，克秀塔。杜军啊，我过去一直强调，你们一定要努力学习，成为有文化、守纪律的人，要一颗红心、两种准备！我们的现代化大业需要你们，我们的祖国和未来需要你们。"说到这里，她的语调突然一转，"可是，杜军怀着不可告人的意图，冒充别人攀折花木，性质是严重的。但他本人的态度还可以，今后要严以律已，我就不多批评了。下面呢，请问同学们就我平时的行为，谈谈如何对杜军帮助和教育。我们的班集体，是一个团结、紧张、严肃、活泼的班级，大家一定要本着团结的原则，帮助后进同学，多给他提批评意见。大家举手发言吧。"

我仍旧站在那儿低着头，微闭着眼睛，眉头紧锁。同学们的手森林般举起，我什么也听不见，脑际中闪现一片殷红。克秀塔，你为什么要说我把花送给了你？你是想害我还是想替我承担责任？我抬头看了看颔首微笑的牛老师，这头母牛，内心充满了厌恶。同学们的发言不时地飘进我的耳朵，我想，其实你们都是混蛋，比我强不到哪儿去，我对牛老师的同情也没有了，她不能把自己的女儿带给她的痛苦，都扭曲并且发泄到我的头上。看着那些兴奋的同学们，我知道他们马上会散布谣言了，我轻蔑地看着他们。

下课了，牛老师胜利地宣布"批斗会"结束了。看着同学们一个个走出教室，我也看见克秀塔收拾好东西，慢吞吞地走了出去。我悄悄跟在她后面。过了一会儿，我加快步子赶上去。克秀塔发现了我，侧眼看了看我没说话。

"克秀塔，你别怪我，这是我的错。可你干吗要说花是给你的？"

她低着头想着什么，站了一会儿，又向前走，在林荫路边的长椅上坐下了。我也跟着坐下来。她说："你干吗要折公家的花？我真为你害臊。"

我沉默着不说话。如水的蝉声从林荫中滴落，我抬头看见夏天在空中深沉地走过，夏天的车辙印在了天空和大地上，我鼓起勇气说："都是我不好，克秀塔，你原谅我吧。我觉得你待我很好，我想让你高兴，没有别的意思。你知道同学中我好朋友不多。他们就知道幸灾乐祸。"说到这里，我感到喉咙里涌出一些咸涩。

克秀塔转过脸，脸上持着温和而平静的笑容："好了，以后别再折公家的花了。也别说粗话了。牛老师今天话里有话，说你动机不纯。今后，如果没什么重要的事，你就不要和我说话了，免得人家猜想，好吗？"我看着她，她似乎很期待我回答，就狠狠地点点头。

"另外，我希望你回家。算是我求你的。你回家吧"她说。我们四目相对，我的胸中涌过许多难以表达的情绪，有一种蓝色火花倏然在内心绽放。我说："好吧，我马上回家去。对了，你的毛毯我还藏在马厩里，我去给你取过来。"

"你看，那个人——牛老师。"克秀塔的声音有些抖，顺着她手指的方向，看见牛老师缓缓地骑着自行车，消失在人群中。她在盯着我们吗？克秀塔和我都在想。

我回家了，一脚重新跨进家门，我看见母亲山羊般的背影在厨房里晃动。可山羊是公的，为什么自己的母亲是山羊变的？我感到了迷惑。饭已经做好了，我的两个妹妹是两头小猪，已经围在了桌子边上。我妈妈端着饭菜出来，看见我，恶声恶气地说："怎么，到底是饿了吧？那个老不死的整天拿咱们娘儿几个出气，把你气跑了，我正要向他要儿子呢，你回来就好，快吃饭吧，吃完了给你爸送饭去。你不在家只会亏了你，饿坏了吧？蠢蛋！"

我没理妈妈，坐下来埋头开怀大吃。我爸爸在街头摆弄补鞋摊，每天中午不回来，午饭得要人送。

“哥，二加三等于几？”上二年级的妹妹瞪着黄眼珠突然问我，我看了妹妹一眼，见她的涎水脱出好长，头发焦黄而又凌乱，目光呆滞。猪妹妹简直傻极了，我心中既爱又恨：“四！”我大声吼道。

“不对！”上五年级的大妹妹说，“应该等于五。”

“对，等于五。”我说。

我使劲往下咽着饭菜，因为我饿坏了。家里弥漫着我所习惯了的霉臭味儿，三间土屋相连，现在我们是在中间的屋子里吃饭。我们就围坐在摆在屋子中央那张已经落了漆的八仙方桌周围，桌面上让我和妹妹刻满了乌龟王八、各类飞鸟、小虫的图案，还有两军交战的激烈场面。四围的墙上，贴了不少挂悬着灰尘的风景画，和伟人的肖像画。一张单人床靠近左墙根，挨着一只愣头愣脑的床头柜。土墙的许多处墙皮已经脱落，露出了斑驳的、被水侵蚀过的土块，散发着蟑螂和土腥味儿。床头柜上堆放的全是我的课本、书籍，有百十来种。然后，通向右边的耳房是我爸妈住的，室内聚敛着家中所有的贵重物品：黑白电视机、收音机、缝纫机、自行车，几只黑漆大木箱（内装各种衣物、布料、毛皮），通往左边的耳房是我妹妹住的，也有一张大方桌，一张双人床和一些乱七八糟的物品。墙上被她们用炭笔涂满了天才般想象的胡涂乱抹，她们两个无一例外几乎每天都要尿床，因此每天早晨家门口挂起“万国旗”，这是我家的保留节目。悲哀的气氛和情绪笼罩在这个家庭的上空，外面的世界在迅速地改变着，那些劳改释放犯已经可以做买卖了，也有人在街上卖茶叶蛋和卤肉，已经发小财了，社会在发生着巨大的变化，就是钱开始变得重要了，可是家里是永远缺钱的。

这是我的父亲和母亲吵架的永恒话题。

这时候我们已经吃完饭了，我妈妈指派我的两个妹妹洗碗擦桌子，她自个儿伸个懒腰，进屋去试一条碎花裙子。离这里一百多米的郊区公路边上，有她开的一间杂货店，过往的司机都在她那里买些杂物。我妈很丰满泼辣，所以很招那些跑长途的司机喜欢，她经常和他们打情骂俏，欲擒故纵，生意因此还不错。

这天是星期六，下午不上课。我吃罢午饭就提着饭盒去给老爹送饭。午后的阳光十分强烈，大地蒸腾着一股闷热的气息，仿佛大地本身变成了一块巨大的卤肉，熏得我快要窒息，白花花的阳光像一根根银针，扎得我的头皮一阵阵战栗，空气中尘埃上浮，随风飘荡，我的眼睛呛出了几滴泪水，一股股热汗沿着脊背流到了屁股上。夏天，真正恶毒的酷暑来了，我想。我感到十分焦渴，憋闷得慌，街上人来车往，总是一片嘈杂、忙乱而又无序的景象。父亲坐在用白布拉起的帐子阴凉下，他佝偻的身影像一条虾米，或是一张弓，好像随时准备着把他衰弱的生命射进泥土里似的。远远地看去，他的手臂挥动一双小铁锤，“叮当”响着，一双鞋在他手上灵巧地翻转，我们靠着他的手艺才能够上学吃饭。我有些惧怕他，但还是走近了他。

父亲接过饭盒，斜着眼看我：“怎么，还是乖乖地回来了？到外面做王八羔子不好受吧？你爱走就走，我们才不会找你呢。听着，给我好好学习，有本事把自己的饭碗端上，那时候我们就谢谢老天爷了。回去跟你妈说，晚上我去一个朋友家喝酒，不回去了，别给我留饭了。”我爸一边对我说话，一边揉他那张乱糟糟的脸，还有那通红的大酒糟鼻子。我爸是这座城市中出了名的大酒鬼，像那一划火柴就可以点着的60度以上的白酒，他喝两瓶还倒不了，每回几个人一起喝，临了大家都瘫倒了，唯独他可以自己走回去，因此外号“杜不倒”“杜三瓶”。有一次我爸喝多了，睡了两天不醒，医生都说没有救了，但是他抱着一条黑狗嘴对嘴呼吸，第三天，狗被醉死了，他却活了过来。

我就生活在这样的人的羽翼下，一天天孤独地长大着。世界向我渐渐地开启着门扉，我也好像看到了世界的灵光。有时候，我想，生命难道是短暂而漫长的幻觉吗？那死亡是一个什么东西？我感到困惑而又迷茫，面对着横在我面前交叉的无数条道路，沉重地低下了我少年的头颅。

5

午后的阳光就像残留在墙壁上的光影，你根本就没有想起它们，它们却像水一样从指缝间溜走了。写了一下午的作业，我感到头有些疼，我想象着自己的脑袋像是石榴一样裂开，露出了带着血丝的大脑，却有一种特别的快意。

最近我就是喜欢一个人活动，不愿意和那些狐朋狗党们在一起。走出家门，沿着公路，一直向西走去，到了郊区一条季节河边上，我站在了河堤之上。枯河道在我面前铺展开来，没有鲜活的水流动，河床上聚满了鸡蛋大小的鹅卵石。在岸与岸之间，透明的风告知着河床干涸的苦恼。又一个夏天的黄昏降临了。此时的太阳耀眼而又辉煌，像一枚金桔，悬在西天边上。我一动不动地看着太阳陷落，内心充满了莫名的渴念。黄昏里的太阳宁静、博大、深邃、温馨，你完全可以用目光——仅仅用目光与它交流就够了，它会理解你的一切。我坐在河堤上，一动不动地看着夕阳，尚未成型的喉咙上下蠕动着。渐渐地，太阳的颜色由明亮的橘黄色，变成了黯淡的殷红色，天地之间浮起了一层灰暗的雾霭，光线也暗了下来。有一对白色的鸟儿，静静地拍打着翅膀，从远处的夕阳光中安宁地滑过。一瞬间我感到我一下子变轻了，像羽毛一样浮在空中。在这个幽深的时刻，黄昏像是大家的老爸爸，慈爱地抚摸着我的头。

我回到家时天已经完全黑了，爸爸去别处喝酒，恐怕到明天早晨才能回来。妈妈和妹妹都已经吃过饭睡了，我也钻进了被窝。可是我睡不着。刚才看见夕阳的时候，我听到了一个声音滑过天空，告诫我要走好自己的路，但是我出身于这个悲哀的小市民家庭，没有任何机会和靠山，今后怎样生活？在这个连收购废品都要靠社会关系的小城市，自己以后能够干什么、又去干什么呢？可能没有多少选择在我的面前，从来未曾搅扰过我的关于前途的问题纷至沓来。我辗转反侧就是睡不安稳。

不知不觉已到了小半夜了。阴惨惨的月光从窗棂和门缝中渗进来。四周一下子变得很轻、很静，仿佛什么都没有发生，也没有任何人在走动。树木都睡着了，花鸟虫鱼也在睡眠。我的心脏奇怪地跳着，跳得很不规则，我测了多少次脉搏，每一次与上一次差别都非常大。我索性坐了起来，摇着有些发晕的头，打算出去走走。这时，我忽然听到有机动车靠近的声音。我又钻进了被窝，竖起耳朵仔细倾听着，感觉那声音渐渐近了，后来，那声音停在了家门口。接下来一切都静下来了。过了一会儿，一个粗嗓门低低地在我妈那间屋子的窗户下叫着："马菊花！马菊花！"我仔细听着，知道这是在叫我妈。然后是窗户打开的声音，一个人跳进了我家的屋子。我的心悬了起来。我紧张而又激动地听着屋里的声音。

"说别来你还真来了。下午我叫你搞的东西搞到了吗？死鬼，别一上来就动手。"是我妈妈的声音。

“我的心肝儿，你叫我办的事我还能办不到、办不好吗？东西就在车上。怎么，你老头子今天肯定不回来吧？”

“那还用说，那个死鬼一定又在哪里喝醉了。”

“太好了！那……你还愣着干什么？让我摸摸——”那个低嗓门的男人淫笑了起来，笑声中含有的意味我不太明白，我感到猛然一阵恶心，因为似乎传来了脱衣服的声音。

“急什么，先待会儿，我那几个娃儿兴许还没睡着呢。你别动，我去看看。瞧你那个猴急的恶心样儿。”我母亲嗔怒了。细碎的脚步声响起来，我赶紧闭住眼睛，憋住气一动不动。我感到紧张，以至于全身掠过多次电击般的战栗。我妈妈打开门，进了我的屋子，见我睡着了，又走进我妹妹的房间，看看没有动静，才又转回自己的屋子。然后，那边响起来一种奇怪的声音，类似猫和猫的撕扯。

我睁开了眼睛。在我心中淤积的死水四处喷溅，发出了强烈的腐臭气，现在，我知道我妈和那个男人在干着什么了，我心中一千只乌鸦升起又落下。我悄悄穿好鞋，披上衣服，轻轻打开门的时候，我没有听见自己的心跳，我像猫一样警觉和仇恨。同时，一种异乎寻常的好奇心使我悄悄地爬上了屋顶。我找到了天窗。慢慢地把头伸探了过去。

我看见的一切使我心中的青蛙骤然大叫起来：透过流进屋子里的月光和灯光，我看见床上翻滚着两个赤身裸体的人，不用说他们是谁了，是母亲在和她自己的情人幽会。那个男的十分粗壮，一身滚子肉，简直像一只大猩猩，或者我就是一只丑陋的大猩猩，身上黑毛耸立，异常吓人。我的心中激荡着好奇、刺激、仇恨、恶心与慌乱。我看见母亲已经变成了淫荡地叫着的山羊，他们在搂抱、纠缠和蠕动着，还发出了快活和犯罪般偷情的声音。

我缓缓地站起来，紧紧地闭住了眼睛，那里渗出了清亮的泪水，我感到头晕目眩，心中“喀喀”响着，结了一大片冰霜。许久，我睁开了眼睛，仰天长叹灿烂的星空，心中只想着我要离开这个家，走得远远的，因为真正的生活在别的地方，肯定不在这个屋檐下。月光下，我的脸因悲愤而扭曲了，我的眼睛里放射出死光，星光像黏稠的液体，在我的脸涂上了一层阴冷，从我的前胸探出了狼的头，我仰天对月，喉咙里滚过受伤的低嚎。

我咬着牙重新潜入屋子，钻进被窝。朦胧之中，我听到那个大猩猩走了，在车上卸下来什么东西，“这够你吃半个月了，全是上好的牛肉。”交给了我妈，就开车走了。我妈也回到了自己的房间里，一切又慢慢沉下来，就仿佛从来没有发生过什么一样。

我睡着了，梦见自己走进了一间阴暗的屋子。刚一进门，那门就“哐”地关上了，我害怕得要命，摸索着打开灯。有两个虎背熊腰，两眼放着铁冷的光的壮汉走上来，用绳子把我绑在了一根柱子上，然后狂笑着打开一只大木箱，我睁大了眼睛，因为我看见从木箱里一下子跑出许多老鼠，顷刻间爬满了一屋子。饥饿的老鼠互相拥挤着，尖叫着围着我，瞪大着发亮的小眼睛，觊觎着我，然后一些老鼠开始向我身上爬了，所有的老鼠尖叫着涌向我，用它们尖利的牙狠狠地咬着，我看见自己的血喷溅出来，我惨叫，我抽搐，我挣扎着。我醒了。我用枕巾擦去脸上和身上的汗水。窗外，黑夜的墨汁继续蔓延着，一声声鸟叫空荡荡的回旋。

几天后的下午放学以后，我一个人躺在一片宁静的小树林中的草地上。枕着书包，眯缝着眼睛，看头顶的树梢把阳光切割成了耀眼的碎花，缤纷地在我头顶像雨一样飘洒。我嘴里嚼着一片树叶。树叶的汁液甜甜的、润润的。但是我嚼的这种树叶似乎有毒，我感到了神情恍惚。很快我出现了幻觉，我觉得自己好像坐上了一趟不知钟点的火车，火车从不停站，永远地向前，漫无目的，永远也不到站。

这时我的脑子里，又浮现出三天前在屋顶看到的情景。那是我母亲和她的大猩猩情人幽会的情形。过了几天，我的情绪平稳了，觉得我妈她肯定是迫不得已，因为她和那些长途汽车司机有一手，就可以额外地为我和两个饭量很大的妹妹弄来很多钱和吃的，比如我记得过年的时候，我们家总有整只的羊和牛腿，现在，我明白那都是我老妈的相好送的。尽管妈妈也很不容易，但是仍旧很肮脏。另外，我很讨厌我的父亲，我觉得我的酒鬼老爸配不上我妈，毕竟我妈还很招那些男人们喜欢，可是我的父亲，大街上的人都不喜欢他，因为他实在是一个酒鬼。

我很快又梦见了那个引诱我的穿着粉红色的裙子的少妇，我感到我的那个东西开始慢慢地沿着身体爬了上来，我感到震惊，因为过去那里一直很安分。我感觉到小腹丹田里出现了一股热气，这股热气像旋风一样在肚腹里旋转，上升，燥热无比，在我体内像老鼠一样四处乱窜，犹如滚沸的开水一样烧着我的大脑和神经。

我解开裤子，那东西此时十分倔强地骄傲地挺立着，我觉得很好笑，用手拨弄了一下，感觉到一种过去没有体验过的快感，像电流一样掠过全身，我抚弄着，一阵阵快感袭上大脑，大脑不时地陷入一片空白。一会儿就有节奏地狂射出一股股透明的胶水般的黏液，流泻在我的腿肚子上。好久，我才从那种癫狂的空无状态中醒来。那东西像小鸟一样蜷在了我的两腿之间，现在安分和平静了。

我的脸涨得通红。慌忙地左右张望。还好，没有人。我取出一些纸，擦去那些黏液，放到鼻子边上，我闻到了一股湿麦子的味道。我重新系好裤子，这时一阵疲倦袭了上来。我的内心紧张而又恐慌，心中充满了犯罪感。我这是不是流氓行为？这样做会死吗？为什么不能控制自己？天哪，其实我比自己的母亲还下流、肮脏、无耻！我为自己的行为震惊，在心中狠狠地责骂自己，我害怕自己是不是已经变坏了？

但是没有任何声音回应我，天空中那枚白太阳，此时躲在一片云彩的背后，苍黄的尘埃飘浮在空中。我想起了克秀塔，这个在我心目中日益清晰的混血儿，这个美好的女孩。我好像看见了她轻颦浅笑，袅袅婷婷地向我走来。她浑身散发着一种圣洁的光芒，有一种神秘的空气包裹着她。女孩子的这个地方是什么样子？我突然想，好像有一个小洞洞。还有她们小便时不能站着，都是蹲着的。她们的胸部是怎么一回事儿？为什么能够像馒头一样鼓起来？这些突如其来的问题像一团毛线缠绕着我。

阳光从头顶低低地洒下，明媚而又清凉。树叶并不繁茂，草的身体内都充溢着汁液，在土地之上唰唰生长。夏天，忧伤的、辉煌的夏天正在向深处进行着。我站起身，摒弃了让我苦恼的这些问题，到大操场踢球去了。

第二章

1

季节的车轮不知不觉地走进了六月。六月里蝉声热烈，风热得熏人。一学期的课程快要结束了，我的那些同学们都进入了紧张的复习之中，准备迎接期末考试。我也尽力把精力也都放在了功课上，每天都趴在家里那张旧木桌上学到很晚。

这一段时间，我感觉到自己的嗓子变粗了，而且，喉咙还出现了一个小小的凸起物。我知道这叫作喉结。每次我用手去抚摸它，感受吞咽过程中它的上下滑动，觉得快乐而又忧伤。我还感觉到自己的胸部乳头下面，有两个硬块，用手指头一按，有种奇怪的疼痛自脚底徐徐升起。并且，我发现我两腿之间那些稀疏的黄毛，开始长得细密了，颜色也深了许多。在班上，我还是很少说话，说来可笑，我老是觉得有人注意到了这些，注意到了我身体的变化，在无数次幻觉中，我自己裤子上的扣子自动松开，我的全部秘密、两腿之间的黄毛，顷刻间成为阳光下的新闻，这个恐惧令我立即痛苦地双眼紧闭，心中一片雷鸣。

按照约定，我确实减少了和克秀塔说话。偶尔在上课的时候，我的目光和她的目光不经意地相遇，两个人都立刻把目光移开，脸登时红了，心像马一样狂奔。可我越是害怕和她的目光相遇，却老是事与愿违。克秀塔也不主动和我说话，除了一些班务工作。我内心深处充满了和她交流的渴望，同时又极力地压抑着自己。因此，我每天都处在一种煎熬之中。到了晚上，我回想白天和美丽的克秀塔目光相遇的一刹那，心中的大潮汹涌澎湃。每天，当我独处的时候，我一闭眼睛，克秀塔就出现在我的面前，像油画一样生动而又饱满，让我的遐想像烟一样袅袅升起，缭绕着我十四岁的那硕大而又早熟的头颅。

每天下午一放学，我就悄悄地远远地跟在克秀塔的后面，像电影上特务盯共产党员的梢一样。不同的是电影上共产党员老把特务给甩了，而我则每次都目送她进她家那幢楼。这种盯梢给我带来了无穷的刺激和快乐，而且，我还知道了克秀塔的许多嗜好。比如说，爱吃巧克力和雪糕，每天放学必买冰砖；在下雨的时候她喜欢走到道路边上的小水渠里，在里面的浅水里淌水玩。只是有一天，我诧异地透过商店的玻璃窗，看见她买了一件奇怪的东西，在胸前比画，出门时她又诡秘地装进书包，唯恐别人发现。很久以后我才知道那叫乳罩，明白了这一点我既兴奋，又觉得女人真是一种神秘无比的美好动物，鼻孔中充满了牛奶的气息。无论我干什么事情，只要有克秀塔的影子在我的视线中出现，我就一脸恍惚，什么也干不成。在这种激荡的情绪支配下，我对岁月流逝的感觉迟钝了，而日子也都像水一样哗哗流去，期末考试的严寒来临了。

这天下午放学，克秀塔和班上的班干部在一起开会，结束的时候，天色已经很晚了。我一直躲在校门外的几棵老榆树下，像一条焦躁不安的狗来回走动。终于，克秀塔出现了，我像往常一样假装没看见她，与她拉下三十米远的距离。克秀塔在我的视线中走得并不快，她有时停下来，整理衣服或翻翻书包，我也赶紧停下来，躲在树后，悄悄地观察她。有时候我觉得这种护送太累了。但我毕竟在承担着某种责任，而且，最近社会治安很乱，无所事事的流氓很多，想到这一些，我立刻又觉得自己责任重大。

我忽然发现，在前方黑暗处忽然出现三四个背书包的男生，一起围住了克秀塔。我感到有些不妙，这四个男生有的歪戴着帽子，有的叼着烟，搭肩勾背，一副恶心样，拦住了克秀塔。他们显然比克秀塔高一两个级。有一个头大得像木头疙瘩的小子说："这不是学校的广播员克秀塔吗？这么晚了，一个人回去怕不怕啊？咱哥们儿送送你吧！"他阴阳怪气、挤眉弄眼地说，另外几个人也怪笑了起来。

克秀塔有些紧张，她板着脸："让开！用不着你们。"说完，就绕开他们向前走。

"唉——别急嘛，克秀塔，看你长得很漂亮，我想同你交个朋友，怎么样？"那个大脑袋缠住她不放，躲在黑暗中的我心跳个不停，我感到全身跟灌了铅似的。

"再不让开我就要喊人了，小流氓！"克秀塔生气地骂了一句。

"嘿——你们看这小丫头骂人？狗蛋，给我上，把她的书包抢了，扔到水坑里去。"一个长得像老鼠似的小子走上前来，盯着克秀塔。她把书包揽在怀里，神情紧张。狗蛋猛地探出手，抓住她的书包向后拉，我心中想：你快上，你他妈的，这是关键的时候了，胆小鬼，我感到自己的腿在抖，浑身都在冒汗，但我就是不敢出来。

这个时候，有两个骑着自行车巡逻的警察不知从哪个地方出来了，“你们在干什么？”警察发出了威慑的声音，立即把那些家伙给吓坏了，狗蛋他们像是一阵风一样不见了，危机没有等到我出手，已经解除了，我松了一口气，从黑暗中走出来，克秀塔一见是我，十分惊喜。“啊，你们看，这个是我的同学，他可以送我回家的。”

“那些家伙，其中一个叫狗蛋，我知道他们是高一的。”我说，“我可以把他们都认出来。”

其中一个老警察狐疑地看了我一眼，“真是你的同学？跟刚才那些家伙差不多长相。”

“真是我的同学，谢谢你们了，警察叔叔。”她说。

“我们明天去你们学校。”警察走了，然后我们一起朝她家走。

我暗骂自己是一个大笨蛋。我喉咙里咕噜了几声，才说出一句话：“他们都跑哪里去了？”

这个时候下雨了，小雨淅淅沥沥，浓重的树叶沙沙一片响。路上的路灯都亮了。宽阔的大街上行人稀少，柏油路被雨点打得发亮。到克秀塔的家了。她家住在三楼，一进门，她就给关切地围上来的爸爸妈妈讲明了情况，说有小流氓欺负她，后来警察出来了，还说多亏了我的护送。我有一些羞愧，因为我几乎腿都软了。这是我非常丢人的一次经历，因为实际上我竟然不敢英雄救美，可是，我也有些大言不惭，假装我立了大功。多少年以后，我才知道，几乎所有的人，都是有虚荣心的，才原谅了自己，可那个时候我的内心羞愧极了。

克秀塔的爸爸是个俄罗斯族人，瘦瘦的，个子很高，很英武，他亲切地拍了拍我："好样的，孩子，你帮了克秀塔免受欺负，我们全家谢谢你。你吃饭了吗？"他叫了一下克秀塔的母亲。克秀塔的妈妈胖胖的，非常慈祥，她和我打了一个招呼，说，"克秀塔，让你同学去你屋里玩儿吧，我去把饭菜热一下，杜军，你就在我家吃饭吧。"

我这才注意到了她家里的摆设：碎花的窗帘、别致的茶几、造型奇特的鱼缸和盆景，还有墙壁上处处安着的壁灯，考究的俄罗斯风格的、有很高的靠背的雕花餐桌，以及六把椅子，无一不散发着宁静而温馨的美。进了克秀塔的房间，一股女孩子的气息扑面而来。这种气息很淡雅、很神秘。但是我过去闻过的，从她给我的毛毯上面。我傻头傻脑地站在房间中央，有些不知所措。她的屋子里有一个很高很大的书架，上面排满了书。一张暗红色的雕木床，非常古朴沉静，洁净的床单和被褥，散发着幽香。一个中号大衣柜，镜子中映出了我硕大的脑袋。我扭过头看见一架精巧的写字台，上面放着一台录音机，还有一些书。玻璃板底下压着许多彩色照片。房间里到处都摆着、挂着、吊着各式各样的洋娃娃，一幅巨大的冰山林风景画贴满了大半个墙，景致秀丽，幽深。在一面墙上，还挂着一把奇怪的三角形状的琴，最后，我的目光触及一架钢琴，"这就是钢琴吧？那个三角的东西，是什么？"我非常好奇。

"是我爷爷留下来的三角琴，那是俄罗斯人的一种乐器。可以和吉他一样弹奏。"

"啊，我会弹一点吉他。"我这个时候很兴奋，"你会弹钢琴？给我弹弹吧。咱们来个二重奏。"

克秀塔立即熟练地用手拨了一遍钢琴琴键，那东西发出了一连串好听的声音。橘黄色壁灯所发出的光芒，使整个房间里弥漫着一种梦幻色彩的幽静和温馨的气息。克秀塔每天在这样的世界中生活、学习、幻想和做梦，我羡慕地想，哪像自己那个家，阴冷、破败、贫穷而又灰暗。我看见她把手放在钢琴上那一排黑白相间的琴键上，手轻轻一划，叮叮咚咚的琴声响了起来，仿佛透明的水色，在我眼前荡漾，旋律柔和而明快。我有些惶恐，因为我听不懂琴声在说些什么。

我一直盯着克秀塔那双纤细灵巧的手。灯光给她的身子涂上了一层辉煌的光圈，还有一个毛边，影影绰绰，此时，在琴声中，我突然掉进了一种无法表达的感动之中。克秀塔的手像是一股快活的水，在键盘上灵活地跳跃着。旋律的起伏把我一下子带到了春天，带到了阳光明媚的草地上，蜻蜓成群地飞舞，我们并没有被坏孩子们追打；水洼里青蛙齐声鸣唱，鸟儿倏然掠过树梢，遗漏下一串儿鸣叫，风把树枝猛然一推，众多的孩子在地平线上浮起，我们把风筝放进了天空的深处。

克秀塔一边弹，一边侧过头笑着看着我，我们的目光在空中哗然相遇，我没有像往常那样紧张。我也试着弹了一会儿吉他的旋律，但是和她不合拍，于是我停下来了。曲子弹完了，克秀塔站了起来，我愣了一下，轻轻拍拍巴掌表示赞赏。在这样的氛围中，我感到自己也变得优雅起来，尽管有些拙笨。

“你是从什么时候开始学弹钢琴的？”我问。

“五岁，像这么大的时候。”她比画了一下子。

“那么小啊。”我很惊讶。

“现在给你看看我收藏的邮票和画册。”说着，她打开写字台的抽屉，取出了一本集邮册和几本画集。在翻看五彩缤纷的邮票和画册过程中，我进入了一个崭新的世界。突然，我注目于几幅画，问她："这是谁的作品？"画面上是几棵被切割的向日葵。她说："这是荷兰画家梵•高的作品。这是高更的作品，他们都是后期印象派画家。怎么，你喜欢这些画？"我点点头。我突然激动起来，端详着画面金黄而灿烂，仿佛是在流动一样的颜色，感受到了一种生命强烈涌动的激情。我觉得自己看懂这些画了，我感到自己的周身澎湃着热血的浪花。

克秀塔的侧影在灯光中变幻。她转过脸来："我发觉你的艺术感觉挺好的。"

"什么是艺术感觉？"

"就是欣赏与创造艺术作品所先天具有的能力。你这种能力就不错。"她看着我的眼睛亮晶晶的。

"算了吧。我没有这个细胞。"我笑了笑，不再说什么，打开了通向阳台的门。站在了阳台上，我看见黑夜在自己的眼前无尽地铺展开来。我长长地吸了口气。夜间的空气非常凉爽，雨已经停了。在夜的大幕上，点缀着无数闪耀的灯光，灯光尖锐地咬破了黑暗，撑起了每一个人的梦想。这就是我生活了多年的城市，我突然地感到了陌生，就好像在一种猝然之中与它相遇。我看着被夜淹没着的城市，在心中默念着它，像醒着的鹰盘踞于悬崖之上，俯瞰着一切。十四年了，我的城市，我在你的头发间捉迷藏，我在你的血管里骚动而又迷乱，在你的怀里打闹，在你的睡眠里装饰着滴血的幻想。但是也许不久我就要离开你去远方漂泊了。

这时，一阵我所熟悉的幽香打断了我的思绪，发现克秀塔不知何时起站在我身边了，她轻轻吸了一口气："好美的夜色。"沉默了一会儿，她像突然想起来什么："今天你怎么那么巧，就碰上有人截我？"

她这一问把我问愣了，我觉得头皮一紧，浑身像被针扎了一遍似的，掠过一阵麻痒，克秀塔，美丽的克秀塔，你怎么会不知道，每天我都保护着你，用目光护送你回家。但是今天实际上我是一个胆小鬼。我琢磨着是不是应该告诉她事情的真相，但是那样，我在她面前的形象，就彻底垮了。但是我可以告诉她另外的事实，于是我鼓足了勇气："我这一个月，每天都跟在你身后。今天果然出岔子了。我知道你待我好，所以我老想为你做点事儿，可是今天还是有小流氓欺负你了，其实……"我突然感到泄气了，像一只泄气的皮球开始委顿。听到我这么说，克秀塔有些吃惊，她在想，原来这一个多月里，每天我都悄悄地跟在她的后面，保护着她。她的心头一定浮起了几朵橘黄色的云，温暖的云。这时，我看见，克秀塔的脸红了，脸上漾开一片羞赧之色。那她一定想到了什么。我呆呆地看着她，发现她的娇羞是那样的美丽动人。许久，我听见她低声说："谢谢你。"过了一会儿又说："以后……以后你就别这样做了。下星期就要期末考试了，你要专心学习，把功课搞上去。不懂的地方我可以帮你。不过你不要……不要太多地和我接触。好吗？"

我慌忙点头，感到了巨大的不安，还有一些自卑感油然而生。我说："时候不早了，我就回去了。"起身就走。她的母亲非要留我吃饭，可我还是谢绝了，在我心中，这个时候不知怎么的，我的内心产生了一种隔膜和自卑感。是的，自己是普通小市民家的孩子，不是知识分子家的孩子，我恼怒地想，我今后还是少跟你们书香家庭的子弟来往。

我出了楼门，向前走着，走了好远，猛然回头，看见克秀塔的房间里，依旧亮着橘黄色的灯光，像一面温暖的旗帜，在夜空中招展，指示着方向。我是不是已经爱上她了？激动不安的我第一次苦苦地想着"爱"这个神秘莫测的字眼儿，内心困惑而又迷乱。

2

不骗你，青春期有时候很疯狂，也很可怕，有的人就因此折在这里面了。最近，高中三年级的大学预考，有一个女孩和她的男朋友都没有过关，结果两个人都跳楼了，男的死了，女的重伤也残疾了。我有时候害怕自己出问题，会陷入某种偏执狂的幻觉之中，比如我有了一次肮脏的性想象之后，立刻就觉得，自己内心的一块已经脏了，我惊恐地想，完了。自己的血不干净了，自己是一个坏得透顶的人。我吓得浑身冒汗，站在高处，就有跳下去的欲望。在这个永远的夏天，这个充满了禁忌和蛐蜒爬行的夏天，我嘴里总是弥漫着一股青草味儿，身上也总是有一种湿麦子的气息，我十分惧怕地、战战兢兢地眺望和迎接刚刚来临的青春期的潮汐冲刷。

紧张的连续一个星期的期末大会战结束了。三天之后，成绩就公布了出来：克秀塔第一名，我第二十八名。和过去比，我无疑是进步了。接着，似乎时间的车轮猛地向前一滚，我抬起头来发觉，期待已久的漫长而有趣的暑假来临了，而下学期的开学，自己就上初中三年级了。放假，是每一个学生最快乐的季节。放假意味着某种解脱，意味着自己可以像一匹野马那样自由地驰骋了。但唯一令我遗憾的是不能像过去那样天天见到克秀塔了。我琢磨着，即将到来的可以完全由自己支配的日子，应该怎么过，时不时地有一种空茫感。现在，我觉得自己的各种感觉空前活跃，仿佛一只蝴蝶扇动翅膀，就会带来远方一场暴风雨。就是在这个时候，我干了一件很大的事情。

我后来就开始注意母亲和她的情人的来往，发现了那个像一只大猩猩的长途货车司机来和我母亲幽会的规律，就是在每一个星期四，他都要来找她，总是带来一些鸡鸭鱼肉，和母亲交换肉体的欢愉。每一次家里吃这些东西的时候，所有的人都喜滋滋地大口吞咽，只有我是假装动筷子，而很少吃这东西，因为我知道这些东西的来由，这使我觉得恶心，我觉得自己被伤害了，我酝酿着一个可怕的计划，要悄悄地报复了。

我在他们幽会之后，就跟踪那个大猩猩男人，发现他竟然也是这座城市的人，只是他住在老城区，那边大都是维吾尔族人和回族人的聚集区。有一个很大的清真寺，清真寺的顶上，有一弯好看的铁做的新月，是伊斯兰教的标志符号。每个礼拜日，那里都有很多伊斯兰教徒在做礼拜，传来了好听的祷告声。而大猩猩的家就离那里不远。那天晚上，所有的人已经进入了睡眠，我从家中偷出来了父亲的汽油，用一个塑料桶装好了，我潜出了屋子，戴着头罩，来到了他住的地方。趁着那个家伙在呼呼酣睡，我用一把铁丝拴住了门，然后用汽油把屋子外面泼上了，猛然地砸开了他家的窗户玻璃，然后把汽油泼了进去，点燃了火焰。汽油的燃烧非常猛烈和迅疾，转眼之间，火焰已经充满了整个屋子。大火之中，可以看到火焰在使一切变形。火焰中，有无数条金黄色的蛇在狂舞。我立即溜跑了，在清真寺的街角观察着火焰。火焰吞没了大猩猩的家，里面传来了阵阵惨叫声，忽然，我看见有很多野猫，不知道从什么地方出来，蜂拥着向着火的房子里面扑去，就像是飞蛾投火一样，投身于正在熊熊燃烧的大火，野猫们被火焰燃烧时发出了凄厉的惨叫，这使我惊呆了，为什么野猫会投身于大火之中，很多年之后我都不明白，仿佛大火是它们升华的一个仪式。

我觉得快活和紧张，然后，可以看见有人从窗户中带着火焰逃了出来。火焰把清真寺顶端铁制的新月也给照亮了。很多人家的锅碗瓢盆都敲响了，一些人出来救火，我看了看慌乱的人群围拢了着火的屋子，用水和土在灭火，以防火势蔓延。

我就悄悄溜走了。火焰把大猩猩的家彻底烧毁了，大猩猩是一个人住，他被全身烧伤，住了一个多月的医院，出来的时候，已经面目全非，成为这个城市最难看的男人。警察一直在寻找作案的人，但是没有找到。因为没有任何线索。我开始很害怕，后来就渐渐忘了害怕了。我的母亲开始似乎很伤感，但是当那个可怕的家伙带着变形的脸，来找她的时候，她没有想到他已经被毁容了，尖叫着把那个怪物给赶走了。当然，尽管我内心很紧张，警察最终也不知道是谁干的，没有抓到我这个元凶。

这一天上午，阳光灿烂，空气中弥漫着潮湿的西瓜瓤的清新味道，还有马鬃毛的骚膻气味。我一个人漫无目的地在城市的街巷中穿行着，在我周围，是人的喧哗、浮躁和历史的叹息声，与时间那凋落的花瓣。当阳光在云朵中停顿下来的时候，我走进了一家书店。这座城市的人是不爱读书的。因为我们早已习惯于生活在某种慵懒和庸常之中，甚至是酒精中，和麻将桌上。读书，对于我们来说，会给我们平静而麻木的生活带来雷暴和闪电，带来一些不必要的奢望和幻想，而我们不需要任何的精神慰藉和幻想，那反而会增加生活的烦恼。哪怕有这种可能，也会被我们轻轻地用手抹去。

书在一行行排列的书架上整齐地摆放着，我盯着书背，过去我敬畏书籍，但是现在我内心产生了一种仇恨：这些作者在死去许多年后，他们的言语仍旧可以被翻印成书，在书店里出售，后人读了它们就继续陷入幻想和奢望，以及那种幻想和奢望给我们带来的无尽痛苦。我愤愤地随便抽出一本来，趁着别人不注意，就把书页撕下来不少，心想，难道我非得读你不可吗？写书的人，难道人类总是希望被你们迷惑吗？知识有时候像是魔术一样，是完全骗人的。我一边撕着这些书籍，一边感受到了一种犯罪般的快乐。

我把手里悄悄撕坏的书扔了进去，又抽出一本，这一下，我愣住了，因为抓在我手里的书名是：《性的知识》，我内心的湖水荡漾，心虚地左右看了看，没发现谁在注意我，我开始翻阅了。书并不厚，我在目录中紧张地查找到了“女性生殖器构造”一栏，快速地找到了那一页。我的心像弹簧一样猛地跳起来，在弹簧剧烈弹跳的间隙当中，有一种石夯打砸地面的声音响起，在我的胸膛里回荡着。我看着书的目光显得迟滞而又僵硬，眼睛直盯着那幅女性生殖器构造图，在电火花闪耀的一瞬间，知道了女人阴部的构造。忽然间，我的余光告诉我有人向这边走来，我立即合上书，心中电闪雷鸣、雷雨交加。我闭上了眼睛，一股热气沿着脊背徐徐上升，口干得要命。我迅速把那本书插回书架，左右观瞧，确定没人注意才轻轻松了口气。

我感到有些晕眩，赶紧离开了那排书架，内心有一种见不得人的自责，觉得自己卑劣极了。任凭着脚带着自己向前走，睁开眼，发现自己来到了传记类图书跟前。我的目光渐渐平静下来，徐徐检阅着书籍的大军：华盛顿、尼克松、毛泽东、巴金、鲁班、雨果、齐白石、梅兰芳、海明威、斯大林、邓小平、孙子、贝多芬……几十个沉甸甸的，像秤砣一样碾压和改变着历史的名字，在我的眼睛里一一走过。可我心头涌现的是一种排斥感。他们领了风骚，他们创造了历史，千百万人信任他们、怀念他们、敬仰他们。我呢？一无所有，只是一个内心充满卑劣念头的混蛋和胆小鬼。我此时伤心极了，一缕阳光在我手中拿着的书上跳动，仿佛在嘲笑我。我在翻的是一本《渴望生活》的书。这是荷兰画家文森特·梵·高的传记，在克秀塔家里，我看过他的《向日葵》印刷品，被他笔下的充满生命的骚动和幻想的颜色给迷住了。我觉得这是一本自己需要的书，决定把它买下来。

快走出书店的当口，我还是果敢地抽出了那本《性的知识》，压在《渴望生活》的下面，在收款台，我感觉到年轻妖娆的女收款员不怀好意地注目我，其实，这都是我做贼心虚。我紧张地走出了书店的大门，这一时刻，我感到全世界都停下来，一个巨大的聚光灯在照射我，人们都在注视我，一个丑恶的人，买了一本可怕的书——《性的知识》，企图窥探人类远祖以来，男人和女人的生理秘密。我仓皇地逃走了，消失在白花花的阳光里。

晚上，听着父母亲发出了难听的呼噜声和吹气的声音，妹妹们也都睡着了，我悄悄地取出那本《性的知识》，激动而又不安地读着。原来女人的生殖结构是这样的，我吃惊地读着，想着，感到自己那个东西又沿着肚子慢慢地爬了上来。我竭力抑制住冲动，没有用手去抚弄它。我想，那么，克秀塔的那里，是什么样子？克秀塔，多好听的名字，但是你也长着这么复杂的器官。这个时候，你在干什么呢？放假一个多星期了，一个多星期没看见你了，我都快疯了。我一下从床上弹坐起来，穿好衣服，悄悄溜出了门。

这是一个没有星星的晚上，到处都是黑漆漆的一片，我用鼻子嗅着铺展开来的黑暗，感到黑暗是一种牙膏味儿的东西。我在黑夜之中潜行，有时候看着自己猫行的身影，我感到很恐怖。我自小害怕黑夜，害怕黑暗中一切物体的影子和声响，而现在，这种害怕变成了动力，驱使我尽快穿越那恐怖的街道，我的心紧张而又忙乱。到了克秀塔家所居住的那幢楼下了。远远地，我就看见三楼克秀塔的房间里亮着灯，我的心里，有很多红色的孔明灯，忽地缓慢地升了起来。

我三步并做两步到了一棵杨树下，抱住树身，探出头，用目光捕获住克秀塔房间的那面窗户。灯光还是橘黄色的，柔和而又亲切。克秀塔，克秀塔，你一定不知道，有一个人在楼下窥探着你的世界，你的梦，我的心中已经无法抹掉你的影子了。克秀塔，你是在弹钢琴吗？我好像已经听到那旋律了，我也看不见你秀美的头发，在壁灯的照耀下闪出的光亮了。克秀塔，克秀塔，也许你在看书，你斜躺在你那张雕花的小木床上，灯光是不是暗了点儿？你要注意你的眼睛啊。你是伏在写字台上写东西吗？克秀塔，克秀塔——

我在心中一遍又一遍地呼唤她的名字，像一头焦躁而又无助的狗一样来回走着，不时地突然停下来，凝望那一面小窗，喃喃自语，任清风把这些话带走，带进时间的深处。我知道自己的脸上，一定充满了凄迷，再也没有像今天这样使我感到孤单无援，感到自己一无所有。克秀塔，你为什么不说话？你为什么不打开那面窗户？你小小的花篮一样的心中，一定盛满了白蘑菇一样美好的愿望和心事。你是那样圣洁明亮，令人可望而不即及。我想靠近你，又想远离你，可是我已经无法驱赶你的影子，它总是在眼前晃，凝神定思想去抓住它的时候，它又跑掉了，模糊了，变远了，淡了，像是一团雾。你会不会突然想起我？也许在你眼里，我是愚蠢的、贫穷的、丑陋而又焦躁的。你也许脸上正浮起了一层笑意，因为你想起了我的蠢行以及可笑之处。

不，不，我愤怒地捶打着自己的头，痛苦万分，望着克秀塔的窗户。不，她不会嘲笑我，她永远都不会嘲笑我，她是那么的善良，我不信，她那么富有同情心，即使一只蚂蚁都不愿去伤害……也不知过去了多少时间，那扇橘黄色温暖的小窗黯灭了，克秀塔要睡了，我想。我开始往回走，我不想打扰她了，克秀塔，愿你做个好梦。

我在读文森特•梵•高的传记《渴望生活》。一连几天，我都处于一个巨大的、心理激荡的磁场之中。梵•高，我默默地念着这个名字，感到了前所未有的沉重与激动。书是上一代人的遗言，梵•高，我仿佛看见他周身裹满了金黄色在燃烧，在麦田中奔跑。梵•高像一只巨大的沉钟在敲响，在沉降，梵•高凄凉的一生，叫我咀嚼到了世上的苦难。在这年夏天，当浓荫洒满了我青嫩生命的时候，我在想象着梵•高，想世界上还有这么辉煌和疯狂的人！梵•高那黑瘦的、脸上布满忧郁和焦躁，以及营养不良所造就的青灰色的脸，浮现在我眼前。梵•高，他为了证明自己的忍耐力，能把手放在蜡烛之上焚烧。为了证明自己的真诚，他能把自己的耳朵割下来。在这个到处充满着喧哗的物质欲望、充满了庸俗和虚伪的生活的世界上，他是孤单的，也是伟大的。我眼前缭乱地漂浮着梵•高后期作品中的金黄色，默想着梵•高博大、凝重、苦难而又美好的一生。我想，总有一天，自己的生命也会像梵•高一样辉煌和炽热。过了好多年，当我知道很多人都喜欢过梵•高之后，觉得那种喜欢，就像是一种流行感冒一样，碰巧我得了，没有什么了不起的。当我长大了一些，又看了另外的人写的关于梵•高的传记，觉得自己曾经那么喜欢这个画家，确实很好玩和好笑，因为即使梵•高是一个伟大的人，他又是一个病人，此外，他还嫖妓，这一点使我难以接受，怎么这么一个伟大的人，还会接触婊子——那被成百上千个男人干过的女人的肮脏私处，他还把他的耳朵献给了一个妓女，他是不是本来就有精神病？他实际上只是一个疯子和病人？我明白了，艺术家和疯子有时候只差一步。

我有些冲动了，突然决定学习绘画。在我看来，绘画是那么神奇，随便用不同的颜色，就可以把你心中的一切倾诉在纸上、画布上，而那些颜色与形象又好像是充满了生命一样，具有了具体而美好的意义。在这年夏天里，我找来了一些水彩和笔，开始了疯狂而又认真的、幼稚的涂抹。每天，除了写暑假作业，剩下的时间我都在疯狂地“作画”。我全然不顾什么笔法和技巧，在刚开始的那一段时间里，我只是倾诉，只是在把我的幻想用颜色涂抹在画布上。我觉得在自己心中，有许多淤积的东西要诉说，我只想把这一切斥诸于颜色。我用卖废铁的钱，买回一大批美术入门书籍，像个疯子一样看着、画着。

我还经常背着一个画夹，装模作样地去写生，尤其喜欢黄昏没有人看见我的时候，去季节河边。我坐在围绕着城市流过的季节河的河堤上，凝望着夕阳。从遥远的天山山脉中流泻出来的季节河，现在有水了，在夕阳的辉映下闪闪发光。周围的天地广阔而宁静，风和草轻声交谈，雪峰在远处沉默。整个天和地之间，似乎只有我一个人河岸边独坐，咀嚼着黄昏里的每一丝变化，未成年的心里弥漫着深沉的钟声。从很小的时候，我就十分喜欢自然，我细心地观察每一种自己所能碰见的植物和动物，观察它们细微的生长过程，在无数次与大自然的相遇之中，我听懂了自然的语言。我知道，一个人的灵魂必须向自然敞开一个窗口，否则他就会是一个可怜而又无援的人。那些仇恨大自然的人是可笑的，是丑恶的。在更多的时候大自然是人类的朋友，是母亲，人类永远不可能征服自然，人类只会毁坏大自然，让自然变成人的敌人。

我支好了夹板，先用铅笔在白纸上勾勒一些大致的线条；调好水彩，一笔一笔自在地构造着我心目中的黄昏。黄昏的深沉凝重在我笔下一点一点地显露了出来。我不停地点啊，画啊，我要把黄昏黯灭过程的每一声叹息都留下来，我要把自己对黄昏的每一丝感情都画下来。太阳陷下去一半的时候，我的《黄昏流逝》完成了。我忽然听见了脚步声，转过脸，看见一个二十七八岁的壮年人走近我。那人是个大胡子，脸膛发红，手里捻着一根烟。他眯着眼睛看了一会儿我的画，“不错，很不错。”大胡子没有任何表情地问我，“这是你画的？”

我显得有些局促，用脚蹭着地上的青草，说：“是我画的。”

大胡子的花格子西装笔挺，缓缓地说：“你画得不错。应该说你捕捉到了黄昏的神韵。但你的笔法十分幼稚，更谈不上什么技巧。你有一种对色彩的天赋般的理解与把握。可是你不懂任何技术，而技术也很重要。你很喜欢绘画吗？”

“那当然了，要不然我画什么呢？”我有些讨厌被打扰。

“你是一个中学生吧，上几年级了？”他很有耐心。

“初二了。市三中的。”我敷衍他，希望他赶紧走。

“这么说你有十三岁或者十四岁了？”

“我今年十四岁。”我理直气壮地说。

“很好。对了，我还没介绍我自己呢。我叫秦添，是市一中的美术老师。我是浙江美术学院毕业的，为了画出好作品，来新疆工作三年了。你愿意跟我一起学画吗？”

我愣住了，眼前电火花地闪亮，又缤纷地落下，因为这对于我来讲，是一个特别好的机会，我立即收敛了轻狂，迟疑地说：“你肯教我？你说的是真的？”

他哈哈一笑，“我觉得你还有些天赋。走吧，跟我一起到我宿舍聊聊，你看，天快黑了。”是的，现在太阳已经不见了，浓浓的墨汁一样的黑夜蔓延过来，周围的一切都模糊起来。

我们在市一中院子里的一幢平房跟前停下来。“到了。”秦老师打开了门，我走了进去。屋子的摆设很简单，但很别致。一张床、一个很大的书架，书架上是一些厚厚的画册，一张木桌上面有几个好看的花瓶，还有几把椅子。四周墙上全是绘画作品。一抬头，我的目光和一幅西方古典圣母图的目光相遇了。画面上的圣母裸着上身，乳房高耸。我的心古怪地跳了几下，忙把目光移开，可眼睛又看到了一幅裸女图，画面上一个全裸的丰腴女人斜躺在一张古香古色的床上，神态慵倦而优雅，小腹上一片苍郁。而且，房间中还有一些裸体的小型雕塑像,大都是女人的身体,摆着各种各样的姿势,我额头上的血管中腾腾跑过几只兔子，我感到自己的脸红了。急忙坐下定定神，不敢再向四处看了。

秦老师说，“今后每周的一、三、五你都可以跟我学画画。”

3

每一次使用颜色构成图画的经验，都给我带来了持久的快乐，在这个暑假的每周一、三、五，我都去秦老师家，在秦老师具体的指导下，我对绘画的操作和理解，进步速度非常快，甚至连我自己都不敢相信。在颜料和色彩的世界里，我忘记了外面的喧嚣与痛苦。我为自己找到了一个倾诉和倾听的方式而激动不安。很多同学和一起玩的混混，都知道我在学画，在背后嘲笑我，因为我自从几个月之前身体起了变化之后，很少拉帮结伙成群结队和他们在一起了，于是成了他们嘲讽的对象。

这天上午，我在家仔细阅读一本秦老师让我看的美术史著作，忽听有人敲门，声音清脆，听起来又略显迟疑。我打开了门。门外，白花花的阳光蜂拥着闯入屋子，我的眼前一白，许久，我才看清阳光下的那个人，她一袭紫衫，笑靥生花，这不是克秀塔吗？我呆住了，因为这么多天，我都快把克秀塔埋在心的水底了。我的喉咙里滚过一声惊叹：“哦，是克秀塔！快进来，快进来。”

克秀塔走进我的家，探着头四处张望着。我突然感到十分懊恼：怎么想也不想，就把她放进来了呢？我的家这么破败、贫穷，她看到了会不会疏远我？我的头顶上罩了一层自卑的阴云。我给她让坐。克秀塔轻撩紫裙，刚一坐下，那板凳“吱”的一声，向一旁跌去。我眼疾手快，探出手扶住了她。待她站稳了，我又触电般地把手缩了回来，留在手上的是丝制品的滑腻和冰凉。我尴尬地笑笑，自卑的云重新飘过来，在我的头上开始下雨了。我狼狈地一连打了好几个喷嚏，为自己降生在这样一个家中，充满着埋怨和悲愤。

“就你一个人在家？”她笑吟吟地问，倒没有在意。

“噢，爸妈都去工作了，妹妹们出去玩儿了。”如果她问我，我的父母亲是干什么的怎么办？我该怎么回答？能告诉她父亲是一个鞋匠，母亲是一个开杂货店的吗？

“我今天来，是想看看你画的画儿。”克秀塔说。我感到很吃惊：“你怎么知道……我在学画？”“我有特异功能。”她调皮地摆了一下头，看着我笑，“怎么，不愿意叫我先睹为快？”我心中暗自高兴，终于有一个在她面前表现的机会了，我在心中轻声呼唤着上苍，感激他给自己这样的恩惠，我取出一个破旧的文件夹，小心地从中取出了一些画儿，递给克秀塔，我有些紧张，手微微发抖。此刻，所有的声音都静了下来，只有她一幅幅翻看的“沙沙”声。我的心悬在了针尖儿上，等待着她的评判。天那，她简直就是能够掌握自己生命的审判官。我看到她的目光渐渐流露出来一丝欣喜。

“杜军，你的艺术感觉真的很好。你一定会成为一个出色的画家。想不想知道我从谁那儿得知你在学画儿吗？秦添！想不到吧，他是我的英文家庭教师，他告诉我你非常不错，很有天赋，还打算好好培养你。”克秀塔的脸上分布着美好的光晕。她还告诉我，秦添的爸爸是国内有名的画家秦觉先生。我从没听说过，我为自己的孤陋寡闻有些羞愧，低下头来，表示钦佩地“哦”了一声。

克秀塔还告诉我，说她决定改在每周一、三、五下午去秦老师家补课，那样她就可以看见我和秦老师作画了。这可太好了，我心想，又能常和她在一起了，我的心中，可怕的蚰蜒消失了，一大片蜻蜓飞了起来。克秀塔站起身，她把目光投向我的床头柜，“哦，这么多美术书！”她翻看着那些书籍。我蓦然一惊，因为那本《性的知识》也在这堆书中，我紧张得要死，肚子里的一个黑色的水桶七上八下，心脏忽悠忽悠在嗓子眼儿晃荡。看着克秀塔纤细的手指掠过了那些书。还好，她没有注意到它——那本叫我心中充满罪恶感的书。她抽出了《渴望生活》。“啊，梵•高传，太好了，太好了，借我看看可以吗？”她说话的声音像鸟鸣，在我头顶滴落。我把书拿过来，用钢笔快速的题签好，大方地递给了她：“送给你了。”克秀塔微蓝的眼睛睁大了：“这怎么行？这可是你最喜欢的呀！”

“正因为如此我才决定送给你的。”我说话的声音有些发颤，喉咙很干，咽了几口唾沫，把手心上的汗悄悄在裤子上蹭了蹭。我发现克秀塔的脸又变红了，那模样娇羞可人。许久，克秀塔拂了一下头发说：“那就谢谢你啦，我要走了，下午见。”她转身，一袭紫衫重新闪动在强烈的阳光下，渐渐地走远了。我转过身，望着自己凌乱和贫瘠的家，叹了口气，内心继续涌上一股悲凉。

秦老师和克秀塔围着一张桌子，而我坐在屋角，在画一个石膏像。屋子外面的阳光像水一样漏进来，我的心安宁而又凄凉，我轻轻地画着，落笔细腻、轻柔。克秀塔的声音一响起来，我的心中那棵红果树上，就骤然摇落许多红果子。有时候，在我的余光之中，混血儿克秀塔那美丽的俄罗斯人的典型侧影，掩住了一片阳光，我感觉有一只毛刷，在轻刷自己的脖子，周身掠过密集的舒适和麻痒。克秀塔，克秀塔，你的眼睛是一片湖，只要掉进去，我就再也出不来了克秀塔。我的手在画纸上轻灵翔动，侧着头，填补着画布上的暗影，而心思却在克秀塔的一举一动上。我想自己这是怎么了？克秀塔。

但是我发现秦老师也很喜欢克秀塔，对她有一种古怪的情感。他会因为赞许，突然抚摸她的头发，说她的头发简直太美了，或者会悄悄凝视克秀塔的身影，偷偷嗅闻克秀塔的肩膀——这都是我悄悄观察到的，我感到了不安和嫉妒，我也无法理解成年人秦老师的举动。而且，当克秀塔出现在秦老师的宿舍中时，秦老师很快把墙上那些有裸体女性的西方绘画作品的印刷品全给揭下来了。

在浓荫掩映的七月中旬，我感到水草在夏天深处摇曳，季节深沉而又美丽，一点一点地在我体内延伸。在这个季节中，我老想开口唱歌，我想赞颂，想倾听一切，我看见自己青葱葱的生命发出了粼粼的光芒。在这个月中，我和克秀塔都获得了本市举办的比赛奖：克秀塔获得了英文演讲竞赛“金杯奖”，我获得了国际少年绘画大赛本省预选赛二等奖。这是我十四年来第一次受到奖励，在这年夏天里，我为第一次的被世界所承认，心中激动而不安。

我一跨进家门，就兴冲冲地对躺在床上休息的鞋匠老爸说：“爸，我获了奖，你瞧，这是奖状和奖品。”我认为父亲一定会很高兴。父亲从床上坐起来，脸上荡漾开微笑：“呵呵，不错，不错，得了多少奖金？”

我有些黯然：“没有奖金，只有奖给我的书、纸、笔和油彩。”我变得有些忐忑不安了，我害怕父亲，多年以来，我都是在父亲的阴影中畏畏缩缩地长大着，像野草一样无声无息地生长着，我看见父亲脸上的笑容不见了，慢慢地下了床，穿上鞋走进里屋，说“呵，捞个荣誉也行，是我的种。你不是杂种，和你的妹妹不一样，她们是杂种。”我跟着他走进去，头上冒出袅袅热气，我小声说：“爸，给我二十元钱，我要买颜料，我要学画油画。”

“什么？！”我父亲的眼睛一下子睁得老大，脸上的肌肉抖了几抖，眼睛里布满了阴云：“买颜料要二十元？画金子？狗屁！没钱没钱。”

“爸，人家秦老师收我为徒，连学费都不要。我用的纸张和油彩颜料都是他们的。时间长了，我不好意思。你给我点儿钱，少给一些也行啊，爸。”我哀求着，心中升起对他的怨恨。

“不给！没钱。”父亲没好气地挥了挥手，“走吧，走吧，真烦人。和你妈一样，都是讨债鬼。”

我的头“嗡”地响了，脑袋里许多日光灯管“噼啪”爆响，周身血液哗哗地掀起了巨浪。“哼，你自己整天喝酒，一个大酒鬼，你自己花钱，干吗就可以？”我闻到了一股酒味儿，简直要恨死父亲了。父亲一下子转过身：“嘿——钱是你老爹我挣的，我干吗不能花？你这一说倒奇怪了。有本事你自己去挣呵，跟我要什么钱？！给我滚，敢说你老子，滚，滚！”他又吼了起来，像一条狂怒的狗。我感觉自己从来没有像今天这么委屈过，我冲父亲狠狠地“呸”了一声说：“酒鬼！”

“好哇，臭小子，你敢骂你老子！”一巴掌飞了过来，像一股风，“啪”的一声响，实实在在地落在我脸上，我脚跟不稳，脸上火苗子“腾”地起来了，顷刻间像发面一样壮大着，眼睛里星光灿烂，一跟头摔倒在地。我父亲跟上去，在我的屁股上又狠踢了一脚，野猪般的脸上露出了獠牙，我像一条病狗一样哼着，内心悲愤而又凄凉。我缓缓地站了起来，拍了拍身上的灰。

我没哭，只是愤怒地盯着父亲，心中的炸弹疯狂地爆炸着，一片硝烟弥漫。在与父亲紧张的对峙之后，父亲又冲到我书桌前，把我的书和绘画作品一把挥在地上，脚在上面用力碾着："臭崽子，我叫你画、画！我一分钱都不会给你。"

我把拳头捏紧，看着自己的父亲，一声不吭，脸上的泪水像一条河。我蒙受屈辱和委屈，心在滴血，浑身在疼痛，但仍一声不吭。

一个星期后的傍晚，克秀塔再次敲响了我家的门。我神情沮丧地走出屋子，低头迎接她。"你怎么连着一星期都不去学画了？秦老师叫我来看看你，是不是出了什么事儿。"克秀塔的声音里带着关切和责备，她的眉头拧成了一个好看的结。我们的目光倏然相遇，旋即又分开，在我抬头的当口，克秀塔看见了我额头上的肿块："这是怎么啦？跟人打架了？"她靠近我，伸出手想要摸那肿块，我用手轻轻挡住，咧着嘴苦笑了一下："没事，我爸不给我买笔和颜料的钱，还打了我。我以后不能再学画画儿了。"说着，心头不禁落下一阵凉雨，一股子悲凉注入头顶。

"那怎么行？"克秀塔一副吃惊的样子，"走吧，咱们到那边走走。"

我们沿着一条林荫道慢慢走着，谁也没说话。我心情很坏，也不知道说什么好。盛夏的天气燥热无比，空中涌动着炽热的、白花花的阳光，灰白的尘埃在浮动，有一种呛人的土腥气。大地之上，浮动的蜃气使眼前的一切都在飘摇，我眯着眼睛，不时地有尖利的汽车喇叭声钻进耳朵。我感到胸闷、气促，浑身难受。这个狗日的夏天，我想。

"你必须坚持画下去，你有这个天赋，你一定要相信你自己。我知道你行，你干吗自暴自弃？没有钱咱们可以想办法，我可以帮你……""不，不，我决不接受你的钱。"我打断克秀塔的话。我实在接受不了她对自己的关爱。

“可是你需要钱。”她停住脚步，幽蓝的大眼睛看着我。有一些被树枝剪辑过的阴凉洒在她的身上，轻轻地晃动着，像是一些在水中游动的鱼的影子。她掏出了钱包。“你先拿去用吧。”

我急了：“不……不，你拿回去，我不会接受你一分钱。谢谢你，但我不能用你的钱。我要自己挣，我已经是一个男子汉了，所以决不靠别人的同情……”

“这怎么能是施舍！就算我借给你的，你有了钱再还我，行了吧？”她有些生气了，脸上有一层不快的颜色，“不过，无论如何，画画你还是要坚持下去，要不，你还算什么男子汉？”

这句话显然刺痛了我，我的眼睛里渐渐聚满了泪水，心口火苗子一闪一闪，火辣辣地疼，我看见克秀塔脸色微红，瞪着眼睛看着我。有些哀其不幸、怒气不争地看着我。我又低下了头，把牙咬得嘎嘣响。过了一会儿我说：“好吧，我一定坚持下去。”我突然灵机一动，一下子高兴了：“我可以去捡破烂，去捡废铜烂铁，我对这个还是在行的。”

“好啊，我帮你！”克秀塔也高兴起来，“我们明天就开始。”

第二天，我们一起开始了行动，我们在这座棋盘般的城市的每一条街道中穿梭，在这座城市的各个角落寻觅，在每一个垃圾堆、垃圾处理场逗留。无论是牙膏皮、铜皮、塑料、玻璃瓶，还是骨头、纸板、铁制物品，全都是我们的搜寻对象。因为废品收购站收购这些东西。我们一人背一个大包，像两条可爱的小狗一样，埋头于自己的寻找。在搜寻破烂这方面，我有突出的才能：我能一眼从一大堆垃圾中发现一块生锈的、极不易辨识出的旧铜皮、铁钉、牙膏皮，我像一条猎犬一样精于此道。而克秀塔显然是生平第一次干这样的事儿，她像孩子玩一个新游戏那样兴致勃勃。每当我看见克秀塔弯着腰，她的头发像一节黑色的流水在轻轻地荡漾，翻捡垃圾的时候，心中就涌起了十分复杂的情感。有一次，一抬头，克秀塔背对着我，透过她的裙子，我看见了她的短裤边缘，包裹着她精巧的小屁股的线条，不禁眼前一黑，内心的黑水潮水般奔涌，我立刻骂自己，真是猪狗不如，但我还是抑制不住自己的这种犯罪般的窥视欲望，内心骚动、迷乱而又不安。

在这一段日子里，我教会了贵族小姐般的克秀塔，如何去辨识各种可卖的破烂和废铜烂铁。在我的培养下，克秀塔进步非常快，常常能发现一个重量可观的铝壶或是壶盖。因此，有时候一整天，我们都会陷身于发现的狂喜之中。对于克秀塔来说，这也是一种生活，一种她过去未曾经历过的生活，一种神秘的，就好似禁果一样的生活。她尝得仔细，尝得认真，叫我内心中升腾着剧烈的火苗子。我用捡来的铁丝和皮筋，不失时机地给她做了能打纸子弹的手枪和弹弓，教会了她如何射击在空中飞过的小鸟，而克秀塔则用洗净的碎布，给我做了一个布娃娃，教会我过家家的游戏，我的内心中充满了温馨和甜美，我们相处的是那么默契自然，我们是相当快乐和谐。有一天，我从垃圾堆里发现了一袋避孕套，十分迷惑，我问克秀塔这是什么，她一下子变得娇羞无比，但还是告诉我那东西的用途，我才重新意识到，克秀塔是一个已经趋于成熟的女孩子，她比我懂得多，内心的激情风起云涌。就这样，快乐忧伤而又短暂、漫长的暑假过去了。我和克秀塔清晰地看着这一段时日的车轮，是怎样渐渐隐入了时空的深处，我和她都迎来了秋天，金黄的、具有感伤气息的秋天。在这个季节中，我们每一个人都在人生的阶梯上又前进了一步，我们都升入了初中三年级。

现在，我站在教学楼四楼的楼顶上凭栏而望。已是下午放学了，校园里到处都是充满活力的谈笑着、奔跑着的学生们。在大操场上，许多穿运动服的同学，在进行着各种体育锻炼活动：羽毛球、飞碟、足球，跳绳在人的手上弹跃着。而克秀塔，她正和班上的几个女生在玩扔飞碟。

我站着的地方很特别，我能仔细地观察她们，而她们却无法看见我。克秀塔穿一套蓝白红三色相间的运动服，动作敏捷，充满着生命的弹性和活力。我悄悄地赏评着她的每一个动作，心中充满了倾慕。这一段时间，我对克秀塔更换衣着十分在意，她每换一件衣服，以一种新的面目和姿态出现在我面前，就会给我一种新的感觉，会引起我内心的震荡。我这才发现自己已经陷身于对她的深挚的、狂热的爱恋之中了，这根本无法回避，那恋情是一束火，苍白、炽热，带着某种病态的激情。但我根本无法启齿，无所向她倾诉。在我看来，我对于她更像一个兄长，克秀塔需要我的帮助、关切和对我好朋友般的信任。除了这个，克秀塔没有也不会想到别的，可身陷青春期殷红色泥潭的我，则无法回避对她疯狂地想念和迷恋。每时每刻，我都能陷身于谵妄般的幻想之中。我有时悲哀地想，克秀塔其实只是一只美丽的鸽子，是在一个偶然的机会栖落于你的肩头，它轻梳一番羽毛，又会轻灵地飞走，连一丝叹息都不会给我留下。

夜里，我又做了一个梦，这个梦十分暧昧，我梦见自己和一个浑身涂满荧光的女人，在一片碧油油的草地上拥抱和翻滚。醒来之后，我在黑暗之中惊悸了许久，我隐约感觉到，有一种可怕的东西抓住了我，而自己则根本无法脱身。我蓦然想起来，在梦中，那个女人的脸变幻莫测，有一阵子，甚至好像是克秀塔的。想到这些，我的心古怪地鸣响着，我不能原谅自己的罪恶，在大汗淋漓的羞愧之中，我狠狠地给了自己一耳光。我认为我永远也不可能纯洁起来了。

我照常每周三次去秦老师那里学绘画，我在这样的学习中，懂得了绘画的更多技巧。秦老师的朋友很多，常来他这里高谈阔论，那些人很杂乱，男男女女都有，而且还有女模特，敢于很快就脱掉衣服，为大家担当裸体模特。当时我真是非常开眼，非常紧张，因为这是我第一次真正地见到女人的裸体，以前我想象了很多次，可是当我那天在秦添家看到了女人的裸体之后，觉得真是没有什么了不起的，也没有什么大惊小怪的了。为什么？因为当她穿着衣服，哪怕是很少的衣服，或者仅仅只有内衣，都会使人产生很多想象，这想象是最刺激人的，但是全裸之后，就没有任何的想象力了，反而可以看出来女人身体之间的差异和毛病。比如那个模特，她就是太瘦，胸部平平，肋骨都出来了，小腹上面的郁郁葱葱的毛发，也太夸张了一些。

我耳濡目染也受益不少。不久，秦老师开始教授我油画的画法了。在秦老师家中，各种收有女人体的画集、摄影集，在我眼中已不足为怪了。我已由第一次见到这样的图景时的产生的好奇和犯罪感，转而进入到能够正视与欣赏了。

我在班上暗中观察着同学们，发现有不少同学的喉结突出了，声音也变粗了，有的脸上起了很多青春痘，或者叫“骚疙瘩”。我们的那个地方也一定有很大变化，我想。但是我不知道他们的内心是不是一样有着一场风暴。我还发现有不少女同学的胸部已隆起了相当的高度，腰和臀部的曲线分明、流畅。我们男女生是一起上体育课的。有时候，不少女同学请假说来什么“例假”了，我变得迷惑不解，在翻阅了我那本隐秘的《性的知识》之后，这个问题迎刃而解。我为女孩子这一奇特的生理现象而惊异不已。

初三的课程设置中，有一门叫“生理卫生”，是专门讲人的生理结构与卫生健康的，最后一节讲“男女性的生殖系统”。有一天，我无意在同学处翻看这本书，发现他们都把这一节给撕掉了。我又翻了更多人的这本书，发现撕掉这一节的人至少占百分之五十之多，我明白了，有更多的人与我有着同样的内心震荡。

昨天生理卫生课上，李老师一上讲台就宣布，课本的最后一节“男女性生殖系统构造”就不讲了，同学们回去自己看。坐在第四排的我感到疑惑不解：讲一讲又不是什么坏事，为什么不讲呢？我心中很不满。我觉得同学们需要老师来讲解。

夜里躺在床上，我突然想起了一个妙招：去书店买回几十本《性的知识》，悄悄地塞到每一个同学的课桌里，让每一个同学都可以看到。一整夜里，我为自己这个十分绝妙的想法和大胆的念头激动不已，翻来覆去睡不着。第二天中午，我就去了书店，用自己前一段时间积攒的卖废品的钱，买了几十本《性的知识》，收钱的那个漂亮女店员笑吟吟地问我，买这么多本干什么？我谎称是老师叫买的，并且还没忘开一张发票，那一时刻，我紧张得腿肚子发紧，肠胃之中一股子苦水直冲嗓门，像做了什么丢人事儿一样，赶紧拿着书逃出了书店。

在我的视线之中，克秀塔还在那里扔着飞碟，她技巧熟练，动作灵巧洒脱。她轻轻地跳着，咯咯地笑声像水波一样荡漾开来，飞碟在她手上灵活地翻转着、飞旋着，一种有弹性的活力在她的动作间挥洒。

过了一会儿，我在楼下找到她，因为她是副班长，有教室门的钥匙。我谎称自己的课本忘记带了。然后，我像一个幽灵一样潜回教学楼，打开了我们班的门。我有些慌忙地从书包中掏出了几十本《性的知识》，往每一个书桌里都塞了一本。最后，如释重负地拍了拍手，锁好教室，走了。我干这一切时感到紧张、刺激还有一种莫名的快感。我暗笑，心想等你们明天一大早来上课，都会大吃一惊，哈哈！

我早早地就来到了教室。早晨的阳光清新无比，在教室中蹦跳着。每一个进来的同学都在抽屉中发现了那本书，脸上的表情有惊异、有害怕、有好奇和羞涩，有的慌忙把它藏起来，还有一个呆子捧着它翻来覆去看，脸上写满了迷惑与不解。我觉得好玩极了。有几个调皮一点儿的大叫起来："黄书！黄书！"教室里一下子乱了。我听见班长——一个戴着眼镜长着一脸可爱的小麻子的男孩，他叫杨树——他说："大家不要乱，兴许是老师给我们发的呢，你们看，这可是国家正式出版物，不算黄书！"同学们七嘴八舌地争辩起来。我一声不吭地坐在那儿，看着他们的反应，内心既轻蔑又好笑。后来，杨树就去把牛老师找来了。

我看见眼泡有些肿的牛老师走进来，心头一震。我说了，我有些怕她，也有些同情这头老母牛。现在，不知道已经转学的她的女儿，在另外的一所中学是否安分一些？但是我从她的表情判断，似乎她并不愉快。她一进来，教室里的吵闹声渐渐消失了，大家像雕塑一样或站或坐。牛老师皱着眉头看了看同学们，接过杨树递过来的一本《性的知识》，听杨树介绍着情况。我看见她那胖胖的脸上，眉头渐渐拧成了一个结。许久，她抬起头，说："这兴许是你们生理卫生课老师，给你们发的，我去问问，你们进行早自习吧。"

牛老师走出了教室，去找生理卫生课李老师询问。李老师一听此事，感到诧异，说："没有，我怕同学们不能接受，连最后一节'男女性的生殖系统'都没讲，叫他们自己看。"他翻了翻这本书，"不过，这本书叫他们看看也没什么坏处。"

"没什么坏处？！坏处可大喽！这件事的性质是十分严重的，我得好好调查一下。"她发现了新的坏苗头，立即火冒三丈，怒气冲冲转身又回到了教室。

我再次见她进来，顿时感觉"不好"，心想我这次完了。牛老师把那本书往讲台上一摔，神情异常严肃，教室里鸦雀无声，大家噤若寒蝉。只见牛老师走上讲台，缓缓地环视着四周，仿佛国王在巡视所属的领地。过了一会儿，她开口说："同学们，我不得不遗憾地、生气地告诉大家，我们班上出了一个事件，一个严重的事件！有人在我们班上散发一本叫《性的知识》的书。这件事的性质是十分严重的，影响十分恶劣。我们的同学们，都是在党的阳光雨露下茁壮成长的。党和国家给予了我们一切。可是，有的人却用那些肮脏下流的东西，来毒害我们的青少年，我们的纯洁的同学们。今天，有人散发《性的知识》这一事件，性质非常严重，后果非常恶劣，我要立即着手调查此事，并向校领导汇报，做出严肃而公正的处理。下面，大家把书都交上来。到底是谁干的？坦白可以从轻处理，大家也可以揭发检举。"

牛老师的目光像针一样，扫过每一个同学的脸。我紧张得大气都不敢出。那本《性的知识》，由同学们从后排传到了前排。我琢磨着该怎么办？最后我把心一横，站起来说："牛老师，书是我买的，也是我给大家发的，我觉得这是必要的知识，适合我们看。"话音落地，大家的目光"唰"地全都落到了我的身上。而我，则像一个英雄就义之前那样，雄赳赳地站在那里。余光告诉我，克秀塔惊异地张大了嘴巴，脸上掠过一丝失望和不解。

"好哇，我就料到是你！"母牛般狂怒的牛老师，杀气腾腾地冲到了我眼前，厉声道："你给我出来！站到讲台上去，说说你为什么要这样做。哼，你思想一贯就不纯洁。克秀塔同学——"牛老师突然把话锋一转，面向克秀塔："你事先知不知道这件事？"

"我……不知道，我怎么会知道？"克秀塔低下了头。

我心中的火苗子一下撺起老高：你整我倒没什么，干吗要带上克秀塔！

我很恼火，但是没有说话。

“哼，别装了。你是副班长，有班级的钥匙。说说你和他之间到底是什么关系吧！”牛老师一脸得意，“我已经注意你们好长时间了。”教室的空气中充溢着火药味儿。

“我和他之间什么也没有……”可怜的克秀塔，娇弱无助的克秀塔现在变得结结巴巴，她的眼睛里流露出辩解和委屈，泪花已经开始在她的眼睛里打转了。我此时突然体验到了那种心碎的感觉。

“胡扯！我常看见你们在一起，像一对小情人。身为班里的副班长，应该给同学们起带头作用，你呢？从今天起，我宣布：免去你的副班长职务。克秀塔，现在你把问题交代清楚。”克秀塔的泪水夺眶而出。她再也不能控制自己，一下子冲出了教室。我心急如焚，心中的怒火袅袅上升，我大声说：“牛老师，我和她之间什么也没有，她压根儿就没什么错。你别乱泼脏水。至于散发那本书，我认为我没错，那本来就是知识，叫同学们看看也没什么。”

“流氓！你这纯粹是小流氓行为。你去，去把你家长找来。你的问题是十分严重的，我还要向校领导反映一下，把你调到别的班去，哪儿喜欢你，你就去哪儿吧！”牛老师气得胖脸上的五官聚到了一块儿。我再也忍不住了，那条悲愤的河流在我的胸腔里澎湃。我离开了座位，向教室外面走去。我狠狠地关上了门，门“哐”地反弹回去，发出了干裂的巨响。

我跑到了秦老师的家敲了敲门，但是半天没有人开门，过了一会儿，一个人出来了，那个人竟然是一个公安人员，他把门打开，“你找秦添吗？”

我有些诧异，“我是来找他的，我叫杜军，是他带的美术学生。”

那个人让我进来，我看见秦添的屋子里还有一个人在仔细地搜寻着什么。"秦添已经被收容审查了，有人举报他聚众淫乱，搞裸体聚会，群奸群宿，还猥亵女学生。我们正要一一核实呢，杜军同学，你对他都知道一些什么？"我立即想起来，秦添对克秀塔的一些反常的行为，确实超过了老师对学生应该有的一些动作，"我不知道他干什么了，他猥亵哪个女生了？"

"其中一个女生叫克秀塔，就是你们班的，你认识她吧？"

"认识，但是我们一起在这里上课，我没有看到他猥亵她。"

"那他一定是单独把克秀塔叫到这里进行猥亵的，她已经举报了。他差一点还强奸了她呢。"

我感到很震惊，我猛然觉得，成人的世界是如此的复杂与丑恶，看来这一切是真的，克秀塔被秦添猥亵与性骚扰了，我急于见到克秀塔来证实这个事情，我心急如焚，想知道克秀塔受到了什么样的猥亵与骚扰。

与此同时，学校领导召开了初三年级全体班主任会议。到场的八个初三年级的班主任和五个校领导，就我散发《性的知识》这一事件进行了激烈的论争。牛老师极力主张严肃处理，开除我，她认为这是学生思想混乱造成的，必须要杀一儆百。可能是因为她自己的女儿出过事情，所以在这个问题上她是痛心疾首，非要严肃处理我。

而以初三一班班主任韩美玲为首的几位老师则认为：我的出发点是好的，就是方式上欠周全，有恶作剧的嫌疑。但这本书不是黄书，是正式的出版物，更何况，现在的中学生本来就缺乏性教育，只要不是出于某种卑劣的猎奇心理，散发这种性知识书籍，也没什么大不了的，关键在于引导。两派意见争得不可开交。最后校长宣布，召开全校班主任会议，听听大家的意见，并调查我的情况后，再做处理。

4

我一个人倚着克秀塔家楼下的一棵杨树，像往常每一个孤寂的日子一样，盯着克秀塔家的那面小窗，我内心十分焦灼。我看见，克秀塔的房间里，那盏橘黄色的小灯仍旧亮着，她现在在做些什么？她没出什么事儿吧？她的父母会不会责骂她呢？这一切，全都是我害的，真该死！我实在是没想到，我散发一本书会连累克秀塔。我死死地盯着克秀塔家的那面小窗，心中的大雨飘飘扬扬。我甚至鼓励自己上去找她，可一想见到她，不知道自己该怎样说，就立即冒虚汗。突然，我发现，克秀塔房间里的灯灭了。我十分诧异，因为克秀塔一般是不这么早就睡觉的——果然不出所料，不一会儿，克秀塔低着头，从楼里头走了出来。我心中一阵慌乱，但我还是迎了上去，小声地说：“怎么啦，克秀塔？”

克秀塔见是我，停下脚步，哭了，抽噎着说：“牛老师……她来家访，还说我和你……我爸打了我……”她哭得更厉害了。借助昏暗的灯光，我依稀看清了克秀塔那挂满泪珠的脸，她是那么娇弱、圣洁、无助，宛若梨花带雨。我的心头不禁升起袅袅的爱怜之情。我试探着擦去她脸上的泪，手上又麻又热：“你爸爸居然打你，他怎么能舍得打你，他怎么可以……那你打算怎么办？”我心疼地问她。

“我不想回去了。我正要去找你。”她的泪水又涌了出来。“不哭了”，我说“好女孩是不哭的。”我忽然想起来什么，说：“走吧，咱们去那个马棚，今天我也不回去了。”

秋天的月亮好大、好湿、好圆，高悬在幽深的天空之中，沉静、悠远。树叶沙啦啦响。在秋天的深重之中，开始哀叹些什么了。在秋天里，昆虫的鸣叫也十分伤感，蝈蝈、青蛙们，都趁着埋葬它们的冬天来临之前的最后季节，快乐而又怅惘地歌唱着生命和大地的丰厚仁慈。地面之上起了一层黏黏的湿雾，凝在衰老的秋草上就变成了露珠。

我们的脚淌过去，都可以听到露珠“唰唰”落地的声音，把我们的鞋都打湿了，脚面凉凉的。空气清冽，有一种凄清的味道。郊区远不像城市那么喧嚣，那么热闹。那些黑黝黝的树影，撑起了一颗颗明亮的星星，在深邃的天空中闪耀。有一些被我们的脚步声突然惊飞的鸟儿，尖叫着隐入了夜幕的天空。田野之上，到处都弥漫着收获季节的一股清香。

找到那个马厩了。我拉着克秀塔，借助依稀的月光走进了马厩。马匹依旧像半年前的那个晚上一样，喷着响鼻向我们表示同情与欢迎。克秀塔有些害怕，我给她鼓着劲儿，她才战战兢兢地绕过马们庞大的身体，走进马厩里头。我们的鼻子都闻到了干草堆所发出的青草气味儿。

我摸索着在草堆上找了一处柔软的地方，脱下外套铺在草上，叫克秀塔坐下。一阵蛙声袭来，格外凄清。我们默默无语坐了下来，相距有一米远，都没有说话。不一会儿，克秀塔又哭了起来。我安慰她：“别哭，别怕，有我呢。”我此时很想拉住她的手，可是我不敢。阴阴的月光从马厩顶棚的缝隙间漏了下来，映照在她惨白的面庞上，她的泪水扑嗒扑嗒往下掉，周围静得出奇，我听见她的泪珠迭落下来，摔碎在干草上的声音，每跌碎一颗泪珠，我的心就疼一下。我渐渐靠近她，鼓足了勇气，一把抓住了克秀塔冰凉的小手，说：“都怪我，克秀塔，但你不要怕，有我在，谁也不能欺负你，你别哭了呵。你知道吗，秦添已经被抓起来了。”

她并不是很吃惊，“警察也来我家取证了，说他是不是猥亵我了。”

“那你是怎么回答的？”

“我说没有，秦老师什么也没有干。”

“可实际上是什么样子呢？”我很焦急。

“秦老师确实抚摸了我，他想诱惑我，但是好几次我拒绝他了，他就没有再对我干什么，他不会强求别人的。作为艺术家，可能他就是喜欢女人，他有很多女朋友的。”

“那个王八蛋！”我很气愤，这样看来是真的，好在克秀塔显然没有受到真正的伤害，因为她会保护自己。

“成人的世界有时候很丑陋，对不对？”克秀塔抬脸问我。我点了点头，“不过，其实可能也没有什么。成年人有成年人的生活态度，有的肯定也是合理的，我们无法理解罢了。”

慢慢地，克秀塔止住了眼泪。沉默像水一样在我们之间流淌。过了一会儿，她给我讲了自己家庭的故事。

原来，克秀塔的爷爷，是沙皇俄国时期的白俄军官，在后来和红军打仗的过程中，逃到了新疆，变成了白俄归化军，成为新疆当时的政府守卫队成员，因为苏联成立之后，他是和苏联红军打仗的对手，再也无法回去了。后来，克秀塔的奶奶也来到了新疆，并且带来了克秀塔的父亲。当她的爷爷和奶奶在“文化大革命”时期，作为“间谍”被“红卫兵”迫害死了之后，她的父亲就和一个医生世家的女儿结婚了，并且从乌鲁木齐搬到了四十公里以外的这座小城市，开始了他们独立的生活。

因为有俄罗斯血统，克秀塔总是觉得自己和别人不一样，别人也拿特殊的眼光看她，说她是一个二转子。“所以，我一直没有好朋友，你算是我唯一的好朋友了。”

此时，一阵怜爱涌上我的心头。我蓦然感到了秋天的凉意，哆嗦了一下，小心而又地果断地揽住克秀塔的肩膀，我的手能感受到她身体的轻轻颤抖。我心潮起伏，“克秀塔，从今以后，我愿意为你做一切事情。谁也不能侵犯你，伤害你了。”我想起来秦添的动作与眼神，就很恼火。可能是因为不太习惯，她轻轻地摆开我揽着她的手，看得出来她有些害羞和惧怕。

“我没有哥哥，也没有弟弟妹妹，所以我愿做你的小妹妹，这样更好些。”她扭头望着我说。

“克秀塔，虽然我是一个笨蛋，看不见你的笑容，我的生活跟白纸一样。我会——像个哥哥那样好好对待你的。”我迟疑了一下说。

她放心了，确立了这样的关系使她很愉快，她安稳地睡着了，靠在我的身上。我的鼻子闻到了她头发散发出淡淡的脂香。我的心境波澜起伏。现在，我们在这个马厩里，这是一个漫长的夜晚，我们像两只找不到家的鸟儿一样，在秋天冰凉的夜里，栖居于这座黑暗但温暖的马厩里，内心安宁而又惶惑。

她一个人在森林里迷了路。森林好幽深呵，到处都生长着奇形怪状的植物，那些长着黑眼睛的白桦，那些红松、香椿、紫檀依次在眼前展开。蕨类植物独特的怪味儿弥漫开来。起雾了，雾湿湿的、黏黏的，黏在她的皮肤上、脸上。她穿着一件橘黄色的连衣裙，神色茫然地在林间摸索。突然，一个什么东西砸到了她的头上。她一惊，回头看看，什么也没有。她有些害怕。天慢慢黑下来了，她有些想哭，却哭不出声，向前走着，连衣裙被“嘶啦”地刮破了。她停了下来，回顾四周茫然不知所向。这时，一只机灵的小松鼠从树上溜了下来。她高兴地跟着它七拐八绕，向前走去。起风了，好大的风呀，吹动着树枝，天和地遽然旋转起来，树枝的黑影凌乱地在半空中摇晃，发出低沉古怪而又恐怖的声响。她害怕极了，这时她听见了大象的叫声，狮子、老虎的怒吼，豺狼低低的悠长的号叫。小松鼠呢？它朝她诡秘地眨眨眼睛，不见了。恐怖一下子抓住了她，她战战兢兢地朝前走，一不小心被野藤绊倒了，睁开眼睛四周望开去，发觉自己的周围，到处都是猛兽怪禽的眼睛，像火苗一样在闪动。她吓哭了。那是谁？天！是牛老师，她正在狰狞地笑着，变成了一头不怀好意的母牛，一步一步向她走来。她大声呼救……她醒了。

这时，我还在睡梦之中。她发现自己是枕着我的胸腹在睡，那条梦中的蛇可能是我的一条手臂，它正软软地搁在她的脖子上。她发现，我的那只手正好放在了自己微隆的胸部，立即，她浑身掠过从前没有体验过的战栗，心中升起了白色的云雾。

第一次和一个男孩子这么靠近，这么亲密地待在一起。这一切令她有些难以置信。她不敢移动自己的身体。许久，我嘴里咕噜着什么，翻了个身，手也从她的身上挪开。克秀塔悄悄坐起来。白色的天光从木棚的缝隙中漏下来，天亮了。她有些后悔，为一气之下跑出来和一个男孩子待在一起而后悔。

我感到耳朵又麻又痒，有一只小虫在蠢蠢欲动，我打了一个巨大的喷嚏，醒了过来。我们四目相对。克秀塔那俄汉混血儿的面容上笼罩着很多东西。她一定很疲惫、很害怕、有些不知所措。一些红色的霞光流进来，把她的身体左侧映得通红。我看呆了，我注意到她发育日趋成熟的身体，她的脸庞，她那从腰到臀部流畅的曲线，特别是她那微微隆起的乳房——我甚至透过她质地单薄的连衣裙看见了它们——我心中摇过了一阵战栗，一些狂暴的马，在我血液里奔驰着，嘶叫着，在我的血管里冲荡。我们的目光在空中低语。她那的幽蓝的眼睛忧郁而明亮。我全身都被她浑身散发的青春之火烘烧着，我突然迷失于青春的火焰之中了。

“你真美。”我的眼睛再也无法从她身上移开。我轻轻地用手，慢慢地测量了克秀塔身体起伏的曲线，宛如和一座山峦相遇。克秀塔的身体微微地颤抖，她现在听任我用手抚摸她，感受着一种身体的苏醒。后来，克秀塔叹了口气。说：“咱们走吧。”

我们走出了马厩。在晨光之中，我们互相仔细地摘去了对方身上粘着的干草。早晨的空气清凉得像泉水。长着碧油油的苜蓿的原野坦荡地展开了去。天空深邃而又高远。我们的目光触及村庄上空飘着的淡蓝色的炊烟，心中的风铃全都响了。我们向前走着，露珠“哗哗”地撒到脚面上。

我们找到了一条清亮的小溪，洗脸、漱口。大自然以它全部的清纯来欢迎我们，欢迎逃遁出来的我们。我们用不多的钱中的一部分吃了早餐：稀饭、油条。我们决定今天不去学校。在郊区的田野上，我们惶惑的脚踩过收割过的苜蓿地、玉米地，在穿越被秋天浸湿的土地时，捉到了浑身闪着秋天之光的笨笨的蚂蚱，在水溪之中摸到了狗鱼。而后，我还像猴子一样，攀上伸入天空的白杨树，掏下来一大窝麻雀蛋。一直以来，在大自然之中，我就像一个全能的上帝，我对各种动物和植物相当熟悉，现在，带着娇弱的，可爱的公主克秀塔做着这一切，心中充满了快乐。

秋天的太阳十分温厚，它渐渐地移到了我们的头顶。我们在树荫中拥抱着躺在了一起，消受午饭后的下午，慵倦而又迷醉。我们没有钱再买饭吃了。当下午的时光像水一样从我们的脚底渗入泥土，我们在田埂上做了一个炉子，从农田里挖来马铃薯，用湿泥裹上那些麻雀蛋，在火上烘烤成我们的晚餐。就这样，黄昏的大钟敲响了。在宁静而淡泊的黄昏里，我们互相倾诉和倾听。夜晚再次潮湿地降临，我们又钻进了马厩，互相依靠着和衣睡着了。

我们不知道的是，就在那天上午，校领导的会议决定，对我不做任何处理，那些《性的知识》都交到了校图书馆，并责成生理卫生课老师重新讲授“男女性生殖系统”一课，还从教育局拿来了性教育的录像片，准备让学生们观看。我实际上胜利了，但是这个结果让牛老师很下不来台，她坚决不要我在她的班上了。而且，我听说她的女儿又跑了，和一个来我们这里演出的杂技演员跑到了山西，在那里的一个杂技团工作了。很多年以后，她又一个人回来了，还带着一个小孩子，并且和自己的丈夫离婚了，那个时候牛老师已经退休了，丈夫也去世了，母女两个天天带着小孩子在广场上看音乐喷泉，已经没有了任何冲突，两个人非常和谐了。所以，从长时间段来考察人生，的确非常有趣。

那天，在牛老师的坚持下，我转到韩美玲老师的班上。而秦添因为群奸群宿和猥亵女学生——他不光企图猥亵克秀塔，还成功猥亵了学校别的女生，被学校开除了。

凌晨两点，张副校长、克秀塔的父母和我老爸，找到了我们栖居的马厩，把酣睡中的我们领回各自的家中。随后，有一段时间，我们和父母的冲突非常剧烈，无法有任何正常的沟通，处在一种冷战当中。我和克秀塔也很难见面，毕竟，我们成了很多人谈论的焦点人物。但是过了一段日子，大家就忘了我们的离家出走了，有更多的事情需要大人关心，我们又算什么呢？

季节依然在我们青葱的生命之中延伸。我咀嚼着自己所感受到的生命的每一个细节，嘴里弥漫的是甘蔗、苦艾、杨树叶和青草混合的味儿，在梦中，我总是孤独地走在铺满蜘蛛的小路上，路两旁的树上结满了我青翠的梦想。不骗你，我可以听见我的骨头拔节的脆响。

第三章

1

我转到了韩美玲老师的班上，一切都像过去一样运转。没有什么稀罕事了。我们所经历的事件，就好似在水潭中扔一个小石子，很快没有了影子。虽然秦添已经被抓了，可是我和克秀塔仍旧在另外一个老师带的课外美术小组中学习绘画，每周都在一起学习两个下午。我们的关系很敏感，也很微妙。

秋天啊，秋天的车轮深沉地辗过天空，而冬天的白发，也已开始在遥远的天山雪峰上飘零，生命是什么？人们为什么会死去？这个问题那一段时间老是包围着我。而克秀塔仿佛是一束光，切入了我的生命，我无法拒绝她的辉耀，我只有走向她。我压根儿就不能抵抗什么。克秀塔，克—秀—塔，好听的名字，清脆的发音，每一次的呼唤，都是一次太阳的升腾。

韩美玲是一个三十多岁的女老师，她有一个上五年级的小儿子和一个在教育局当科长的丈夫。去过她家的克秀塔，说她家洋溢着一股温馨而美满的家庭气息。韩老师带班很有方，不要求同学们死读书，做一个书呆子，高分低能，而是鼓励学生们从自己的兴趣出发，发展自己的特长，成为将来对社会真正有用的人。

在她的鼓励下，班上的同学，尤其是学习成绩不太好，但有别的兴趣爱好的学生，都发挥出巨大的干劲。有的同学发明了“火车卧铺纵向排列”理论，获得了全国青少年发明创造奖。另外，班上的学习竞赛、演讲、文艺节目等各项活动都很活跃。而我的绘画作品，也开始在国内一些刊物上发表，并且获了一个全国绘画优胜奖。在我们这个新班级，小发明家、小诗人、小歌星、小画家、小足球明星像雨后的蘑菇一样冒了出来。省教育厅注意到了，对韩老师进行了表彰。而且，最令我高兴的是，学校已由此决定，把包括我在内的五名有特长的学生直接保送进入高中。我面对着接踵而来的好消息，高兴得快要发疯了。

深秋辉煌而又美丽，旧的都在凋零，都在衰败，该收获的已经收获，该掩埋的也早已深深地溶进泥土。天空极其湛蓝高远。秋雁南飞，我感到自己像一棵树那样生长着，身上的骨骼和肌肉变得结实了，嗓音也变得浑厚了，喉结变得越发突兀，嘴唇上一小层绒毛般的胡子很密集，在那个地方，黄软的绒毛正在变得黑硬。我长大了，一方面又在内心惧怕和诅咒着成熟。

那天我放学一回家，又听见爸妈在打架，他们相互起劲地漫骂着，语言像洗脚水一样肮脏、恶毒。我的两个傻兮兮的妹妹，浑身上下脏迹斑斑，在一边笑嘻嘻地看热闹。我的心肌狠狠地扯了几下，一股腥气冲进口腔。我听出来我妈与那个司机私通的事儿，被我爸知道了。因为我把那个男人快烧死了，而谁都不知道这个事情是谁干的，后来，人们只是猜到了这个家伙被烧坏的原因，以为这是我父亲干的，于是为了查证，他们那私通的事情败露了，也传到了我父亲的耳朵里，结果引来了我父母的殴斗。

现在，那个被我火烧过的大猩猩般的家伙，已经揭开了缠在脸上的绷带，他的脸和身上的皮肤，已经完全被毁掉了，天天坐在他们单位的门口，也不开车了，成了一个废人，眼神阴鸷地盯着过路的人看，你要是和他对眼，他就又立即惶恐地把目光挪开。可以说是我造就了这个构成了街上的最独特风景的人。

你们都是混蛋，你们使劲打吧，我迟早要离开这个家。我冷眼看着我的父母，一声不吭。过去他们也常常因为一些琐碎的小事儿吵架、打架，几乎没过几天清净日子。我想，难道他们的结合有爱情吗？婚姻，就是每天为一些扯不清的小事打架吗？婚姻就是互相欺骗，就是把挣来的钱抢着花光吗？我一脑袋的疑问。在我看来，我爸和我妈的结合，压根儿就不是什么爱情，就是搭帮过日子，“爱”，这个字眼儿是至高无上的，不是任何一个人仅仅凭借婚姻的契约就可以企及的。等到我再长大一些，我明白了，相依为命、搭帮过日子，才是婚姻生活的真实而生动的境界。

暴怒的父亲像狮子一样全身发抖，他佝偻着腰，破风箱一样的肺呼噜噜直响，他像焦躁的狗一样在家转着圈儿，听任嘴巴伶俐无比的我妈漫天乱骂，“臭婊子，臭婊子，”他嘟囔着，猛然他操起一把大斧，劈空一斧砍去，那台十四英寸“日立”黑白电视机应声爆开，变成了一堆废品。我母亲和妹妹们尖叫着，母亲报复似的举起一台国产的台式收音机，砸到了地上，一声巨响，也报销了。接着，暖瓶、锅、碗盆，能砸能碎的全都在地上滚动。我冷眼看着他们，一言不发。打架连点儿新招都没有，我想，你们也不觉得腻。这时，我看见他们开始发疯地用我的书包作为武器互相掷击。我再也忍不住了，“腾”地站起来：“你们都别打了！这样下去对我们全家有什么好处？你们真不愿意在一起生活了，可以去离婚吗！不要拿家里的东西出气，要打出去打！我妹妹她们还小，这样下去，咱们这个家还算什么？”

我爸妈一下子愣住了。过了一会儿彼此瞪了一眼，我老爸闷屁不响地走了出去，母亲也回屋里睡觉去了。我觉得又好气又好笑：一说到离婚，他们就是闹得再凶，也像斗败的狗一样不吭声了，婚姻这玩意儿到底是什么东西？为什么他们愿意永远戴上这顶枷锁，而不愿意有丝毫的真正自由？

从此以后，我老爸更爱喝酒了，几乎每天都醉得像头死驴。除了晚上，他基本就不在家露面了。家里的钱越来越少，家中的饭食也越来越差。但是他们两个人则继续互相仇视地睡在一张床上。房子太小，空间太狭窄了。

我继续穿行在不断凋落的季节的花瓣中。就这样，当某一天早晨我起来时，忽然发现泼出去的水变成了冰之后，我才猛然察觉到，冬天的脚步接近的声音。

突然，我发觉我的心里洒满了阳光般的蜂蜜。我的浑身掠过了一阵战栗，我知道我已身陷情感的折磨。我和克秀塔无论是去上学，还是放学都在一起。我们的心中都深深地藏着对方，即使有同学指指点点，我们也不去管他。我们之中谁病了，那另一个肯定是长吁短叹，脸上笼着一层哀愁。我们体验着心中发生的最细微的情感。在我们心中，燃烧着的是初恋之火，它炽热、苍白而又摇摆不定。一天，我做了一个稀奇古怪的梦，醒来的时候，我打算按梦的启示，要去阿尔泰淘金了。我幻想着自己在阿尔泰山中淘到了几公斤的狗头山金，我幻想着用这些金子为克秀塔、照亮我青春生命的克秀塔，打造一双金鞋子。当我把这一切告诉她时，她用善意的嘲笑，打消了我这个想入非非的念头。

“那边快要下大雪了，一旦下了大雪就会封山。你要是进去，就出不来了。”

“我会让你吃惊的。我已经准备好了。”确实，我已经制订了一个疯狂的计划，打算一个人骑着自行车穿越将军大戈壁，抵达有金子的阿尔泰。阿尔泰山脉是一座海拔并不高峻的山脉，但是仍旧有雪线和冰川。我梦见我站在了那些幽蓝幽蓝的冰川面前，谛听来自远古的回声，我梦见我和野驴为伍，在沙漠和戈壁之间疾驰，鬃发在风中招展成火一样的旗帜，我梦见我像一块悬岩一样，高居于昆仑山之顶，俯瞰着莽莽群山，心中的愿望像明月一样升起。我也梦见了我在一条河中间，淘到了沙金和很大的狗头金。

没有告诉任何人，我悄悄骑着自行车出发了，我这个旅程花了一个星期，但是后来弹尽粮绝地回来了。我确实看到了野驴，也看到了古代兴建的现在已经荒芜的城垣上，飞起来很多遮天蔽日的野鸽子，我还看到了日食。当时非常可怕，大地一片黑暗，不过时间很短。但是穿越将军大戈壁是困难的，我的自行车坏了，又在荒无人烟的戈壁滩上迷路了，后来靠着一种沙棘的果子，勉强度日，继续向北进发。晚上，我睡在荒原上的坑凹处，把所有的衣服都穿在了身上，我总是做梦，在梦中，我常常梦见自己变成一只狼。我孤独、傲慢、冷漠，在茫茫原野上奔走。背景是经常更换的，时而是千里无人的大戈壁，时而是茫茫无际的雪原。我在荒原之上独来独往，防备着一切而又仇恨着一切。我好像只有一个目标，那就是撕开这世界上最软弱的部分：羊的脖颈。我孤寂无援，内心炽热而又坚定。

但是我迷路了，因为缺水，我在一片远古形成的彩色的荒野上晕倒了，是野外的地质勘探队员发现了我，把我带回了城市。当克秀塔来看我的时候，发现我已经变了一个人似的，她叹息着，“你为什么要跑那么远？”

“为了证明我自己，”我说，“可是，我没有看见金子。”

“只要你活着回来，就谢天谢地了。真是谢天谢地。”

现在，我对自己的生理变化不再那么关注和好奇了，我越来越习惯于，身体日益向着男性成熟的特征演变。我十分渴望自己有强健的肌肉和高大的身材。像第一次遗精那样的变化给我造成的心理震荡已经减弱了。我懂得了手淫，体验到了手淫令人眩晕的快感。在手淫之后，一种负罪感和强烈的后怕立刻笼罩住我。我责骂自己，悔恨自己，但我无法抵制生理的冲动。我对克秀塔的身体有一种神秘的向往。我常常在背后观察她，用目光测量她。有一天她弯下腰，我从她微开的领口第一次真实而又生动地窥见了她小小的乳房，心中一片雷鸣。我一边不断地陷入性幻想，不断地在这罪恶的对女性侦察之后，又陷入深深负罪的沼泽之中。就这样，冬天带着它的呼啸降临了，它像一列火车，蓦然在隧道中钻出，与我们每一个人猝然相遇。

2

第一场雪是在这一年的十一月中旬下的。这一天，天空中聚满了抹布一样肮脏的云彩，它一丝不露地抹去了天空中的每一寸蔚蓝。接着，数不清的雪屑在空中划过一道道斜线，向地面飞速地降落。雪屑渐渐地又变成了翩然的雪花，在空中凌乱地飞舞，互相猛烈地撞击着，飞舞着。空气寒冷得要命。不多时，所有的树木、围墙、房舍、街道上都被盖上了一层厚厚的毯子，这毯子巨大、单纯、洁净、死寂而又冰凉。一直到下午放学的时候，雪才停了。同学们像小鹿一样冲出了教室，在厚厚的雪地上打雪仗和嬉戏，雪球在空中划过，击打在人的身上，碎成了亮晶晶的雪沫，好看地飘落下来，被风刮进了我的脖子里，凉飕飕的，十分惬意。

放学了，克秀塔邀请我到她家去玩儿，还说昨天练了一首曲子要弹给我听。因为他的父母亲多少对我有一种城府很深的客气与戒备，我不常去她家，去时也总是带着冠冕堂皇的理由。那天，我们一起高兴地冲上楼去。一进客厅，我感到气氛有些异常，有些不知所措。我看见克秀塔家的客厅里坐着一位高鼻深目、珠光宝气的中年妇女。

“快来我的小克秀塔，快来看看你的姑妈！”克秀塔的母亲说。

我明白了，这是克秀塔在苏联白俄罗斯的姑妈回来了。克秀塔礼貌地叫了一声，有些羞怯地走了过去。她的姑妈亲切地拉着她，仔细端详还夸克秀塔长得漂亮。一家人愉快地聊了起来。后来，她姑妈好像刚刚看见一旁的我，“这是谁呀？”克秀塔的妈妈介绍了一下，她姑妈“哦”了一声，就向我友好地笑了一下，又沉浸在和克秀塔的母亲那天伦亲情的叙述与回忆之中。

此时，我成了局外人。我注意到了在她家墙上新近挂出来一些照片，照片都被放进了精美的相框里,那是克秀塔家族中的人,大都是俄罗斯族人，他们在发黄的影像中凝视着我，好像很冷淡。见到了自己的姑妈。克秀塔现在很高兴，她顾不上和我说话了。我突然感到孤独，在这种场合下我是多余的。

我看到克秀塔的姑妈取出一串晶莹的项链给她戴上，我听见她姑妈在说：“我来就是带克秀塔回国的。现在苏联白俄罗斯的生活很好，那边受教育容易，而且今后还可以去欧洲。克秀塔一定会喜欢巴黎。我给你带来了一些巴黎的香水。”

克秀塔的脸上沐浴着一层柔和无比的灯光，她那亭亭玉立的背影就像一尊雕塑。我的心酸痛酸痛的。我轻轻地退了出来，没有任何人觉察到。

我垂着头行走在漫漫的雪路上。我发疯似的在雪地上奔跑，眼睛里燃烧着绝望的火焰。雪地的下部，接触泥土的部分融化了许多，我的脚马蹄般地踏过它们，乌黑的水渍扑哧扑哧地喷溅着。此时，我的脑海里一片空白，眼睛里那白茫茫的雪地，仿佛都在燃烧。我不知跑了多长多久，一头撞在一棵虬枝举天的老榆树身上，我抱住那一身沧桑的老榆树，大口地喘着气，胸部破风箱一样的肺，发出了古怪的声响。我死死地盯着傍晚的太阳，阳光从云层背后再次猛地喷射出大片橘红色的光芒，非常耀眼。一望无际的雪地被铺上了一层血痂，我的心燃烧着可怕的激情，嘴唇哆嗦不止，大口大口地呼吸着这年冬天冰冷的空气。

过了许久，我感到自己渐渐平静了下来。克秀塔，克—秀—塔，我轻轻地呼唤着，你真的要走了吗？我再也见不到你了吗？你走吧！也许你本来就是一个幻影，本来就不该在我的生活中出现。你走吧，苏联—俄罗斯，一个庞大的、辽阔的字眼儿，现在变成了一个具体的形象，就是你的姑妈的珠光宝气的形象，在向你招手，你走吧，克秀塔，我会记着你的，会记住有关你的全部回忆，有这些就够了，克秀塔……我心乱如麻，昏昏沉沉地拖着脚步在雪地上行进。

我又来到了那条季节河边。我拂去了一块凸起的石头上的积雪坐了下来，我安静得像块石头。我感受到了旷世的孤独。我感觉自己全身在迅速降温。太阳明显地坠下了一大截。我望着它，内心充满焦灼。

后来，一个声音突然像车铃一样响起："你果然在这里。"

我的心肌猛地一收，知道就是克秀塔。"克秀塔，你怎么来了？"我忍住内心的波澜，替她拂去旁边一块石头上的雪屑，扶克秀塔坐下。

"你怎么不打招呼就跑了？我还生气着呢。"她有些嗔怒地责怪我。

我不知道说什么才好，心中涌起的大潮骤然跌落。我像远处使劲掷了一块石头，酸溜溜地说：“你们一家人亲亲热热，我是个局外人不太方便。”我竭力压住喉咙里滚动着的一股热流。

“我可能要去白俄罗斯了。你说好吗？你想不想让我去？”克秀塔调皮地问我。这是一个难以回答的问题。我不敢看她，我知道自己一看着她就会流泪。我屏住呼吸，说：“去吧，那里一定比这里好。你还是去吧。”

沉默了一会儿，她说：“其实在这里也挺好的，我喜欢这里的高山、季节河、泥土和空气的味道。我喜欢苜蓿地和槐树花，还有春天的榆钱馍馍，我真丢不掉这里的一切啊。”她有些怅然。我心头响起了豆荚暴烈的声音。我说：“你应该抓住机会，机会才最重要，你走了，回到你家族的祖国去，也许更有前途。苏联也许比这里好。”我感觉自己有些哽咽，我想：小子，你要坚强，千万别哭，这没什么。

克秀塔有些心事重重，过了一会儿又说：“我还是不太想去。嗨，走吧，咱们回去吧，天快黑了。”

两天以后，克秀塔再次出现在我面前的时候，她告诉我还是决定不了，所以最近不会去白俄罗斯。而我却再也抑制不住，泪水喷涌而出。晚上，我躺在床上暗自庆幸，同时也感到怅然。也许，她今后一生都会为错误的选择而后悔。但自己又能每天见到她了，这对于我来说也是最大的愿望，我应该感到庆幸了。

季节的车轮向纵深前进着，天越来越冷了，进入了真正可称之为冬天的十二月份。又下了几场大雪。这白雪将雄踞于大地，一直到明年的三月，白色的冰雪彻底地装扮和改造了世界。这个冬天的每一个指痕，都烙满了我的记忆。一片雪花，六角形雪花落到了我的手上，在我的注目下，雪花迅速地溶化了。

我抬起头来看天，看着这年冬天阴暗的天空。我预感着很快就会发生着一些什么。温度已经降至零下三十多度了。街上积着厚厚的刺眼的白雪，刺得我的眼睛直流泪。空气干冷，像湿抹布一样狠狠地抽打着行人。满街的人都竖起了衣领，像一条条沉默的鱼一样，在冷风中穿行。我们装备齐全，几乎都武装到牙齿。西部的冬季寒冷而又漫长，像一块生铁一样令人无法回应。

我走在大街上，脚踩得积雪吱吱作响，想到克秀塔可能不去白俄罗斯了，我心情又变得十分愉快。我最爱听脚踩积雪的声音了，有时候几乎近于痴迷。在夜晚，当所有的人都沉沉地睡去，那时街上已经亮灯了，天空中又纷纷扬扬地下着雪，我会一个人就着昏黄的路灯灯光，踩着厚厚的积雪，一个人在大街上走啊走，一边丈量着自己会变化的影子，那影子孤单而又倔强，看起来真像一只警觉的野兽。这时候，整座城市都睡去了，我则像一个幽灵一样穿行在这个棋盘般交错的城市街道上，心中坚定而又躁动。

现在，中午的阳光倾泻在雪地上，被白雪反射开来，我的眼睛有些灼痛，焦躁之下，我抬头看天。纯白的云朵，在湛蓝的天空中十分整齐地移动。我忽然感觉有些来自生命内部的触动，我想起来，在这个城市中度过的自己的童年，无忧无虑，明亮，欢快而忧伤，像美丽的琥珀一样，沉淀在自己心中的那些岁月。我咧开嘴笑了，经过一块冰面，我被一束反射过来的强光猛地击中了眼睛。我骤然陷入了黑暗。闭住了眼睛，感觉到刚才的回忆，已像潮水一样地退却了。而今，我所咀嚼得更多的则是生活的艰辛与冷漠。唯一的亮色，就是克秀塔。克秀塔，这个世界上最好听的名字，在我的舌尖上舞蹈着。一些孩子互相掷击着雪球从我身边过去。看见无忧无虑的他们，我心中充满了惆怅与激动。属于我们的童年，对于我来说已永远不可能再来了。长大的过程真令人烦恼。街上行人匆匆，每一个人都是时间的过客，赶着奔向我们心中的理想生活。

拐过一条街，我发现前面聚了二三十个人，围成一个圈子，不知在看什么，气氛肃穆而又淡漠。我讨厌喜欢看热闹的人，这些人天生就没有同情心，是一些幸灾乐祸的人，他们靠别人的灾难刺激自己来过活，麻木而又镇定地活着。这些混蛋！我这样想着，又看见一辆救护车的灯一闪一灭，快速地赶来了，因为那里是我父亲经常经过的地方，我心中升起了一些不祥的预兆。

我好奇地加快步子，挤进了人群。我使劲地往里挤着，瘦小的我像一条鱼一样挤进了最里层。这时我看见了一个僵硬的人躺在那里，几个医护人员正把他往担架上放。我一瞥之下，觉得那个人有些熟悉，我又凑前一步，看清楚了那竟然是我的父亲杜铁锅。这一瞬间我首先是震惊，因为我不相信自己的父亲会死，我猛然推开挡在自己前面的人冲了过去，喊着:“爸爸！”

所有的人都把目光聚向了我，没有人说话。我伏下身子，看着死去的父亲。父亲显然已经死了，变得僵硬了，他那饱经沧桑的脸呈铁青色，脸上僵硬着一种痴愚的微笑。他一定在嘲笑什么。他身上那件又旧又脏的破工作服上充满了酒味儿。旁边有人猜测，他一定是喝醉了酒夜里倒在这冰天雪地里冻死的。我耳朵中一片嗡嗡声，呆呆地看着死去的父亲，内心平静而又淡漠。我奇怪自己竟然没有悲痛。

父亲就这样死了。出人意料但是又在情理之中。因为酒鬼必然死于醉酒，何况是在一个寒冷的冬天。在我所成长的十四年当中，由于我父亲那极其暴躁的脾气，使得我对他的爱和恨加起来，恰好等于零。我多少次在内心恨过他，诅咒他。我多少次幻想着离开自己那个破败而又阴冷的家。父亲这个概念在我心目中，压根儿就没有真正地存在过。但是现在，当这个与我朝夕相处十五年之久的人突然地死去，突然地失去了所有的语言动作，一动不动地僵硬在那里，我感受到的是更多的迷惑不解和凄凉。死亡原来竟是这样简单，这样平实，平实普通得令我吃惊。我是生平第一次真正的近距离的面对死亡，无法回避的亲人的死亡。我内心上下开始翻腾一些苦涩的液体，我发觉自己的眼睛里渐渐地分泌出了一些眼泪。

医务人员在我耳边大声地询问着，我还是听不清一个字。我陷入了一种茫然，真正地面对死亡时的空气。我心如止水，没有多少悲痛，有的只是一个十四岁的、未谙世事的少年，对身边亲人的死亡的震惊与茫然。

接下来的几天滞重而又哀愁。丧事的处理过程简单而又平静。我母亲多少有些夸张地在见到父亲尸体时号啕大哭了一番，显示了丧夫的极大悲痛，叫一些老太婆背后里交口称赞。可当人们散尽以后，我看见母亲脸上洋溢的是说不出的轻松和愉快。“这个死鬼，还是叫喝酒给喝死了。他本来就不管我们，现在好了，我倒是安生了。”母亲满意但是又有些空虚地说。

埋葬父亲那天，像一张弓一样佝偻着的死了的父亲，他身着一身整齐的中山装，被装进一口刚赶制出来的红棺材里。红色的棺材肃穆而又神秘，火红火红的颜色，令人触目惊心。我目睹这口棺材在郊区那个坟头林立的墓地里，缓缓地落进一个冰凉的墓穴。一阵雪土飞扬之后，这个世界上又封存了一个生命的秘密。我茫然地转过身，看到周围到处都是林立的墓碑，肃穆地面对着生者。谁还知道他们曾经演绎过的故事？谁在怀念他们、记住他们，并且把他们深深地藏进心底？我的心中很悲凉。风刮起雪晶，扑打在我的脸上和脖子里，凉飕飕的。眼前白雪覆盖下的墓园一片空茫。作为一个生者，我与众多的死者进行了一刹那的而又永久的对视。

家中的气氛阴冷而又晦暗。毕竟死了一个人，我和妹妹戴了孝，那种黑色的纱布。一家人镇定而又麻木地继续生活着，但是家里被阴沉的气息笼罩。

这段日子，克秀塔总是尽量地陪着我，不时地劝我不要难过，我也总是干干地笑着说没什么。我不悲痛，因为人总是要死的，谁也逃不掉这一关。何况这个我不爱也不恨了的父亲。可克秀塔，无比美好的克秀塔，我的生命的光，她似乎那么忧虑。她一定在思考死亡，思考生命，思考这个缤纷而又缭乱的世界。她一定弄不懂一些什么，因为死亡对于她来讲还太遥远，她的脸上弥漫的总是茫然。

有一天下午，我们一起坐在空无一人的教室里，许久地沉默无语。之后，我突然果断地抓住了克秀塔那小巧、纤细、温暖的手，内心充满了激情的火焰。“答应我，克秀塔，永远和我在一起！”

克秀塔看着我，脸色有些黯淡，“没有永远的，只有久远。我们不能约定任何东西的。我的爸爸找到了他的那些亲戚，我可能真的要到苏联了。”

3

那一段阴郁滞重的日子渐渐过去了。死亡带来的阴云只是在我们的头顶下了一阵儿雨，就又迅速地移走了。那些雨水也渗入了泥土，不再对与此相关的每一个人发生影响。苍白的日子也逐渐地恢复了血色。半个多月过去了，我们每一个人都清晰地听到，那一年脚步消逝的最后尾音。

1984 年在一场大雪纷飞之中悄然而至了。对于当年的我来讲，那个元旦既喧闹又平静，一切都在沉寂中再生。我和克秀塔走在一起。她还是准备离开中国了，这个决定使我很痛苦，但是我丝毫没有表现出来。那天，雪花大而翩然，在我们的肩头嬉戏。我们仔细地观察着，惊异于雪花的美丽清纯，和倏然而去的短暂生命。快到她家的时候，我告诉克秀塔明天是我十五岁的生日。克秀塔吃了一惊，蓝眼睛里有一些嗔怒，又有一些自责，"怎么现在才说，哎呀，我也没有注意，不好意思，准备怎么庆贺一下？"我默然地点点头，说："我只想和你待在一起，没有必要去打扰更多的人。"克秀塔伸出手，承接雪花安详地降落，她不说话，只等到雪花降落在手上，她轻轻一吹，那晶莹的、残缺的雪花又飞至半空了。这个时刻我感受到了一种圣洁，这是克秀塔带给我刻骨铭心的体验。

"好啊，我要为你庆祝一下，因为我没有下一个机会了。"

因为父亲的死，我母亲到政府大闹了一番，结果，政府改善了我家的条件，分配给我家一套很小的楼房，但是已经很不容易了。我和妹妹们都很高兴。现在，我家已经搬到楼上了。不过，为了安静一点，我平时住在地下室里。

我对克秀塔说："那好，就在我家地下室吧，现在我就住在那里，那里很安静，作画也有空间。"我看见，许多人在我们路过的冰场滑冰。我并不喜欢冬天，记忆里冬天总是特别的寒冷。我们的脚踩过吱吱作性响的雪地，穿过一些挂满雪霜和树挂的好看的松树，面对着一面小湖。湖面结了一层冰，不断地有雪花消失在上面。"新的一年开始了"。我说。我也不知说什么，在每一年开始时，我都会长时间地处于某种发自生命内部的震动之中。

“是啊，又是一年过去了。”她微笑了，用手拽了拽她的橘红色的羽绒服。抬起头，我们俩都看见了前方那座大清真寺奇特的拱顶，和一轮象征伊斯兰教的月牙。

我一个人坐在地下室里，等待着克秀塔到来。房间被我略微收拾了一下，桌上放着我买的酒、香槟和食品。我有些焦躁不安，像一头困兽一样，在房间里来回走动。我十分困惑地准备迎接自己的十五岁了。十五岁，多么迷乱、困惑而又忧伤的年龄。十五岁，灿烂而又单薄得像一片冰，又像一束微暗的火，飘忽不定。或者，十五岁，明亮得像太阳的光芒，像一条夹杂着细碎浑浊泥沙的小河。十五岁，一定犹如蛋壳中的小鸡雏，懵懵懂懂、混混浊浊，对外面的世界向往而又畏惧，对即将到来的时日惶然而又疑惑。

灯光是橘黄色的——我最喜欢的颜色，那颜色柔和而又亲切。我没有过生日的习惯。再说，我那贫寒的家庭没有给我这个条件。我的生日，这个日子一直像烛光中的幻象，那日子往往一晃而过，就像大雾之中经过身边的航船，猛然发出了声响，我才发觉自己又长大了一岁，心中有些怅然。

我爸爸死去一个月了，仅仅一个月，有关他的一切记忆在开始霉烂，开始在雨水中浸泡进泥土，父亲也很可怜，他似乎就压根儿没有拥有真正的生活和快乐，只是在酒精的麻醉中过活。一段时间里，我苦苦思索的问题是：人怎样才能获得永恒？人怎样才能实现我们短暂生命的意义？也许，谁也不能获得永恒，再伟大的人也终将被时代所超越。后来我明白了，上帝已经指出了个体生命获得永恒的唯一的途径，就是繁殖。把你自己的生命通过下一代，延续下去，这才是唯一的办法。

门轻轻地被敲响了，打断了我的思绪。我知道她来了，急忙打开门。克秀塔穿一件蓝色夹克，一条蓝色牛仔裤，曲线分明，给人一种活力。她这一身打扮改变了她平素朴素大方的形象。“生日快乐！”克秀塔微笑着，她的手里捧着一大束鲜花。在冬天，能够闻到花的清香，是极不易的。我十分高兴，也有些拘谨，接过那束花，把她让进来。我闻到了淡淡的香水味儿，我有些酸楚——那一定是她姑妈给她的巴黎香水。克秀塔在我床边坐下，从包里取出一只憨厚可掬的黑熊，和一瓶精装的葡萄酒。她笑着刮了一下那小熊的鼻子：“喂，你瞧，它和你有多像！”

我笑了，“是很像。”我手忙脚乱地收拾桌子，然后打开蛋糕，插上蜡烛，一一点燃它们。我坐在克秀塔的对面。克秀塔轻声说：“开始吧？”我点了点头，把灯拉灭。小小的屋子里盛满了烛光。我们的眼睛里燃烧着温暖和喜悦。在烛光摇动中，我看见克秀塔的脸庞弧线分明、流畅，脸上荡漾着健康明亮的笑容。她是那样美丽、清纯而又动人。我感觉到自己被一种暖洋洋的潮水弥漫，浑身一股血骤然上涌，我有些激动。

克秀塔把桌上的东西轻轻理好，她在干这一切的时候，额头宁静而反射着光芒，她的手臂一屈一伸，节奏犹如音乐，我不知道怎样才能留住关于此时一切美好的感觉。之后，见克秀塔双手合握撑在下巴上，神情宁静而温柔，她看了我一会儿说：“我应该给你唱生日歌吧。”她盯着蜡烛，用英语“Happy bristday to you ……”听着她的歌，我的心头倏然掠过一阵温柔的小风。歌完了，她说：“现在由小寿星吹蜡烛。”

我一口气吹去，蜡烛明明灭灭，熄灭了六七根，剩余的我和克秀塔一同把它们吹灭了。我们相视而笑。这一刻，在灯光的映照下，我越是觉得克秀塔美得令人吃惊。我悄悄地惊慕地端详克秀塔的侧影，一阵阵热流向脸上涌。我慢慢地站起来伸出手，紧紧地握住了克秀塔的手，手中一片圆润、轻巧、冰凉。克秀塔，克秀塔，我喃喃地自语着，走到了她身边。克秀塔仰着脸望着我，也慢慢地站了起来。一片灯影在我们之间轻轻晃动。墙壁上是我们美好的投影。

“克秀塔，我太喜欢你了。可是，我今后也没有机会见到你了。”我的目光迷离而又狂热，悲伤而又火辣辣的直视她的眼睛。克秀塔的目光闪烁不定，惊慌之下把目光移了开去，一片红晕移向她的面庞。我扶住她的双肩，慢慢地把她拉向自己，“克秀塔，你——”我猛地探下身，吻了一下她的嘴唇。那是一种草莓般的清香，在我的嘴里弥漫开来。这肯定是我们的初吻，这初吻如同暴风雨的前奏，那是风把树叶狂乱地抖动，显示风暴即将来临的结果。那是雨水密集地击打湖面，克秀塔像触电一样颤抖了一下，下意识地向后挣脱，但没挣开我。现在，我胸中燃烧着灼热的欲念之火，这火一下子把我的血液点燃，我不可抑制地把克秀塔搂在怀里。

多少日子和多少个日月星辰，克秀塔，我苦苦期待的克秀塔，现在她就在我的怀里，她对我意义重大，像是世界的重心，但是距离我却很遥远，有时候，她却像一只即将远栖的白鸽一样，仅仅是在偶然之机，驻足于我那冰凉的肩头，我不知道现在充溢在心中的是什么样的感情，难道这就是初恋吗？我的确是一无所有，我只有盖满她嘴唇的吻，就是这个，唔——就是这个，我把这滚烫的吻，印满了克秀塔的前额，印满她雪白的脖颈，印在她颤抖的嘴唇上。别怕克秀塔，我心里喃喃自语：我是不会伤害你的，我有的只是爱护，我有的只是力量。虽然我还没有长大，但我会拿我的生命保护你克秀塔，我曾经是一个胆小鬼，但是今后不是了，我多么喜欢你，多么爱你。我从来没有尝到过爱情的果子，我像一头孤独而又冷漠的野狗一样，穿行在岁月的风景里，我突然沐浴到一束光芒，这一束光芒来自你，来自另一个美好的、青葱的生命，这就是你呀克秀塔，克秀塔，你叫我该说些什么我还能干些什么……我心潮起伏，我轻柔而又狂热地吻着克秀塔的头发、脖颈，明洁的前额和蠕动的嘴唇。哦，初吻，狂热而又明净的初吻，它们像一场暴风雪一样笼罩了克秀塔。克秀塔向后挣脱着，我的动作也显得笨拙无比，但却不失柔情。非理性的狂迷抓住了我，使我无法从中脱离。后来，克秀塔终于挣脱了我，脸颊绯红眼睛里迷离而又惺忪，她嗔怒地瞪了我一眼："好了！"

我愣住了，站在原地呆呆地看着她，一股冷气顺着背梁在上升。我意识到自己太唐突了，我后悔极了，甚至不敢用眼睛看她，我怕克秀塔从此不再理我。克秀塔走到桌边，坐了下来。她开始帮我切蛋糕了，脸上挂着一丝羞赧和嗔怒，还有一丝不易被察觉的初吻的甜蜜。

"来吃蛋糕吧。"克秀塔又恢复平静了。我放心了，有些惶恐地坐到了原来的位置上。看着克秀塔切蛋糕的手轻灵翔动。一会儿，那双手捧着一大块蛋糕送到我面前。

"你别生气，别生我的气。"我小心地吃着蛋糕，唯恐发出声音。所以我把目光投向了窗外。

"我不会生气的。我喜欢你的吻，你的嘴唇，它那么厚，特别有肉感。"她忽然很调皮地扬着头看我。

"你真的回去俄罗斯吗？"我问了她我最担心的问题。

她有一些犹豫，"我还没有决定下来。"此时，从半出地面的窗户可以看见，外面天已经很黑了。窗外的灯亮得温柔、亮得灿烂。一束束光芒，白色的光芒投射过来，可以看见一片片雪花慢慢地飘落。一种宁静和安详，在屋外和屋内散开来。许久我们两个都没动，只是静静地看着窗外的雪唰唰地飘落。

“咱们喝酒吧。来个一醉方休。”克秀塔的声音清脆悦耳。葡萄酒瓶被她打开，从里边倾泻出一些暗红色的液体，如山泉涌流叮咚作响。看着深色的酒杯，我有些犹豫。望着坐在对面克秀塔那俏丽的小脸，我端起酒杯一饮而尽，喝得太猛，呛得我眼泪差点流出来。我打开录音机，放上一盘舞曲磁带，明亮的旋律在屋内飘了起来。

“我教你跳舞吧。”克秀塔说。

我有些笨拙地跟着克秀塔旋转着，慢慢地，我感到自己就像一片树叶一样，自由地飘荡着，也许是酒精起了作用，我们少了许多矫饰与羞涩。我的手轻轻地拖着克秀塔的腰，感到她躯体的热量，顺着自己的手传导过来，我们的脸挨得很近，以至于我不敢正视她。渐渐地，我陷入一种幻觉，这可能是酒精的作用，头顶的灯在摇晃，在闪烁，变换出各种颜色。一些声音在我的心里头响动，我感到有些燥热，我感到自己越来越冲动。我的宝贝儿——两腿之间的那个不安分的东西，正在慢慢地顺着肚子爬了上来。我极力和克秀塔拉开点距离，以免让她害怕。我那灵敏的鼻子捕捉到了克秀塔身上女孩子特有的幽香，心中的苹果树上，大片想象的苹果砰然纷纷摇落。我突然停住脚步，心脏怦怦乱跳，恍惚而又迷乱。“我，我不跳了，哈哈，头晕了。”

我们喝了很多葡萄酒，克秀塔喝醉了，“啊，我的头很晕，我要睡觉了——”她醉态可掬，一下子躺在了我的小床上，昏昏睡去。我转过身，眼睛里一片迷蒙。只见克秀塔躺在床上，一件毛毯盖着她，她闭上了眼睛。

我走到床边，心咚咚乱响。那颗心此时混合着罪恶感、好奇心和狂迷的爱欲之火。我忽然想看看她的身体，这个愿望是如此的强烈，以至于即使要我付出所有的代价，我也要这样做。我用毯子盖住她，然后慢慢地脱掉了她的衣服。她没有任何反应，因为她喝了太多的酒。我这个时候对自己很痛恨，因为这一刻，我忽然想起了秦添老师，他现在在哪里？我在干着坏事情，我会怎么样？我非常紧张忙乱，可是，一种奇异的力量控制了我，我无法自拔。我抓住毯子，往下轻轻地扯了一点，我看见了她纤细的脖颈雪白光滑，我的眼前电闪雷鸣，接着，我看见了克秀塔圆润的、小巧的、洁白的一对乳房。一千只兔子在我心头乱窜。毛毯渐渐下移，移至了她的小腹。我终于看见了她隐秘的部位。我呆呆地看着克秀塔，她的身体，像一尊大理石雕像一样洁白美好，这是处女的圣洁的身体，没有任何瑕疵，我看见她闭着眼睛，她的胸脯起伏剧烈，双腿略略分开，一圈儿淡黄色的绒毛，聚于她的小腹下端，阴阜之上。紧接着向下，那里的颜色变深了。一些古怪的皱褶封闭了身体的出口，那里是她复杂的幽深之处。我轻轻地探索了她的秘密，然后就盖上了毛毯。吃惊地、第一次面对着一个女孩的身体的隐秘，感到心脏都不跳了。

我又给她穿上衣服。一切都是在悄没声息的过程中完成的，现在，我觉得安甜，没有骚动了，因为我真正地目睹了自己心中的女神的身体，这身体是如此的圣洁和美丽。于是，我醉眼蒙眬地守候着她，过了一个小时，克秀塔才酒醒过来，她睡眼惺忪，看了看表，“哎呀，我睡了这么久——”

我此时却觉得特别羞愧，我从狂乱之中醒过来，无法面对克秀塔的眼睛，虽然她根本不知道发生了什么。我趴到了桌子上。天哪，自己刚才干了些什么，都干了些什么？我也许真的犯了罪，我简直十恶不赦。我完了，我彻底完了。我又沮丧又害怕。

“你怎么了？”克秀塔平静地问。我觉得无法回应她，只好一口气喝了大半瓶葡萄酒，我头晕目眩。“我睡了，我头晕——”我倒在了自己的床上。不知过了多久，我醒了过来，酒意渐消，克秀塔已经不见了。桌子上有一个纸条：“你睡着了，我等你醒过来。但是现在已经是午夜时分了，你没有醒过来。我想向你告别，因为我最终决定去苏联。很多话，可是也许不讲更好。再见了，再见！克秀塔。”

我跑出了屋子。我看见一行模糊的脚印伸向了黑夜深处，大雪纷纷扬扬。

一大早我就起来了。进入新一年以来，我的内心充满了倾诉与倾听的欲望。我背着书包，走在通向学校的路上，白雪照例刺得我眼睛发麻，天空中白云在整齐地移动，这日子清丽得令我战栗。我从口袋里掏出一个滤光镜的残片，举起来对准太阳。那颗白太阳在天空中运行得很快，经过我的玻璃片，一下子变得离奇而又恐怖：太阳变得浑身长满了绿毛，而且，还有一些暗色的疮疤若隐若现，我惊怖于这太阳的奇幻。

“杜军！杜军！”

有人喊我。我扭过头，放下玻璃片。世界又复原了。我的同班女同学白铃气喘吁吁地追了上来。她的表情很凝重，神情也有些难过，她走到了我的跟前，看着我，“你知道吗，克秀塔走了。他们全家今天早晨坐车走了，到苏联去了，她叫我把这个给你。”

我睁大了眼睛，以为自己听错了，这个时候白铃已经递给了我一包东西，那是克秀塔所有的画具，颜料、画板、书籍和画笔，还有一把俄罗斯人特有的三角琴。那是克秀塔的祖父留下来的，现在她把它给了我。

我明白，我可能再也见不到她了，一瞬间感到有些天旋地转，仿佛一盆冰水从头到脚流了下来。我的眼前一片幻影游动，在不知不觉中攥紧了那个旧瓶底，殷红的鲜血在我的手上四溢开来，但我却感觉不到疼痛。在我的意识深处，红色的岩浆汹涌，一阵灼痛在全身蔓延开来。

第二部

第一章

1

1985 年夏天，一个天蓝得纯度很高的清晨，我悄悄地来到了城郊的公共墓葬地。我走得很慢，凝重的身影在墓碑的森林中肃穆地移动着。我好像在寻找着什么。清凉的阳光洒在宁静的墓地上，树木、铃兰花、马莲草们纹丝不动，安宁地看着我走进一片长满了葱葱青草的空地。空地上也有一个小坟，这座小坟不像大多数坟墓那样，有一个小土包，它完全是平的，在地面的下面，只有镶嵌在地面上的黑色大理石墓碑，说明了埋在这里的人是谁。这种别致的埋葬方法，当然不是汉族人的，它是克秀塔的埋葬地。黑色的大理石墓碑上，还有一张克秀塔在微笑的照片——她永远地停留在了十五岁。

这话说起来我就难过，去年元旦之后，我就再也没有见过她了，那年冬天，她和父母一起回苏联，我猜想那一定是一次艰难的旅途。他们需要坐长途汽车、火车，从伊犁出境，绕过漂亮的巴尔喀什湖，然后经过中亚地带高峻的山脉和茫茫的哈萨克大草原，再经过乌拉尔山脉，继续往苏联进发。那里是克秀塔家族的祖居之地。但是听说他们一家三口终于进入了苏联境内，已经快到家门口了，结果出了车祸——他们乘坐的拉达车和一辆斯格达货车相撞了，克秀塔的父母受了轻伤，但是克秀塔的头部鬼使神差地撞上了头顶的扶手，很快就脑血肿，接着就昏迷了。期间醒过来的时候，曾经清醒过一会儿，说如果自己死了，要葬到她的出生地新疆。几天之后就死了，她的父母亲又把骨灰带回来，葬在了市郊的公共墓地，然后他们又回白俄罗斯了，等于把克秀塔一个人，长久地留在了她的出生地。

我终于又一次地面对她了，我在这座坟前站着，取出一叠写满了字的纸，小心地把它点着。蹲下身，看着那一叠纸在火舌的舔吻之中慢慢地卷曲，变成了灰黑的余烬，随风散入空中和泥土。

我的心骤然泛起了情感的潮汐，有一种激情在我的血管里澎湃。克秀塔，每个月我都要来看你一次，把想要对你说的话说给你听。你寂寞吗？没有人在这里陪你。你能听见我说话吗？呵，你已经睡着了，睡着了，克秀塔，你睡吧。不，不，你还是醒来吧，我来看你啦。远处有鸟鸣。是的，远处有鸟鸣，叫得那样热烈，那样欢快，它是在歌唱永恒的生命吗？克秀塔，俄汉混血儿、有一双幽蓝大眼睛的克秀塔，你的生命多么鲜活啊，可生命为什么会死亡？人为什么会突然收住了笑容而死去？上帝或者造物主就无法让我们永恒吗？对个体的生命体来说，留存在世界上是短暂的。另外一个方面，人死了，变成了无机物，渗入泥土，然后又被别的生物吸收，重新转化为有机物，生命的能量就是通过这样的方式转化，再生，直至永远。如此说来，生命也就是永存的了，不过仅仅是存在的形态变了而已。那么克秀塔，你又变成了哪一棵树？哪一簇青草？就是空地上这一簇簇青葱的马莲草和蒲公英吗？小小的草的果实，在风中摇晃，像清晨的阳光反射着成熟之光。这些小小的果实，会不会在某一天，又被一只鸽子不经意地衔去，落在另一块开着紫花的空地上？抑或你变成了一束蒲公英，随风在大地上快乐地漂泊？我的眼睛被想象淋湿了，我知道自己哭了。十六岁的我，面对着永恒而碎裂的记忆哭了。

太阳缓缓地升了起来。可以看见有许多白气袅袅地从地底下升起，似乎还可以听到露珠从叶子上滑落到湿硬的地面上的声音。我又该走了，我还会来看你的，我也会好好活着的。许久，我站起身，看着克秀塔那缀满青草的小坟，转身离去，身影孤独而又迟疑，缓缓地消失在清晨的风景里。

鸟鸣不断地从空中滴落。我抬起头，盯着头顶上静悄悄移动着的云，额头上闪耀着一层光芒。年少老成的我深深凝望着天空，呼吸着早晨清新的空气，心中的大潮此起彼伏。但是自从克秀塔死了，我就看不见身体里的那条河流了，我也失去看见身边的人是何种动物的特异视觉功能，我变成了一个正常人，不再十分敏感了。

我坐在学校操场边的小树林里等人。我一个人在偷偷抽烟，是自己卷的那种莫合烟。这时候已是下午放学了，四周到处都是人在走动，充满了喧哗与躁动。太阳正辉煌地沉没着，一切物体一边是一层艳丽的晚霞橘红，一边是肃穆的巨大阴影。

远远地有人喊：“杜军，你小子怎么躲在这儿？”那几个人推车的推车，步行的步行，正朝我这边走过来。他们是我这一年来交的几个哥们儿，有的是同学，有的是同一年级的：肖克、刘勇、谢文男、马强、木胡塔尔。我们是一伙的，因为这些年在这个城市的少年中，兴起了拉帮结派的潮流，到处都是一些少年成群结队地瞎混打群架，血管中流着骚动的血液，互相殴斗，争夺着街区霸王的称号。所以，你要获得人身的安全，必须要加入一个团体，只有团体才能够保护你，使你有安全感。这和大人们有单位是一个道理，我最看不起的就是那些虚伪的大人们了，他们不也是整天结党营私，互相猜疑，夺取自己的利益吗？

1983年“严打”之前，街上的少年对老家伙很服气。但是“严打”之后，一些老流氓被枪毙的枪毙，坐牢的坐牢，街上的人已经完全换新人了。

这些新人，就是我们这些家伙。

我发现，现在成年人的世界和生活，也开始变得混乱和躁动，似乎整个社会都在躁动。他们依靠的单位，也开始了改革，有些人被要求离开了。一些人开始下海做生意了。男人们的老婆们，都想办法和工商局的人拉关系行贿，在集贸市场摆摊卖东西，过去禁止的经商活动开始兴盛了，社会在进入一个新的阶段。

在这个年龄，描述和界定友谊，对我来说也是困难的，我不再自闭了，我可以把每一个刚刚结识的家伙就称之为朋友，所以，很多家伙都是我的朋友。看着他们向我走近，我一瞬间感到他们有一些陌生，但这种感觉又很快飞走了。

我迎了过去，木胡塔尔对我说，“杜军，我到你家找你，你不在家，你自己说，你跑到哪儿去了？”

木胡塔尔是一个漂亮的维吾尔族少年，他还有一个非常漂亮的姐姐，是大家暗自倾慕的对象。他姐姐喜欢用伊斯曼草把眼睫毛涂得十分醒目，而且她还用指甲草，把十个指甲涂抹得特别鲜亮耀眼，走路的样子非常风骚迷人，因为她的腰和屁股都特别会扭动，简直是街上的一道风景，她在邮电局工作，没事的时候，大家都假装寄信，然后就是为了看她一眼。我们有时候趁着木胡塔尔不在，就一起到他姐姐——夏娜尔汗的柜台上，排着队要寄挂号信，看着夏娜尔汗细心地为每一封信盖章，我们心醉神迷地欣赏她的每一个动作，她的每一个举动都令我们十分着迷。后来，她发现了蹊跷，"你们的信原来都是寄给自己的，是不是？鬼家伙，你们在干什么？"她含蓄地笑了，可是仍旧把信件给寄出了，"你们这些调皮的小骚公鸡。"

肖克说："这家伙还能到哪儿？还不是绕丫头——绕宁小星去了。"几个人阴阴地笑了起来。我的脑海中蓦然掠过一个女孩的形象，她有些单薄、美丽，脸上总是挂着一层自怜自爱的淡淡忧愁，她是我们的同学，学习尖子宁小星。我们这些人中间，肖克为人豁达精明，是个坏小子，也是我们这一伙的头儿。其实，是肖克对宁小星很有意思，他虽然自己孔武有力，但就是喜欢宁小星这样柔弱类型的，比方我多次听见他自言自语，"我就是喜欢排骨型的，女孩要瘦，最好胸部是平的，然后有一点忧郁，学习还要好，并且话很少，嘴巴也要小——女人的嘴巴小，下面就特别紧，嘴巴大，下面就松，人人都可以上手，是贱货，那就是大喇叭。"他有一套自己的理论。无奈肖克屡追宁小星不中，叫他大伤脑筋。所以，有时候他喜欢把我和宁小星给扯到一起。身材魁梧的肖克又说："宁小星傲得像天鹅，我追不上，没办法的话，只好派我们的艺术家杜军出面搞定她了。"

谢文男说，"那个邓丽娜都够他难缠的了，你再交给他一个活林黛玉宁小星，这世界全乱了，他非自杀不可。"谢文男是一个油滑到极点的家伙，每次见到漂亮的女孩出现，他总是想尽办法去纠缠一段时间，没有结果之后，他都要做出一副忧心忡忡的样子说，"我要自杀了，完了，我要自杀，我没脸再活了。"可他第二天仍旧活得跟山坡上的山羊一样快活。看着他那张生满青春痘的脸，我想这个家伙肯定是一个隐匿的强奸犯，早晚得进了监狱里去。肖克说："走，咱们到那边找个僻静的地方喝二两去，这不，伊犁特曲，还有一公斤油炸花生米。走吧。”

我们六个人来到了靠近学校围墙的树林里，找了个僻静的地方，铺开了几根树枝，大家盘腿坐下。他们每个人都从自己的口袋里，掏出一个自行车铃铛盖儿，刘勇多拿出来一个给了我，“哥们儿给你留的。”我接过来，锃亮的铃铛被晚霞一晃，刺得我眼睛一花，“谢谢你的好心烂肠子。”我知道，这些铃铛盖儿是他们顺手牵羊从自行车停车场卸的。每回喝酒都是这样。自从克秀塔死后这一年多来，为了排遣愁闷，我学会了抽烟、喝酒，学会了这些“变坏”的最初形式。我与这些在学校里，调皮捣蛋得个个出名的家伙们混在一起，感受到了快活和刺激。因为恶，有时候是有力量的，内心萌生恶的时候，我会感到一种可怕但雄壮的力量。现在，我经常感到日子在虚度着。唯独绘画倒是没有中断，我常去学校美术室画画儿。这是我唯一的兴趣和爱好。

自从秦添老师被抓起来之后，我有时候会对艺术家感到很怀疑——他们其实大都是流氓或者骗子，情况好一点的一般都是疯子和傻子。很多艺术家的传记就是这么告诉我的。现在指导我的是一个年近四十、十分平庸的美术老师修立文。已进入高一年级下学期了，我的学习成绩在班里算是中等，因而，对于高考升学率很低的学校来说，我对高考没什么指望了。克秀塔的死，又给了处于青春期迷茫的我重重一击，过了很多时日，我才缓过来。知道克秀塔死了的消息之后的那几个月，我是最悲痛难熬的。现在，克秀塔的死对于我来说已如同一个遥远的噩梦，渐远渐淡。我对自己前途也感到很茫然，不知道自己会滑向什么地方，这使得我很想堕落，但有一种相反的抗争欲也在心中油然而生，我时常感到自己处于悬空状态，一种可怕的悬空感。

一铃铛盖子的白酒下肚，六个人谈兴大起，说起最近有趣的事儿。谢文男说：“咱们新来的那个实习老师，教世界历史的那个，我看他第一眼就特别讨厌他，人长得不怎么样倒也罢了，那么爱拖堂，每节课都要拖堂。我看我们是不是想法儿收拾他一下子。”大家七嘴八舌的。木胡塔尔嘘了一声，做出了一副神秘兮兮的样子：“嘘——我有个妙招，只需要一点儿蛤蟆尿，和一根特制的烟就结了。”我们几个听木胡塔尔详细招来，一会儿哄然大笑，嚷嚷着：“就这么定了！”

肖克一边卷莫合烟，一边问：“咱们班有什么‘新动向’没有？”

马强是一个回族小胖子，他最害怕喝酒，可是总是要逞能。龇牙咧嘴地咽下一口白酒，又急忙嚼了几粒花生米，他说，“我看刘勇对李少玲有意思。”马强家的孩子很多，他上下有六个兄弟姐妹。可是我们几个人中间，谢文男家孩子也多，加上他，一共有五个孩子，全部是男孩，他妈从 1970 年到 1975 年根本不停歇，一年生一个。这其中，谢文男最大。我经常想，也不知道他们的父母生这么多男孩子干什么？我知道他的父母经常吵架，因为他父亲会给他老家的母亲寄钱，而他们家孩子又多，所以钱永远是最缺的。他们吵架的时候确实是我们街上的一道风景，可以看到他们拿着菜刀互相追逐，这个时候谢文男就抬不起头了。有一天他的母亲终于厌倦了这样的生活，把家里所有的钱都烧掉了，然后在纸币的灰烬上面，房屋的横梁上，吊了一根绳子，自杀了。于是，他母亲的死导致了他父亲开着长途车经常不回家，谢文男就更喜欢在大街上溜达了。

“狗屎！”一脸凶气，头发披在肩上的刘勇说：“你小子太没眼色了，不是我对她有意思，而是刚好相反，李少玲对我有意思着呢。”刘勇的父母都是钢铁公司的工人，他有两个哥哥，但是现在他们都在监狱里了。前年“严打”的时候，他大哥因强奸案被判了十五年，二哥在五分钟之内抢劫三人，抢了十块钱，于去年被判刑十年入狱，真划不来。刘勇打架是学校最出名的，他特别楞，手里老是拿着一柄铁链子，走到哪里哪里就哗哗响，他习惯斜着眼瞅人，谁要是看他一眼，他就会骂人家，于是一场架就少不了，几乎天天都要打一架。学校对他毫无办法，想把他开除了吧，一想放到社会上更不好办，没几天兴许就进公安局了，学校领导也是左右为难。

我们抽烟喝酒，几个人不一会儿就把那瓶烈性白酒解决了，每个人脸上都泛起一层红光。我们推推搡搡地走出树林。太阳已经不见了。灰沉沉的雾霭在四周升浮，一种苍茫的东西，在浸透着我那十六岁的身体。我们纷纷把铃铛扔上天空。一天又结束了，我既充满悔恨和茫然，又有一种对抗般的心安理得。

肖克说："兄弟们，晚上去文化宫，今天是《野鹅敢死队》，美国片，过瘾极了。八点钟，老地方见吧。"我们作鸟兽散，消失在暮霭之中。

2

我行走在暮色深沉的大街上，向家的方向走去。十六年了，我亲眼看见了这座城市最细微的变化，每一个早已流逝的声音，每一件像一阵风一样掠过的大事小事，每一个浮动在日新月异的大街上的面孔。这座城市在这几年变化巨大，高楼越来越多，挂满了物质主义的傲慢。一个新的时代来临了。拐过中央大街，穿过北京路，就到我家了。透过窗玻璃，我看见亮着灯的屋子里，妈妈、妹妹还有我的继父——他是半年前进入我们的生活的——已经在桌边坐定了。我推开家门，他们的目光都投向我。我妈说："怎么这么晚才回来？吃饭吃饭，等你等得急死人。"

我的继父是物资管理局的一个会计，丧妻已有三年多。经人介绍，与我的母亲相识，去年冬天结了婚。继父的性格平和，不易激动，算是个老实人。他进入这个家庭以来，一方面协调与孩子们的关系，另一方面努力治家，家中添置了不少新东西。我母亲再也不同过去的老情人混了，倒也安下心来。城市规划和发展，把在马路边上像我妈开的那种小杂货店，都给拆除了。我妈骂了三个月，没有人理会，她只好算了。再说她身体不太好，就待在家中忙家务，脾气还是跟过去一样粗暴，时常发火。继父与她相反，倒也化解了许多家庭的战争，我还感受到了一些过去没感受过的家庭温馨。大妹妹初二辍学，现在一家地毯厂织地毯，每月工资一百多，自己能够养活自己了。

一家人闷头吃饭。过了一会儿，继父开口说："学校里有什么新鲜事？下学期要上高二了，你打算上文科还是上理科？"我得承认，自己从来没考虑过这个问题。我大口地吞咽鸡蛋面，一边摇着头含糊地说："我还没想好。"

"还是上理科吧，学理科出来能修各种电器，好赚钱。"我妈打着带着刺鼻大蒜味儿的嗝，对我说。我的小妹妹，五年级的可怜又可爱的小妹妹说："哥，学理科就要学二加三等于几了，太烦人，你还是学文科吧。我们老师说，学文科将来能当大官。"

我抬起头看着继父。我是信任他的。我一直把他当作一个大朋友，而不是什么"父亲"。继父看着我，想了一会儿说："还是你自己定吧。对了，再过一个月就放暑假了，放假期间跟我一起去沙湾拉西瓜吧，我在那里给你找个看西瓜的活儿，干一个月够你花三个月的。你已经十六岁了，要开始学会自食其力了。好好干，能考上大学最好了，考不上也没人怪你，但一定要努力。"继父说话一个字一个字咬得很紧。我感到了一些严肃的东西。

我点点头。

吃完饭，我对继父说："我今天晚上去看电影，给我两块钱吧。"话音刚落，只见母亲从厨房冲了出来："又要钱！前天还拿了五元钱说买颜料，也没见你买回来，今天又要去看电影，净是你花钱，我一个月才挣一百六元，哪够咱们五个人花！"

"算了算了，叫他去吧。我不是一个月才看一回电影吗。"说着继父递给我两块钱："看完电影就回来，别瞎跑。"

"我一定早些回家。"我答应着，心头一阵儿高兴，披上衣服冲出家门。一到街上，我就自由了。

我来到了我们的碰头地点：自由贸易市场门口。老远看见他们几个，已经等在那里了，我听见了马强的大嗓门在学驴叫，还有刘勇的铁链子哗啦哗啦响。见面后，六个人四辆自行车，向文化宫方向驶去。黑夜继续弥漫着，浓浓的墨汁一样的黑暗，把一切都浸得幽冥一片。大街上，灯火辉煌，而文化宫的方向，激烈的摇摆舞音乐冲天而起，旋律十分刺激。我们快速地向文化宫一幢有伊斯兰建筑风格的楼群冲去。几个人停好自行车，沿着台阶走上去，在影剧院门口，台阶上、栏杆边，到处都是一堆堆的人。现在闲人真多，活着就跟没活一样，这群行尸走肉，我想。我到人多的地方，就变得警觉起来，人与人面对总有高低上下之分，总有一种不安全感。我知道我们之间，都是敌视的和不友好的。我竖起领子，冷冷地看着周围的芸芸众生。我感到自己腹背受敌，忙环视四周，看看有没有平台。如果能站在高一点儿的地方向下看，他们就变成一堆堆牛屎了，就对自己构不成什么威胁了，我遗憾地想。每天晚上，这里总有群架要打，所以要看好地形和哪些帮派的人在这里。现在街上流行刺青，尽管一些人说如果刺青了就不能参军了，但是很多少年仍旧在身上刺上游龙与青蛇，以及玫瑰和老虎的头。有人还在肩膀上刺上自己心爱的姑娘的头像，甚至一些火爆的女孩也刺青，传说有一个女孩在自己的小腹上刺了九朵玫瑰，所以在她那个街区，她是老大，手下有一帮子心黑手狠的家伙，每人的臂膀上都刺着一朵玫瑰花。一提“九朵玫瑰”，所有街区的女孩子都害怕，因为“九朵玫瑰”专门欺负女孩，甚至不管人家愿意不愿意，就在她们的身上强行刺青。不远处，旱冰场上，舞曲清晰地传了过来。放眼望去，只见那里五颜六色的灯光闪烁，旱冰场中央，几十对狗男女在翩翩起舞。我想起了和克秀塔跳舞的情景，那是她留给我美好记忆的最后回声。

木胡塔尔买回来了票，他打断了我的沉思，“快，给你票，你怎么好像有一点魂不守舍的？”离开演还有半个多小时。谢文男提议去冷饮店，几个人一起走下台阶，溜进一家地下游乐厅冷饮部，买了一大堆冷饮吃了起来。我发现，旁边的桌子边，坐着一个粗壮的哈萨克汉子，他高颧骨，大红脸膛，方面阔耳，穿一身黑条绒衣服。我们都看见他打开一瓶白酒，这酒一定是六十五度以上的烈性酒，咕咚咕咚倒进一只海碗，然后从他上身穿着的黑色的袷袢中取出一只干馕，掰碎了丢进去，搅一搅，就“嘎吱嘎吱”连酒带饼地吃了起来。我吃惊极了，捅了捅刘勇、肖克，我们都被这哈萨克人的酒泡干馕给吓着了。

从冷饮店走出来。三五成群的年轻人都神态傲慢，彼此敌对地冷眼扫着对方，一边无所顾忌地大声喧哗。刘勇那张脸上，此时弥漫着一股子狠气，他说：“他妈的！我的手痒痒了，我看那帮小子不顺眼，怎么样，咱们教训教训他们？”谢文男说：“别急，等会儿电影散场了再说。最好去惹那些带女孩子的小子们，那才有味儿呢。”

我扫视过他们每一个人的脸，心头掠过一阵战栗。为他们悲哀，也替自己悲哀。我们都身不由已地跟随着生活的浊流前进，生活把我们带到了哪里，我们就去哪里。这时候，一言不发的肖克——他从兜里掏出一副墨镜戴上说："今天有一群武警也来看电影，我看咱们还是少惹事为好。"几个人依着栏杆望去，见有一个班的武警排着队，整齐地鱼贯进入了电影院。

电影开始之前，刘勇就注意到身边坐着一个漂亮的女孩子，眼睛很大，美得、纯得令人吃惊。但她身边坐着一个男孩，两个人在电影一开始就搂在一起，互相亲嘴和抚摸，然后，那个很纯的女孩竟然发出了快活的小声呻吟，刘勇看见那个小子的手已经伸到了女孩的裙子里面，像一条蛇一样出入着，这叫刘勇都快疯了。电影放到一大半儿，断片了，四周一片黑暗。刘勇乘机拉住了那个女孩，故意挑衅，狠狠地吻了她的嘴唇，但是灯又很快亮了，灯光之下，刘勇狂吻女孩的样子我们全看到了。那女孩的男朋友一拳把刘勇打开，嘴里喊道："你等着，有种电影散场再说。"说着，拉着那个哭哭啼啼的女孩出去了。

我们立刻准备好家什，继续看电影，我心咚咚动跳个不停，我知道要打架了，一种盲目的哥们儿意识和硬汉风格开始笼罩着我，我讨厌刘勇，但由他招致的一切麻烦，不管怎么说，又是对着自己这个小团体的，为了群体又不可以不顾一切，事情就这么简单。

电影散场之后，我们一群人警觉地走在最后头。果然，在几盏大灯的阴影里，站着七八个人。可以依稀辨别出他们的年龄与我这伙人的年龄不相上下。这几个人一脸阴气地看着我们。肖克把手一举，我们立刻呈三角形战斗队形散开，对方已经挥舞着铁链子冲了过来，肖克说："动手！"两群人迅速冲到了一起混战了起来。我抽出了我那条宽牛皮带使劲挥舞着，抽打一个鼠头鼠脑的小子，这家伙一出手，就砸了马强一闷砖。木胡塔尔舞动他那装有一块砖头的小书包，小书包所砸之处一片"哎哟"叫声。我打得紧张而兴奋，因为这是我第二次参与群体斗殴。猛然间，我感觉肩膀被人扯住，他对我一顿猛烈的膝撞，使我吐了出来，倒在地上。一群人大呼小嚎乱成一团。不知是谁喊了一声“警察来了，快跑！”我趴在地上眯起眼睛看去，见那一群武警目不斜视地排队走出影院。“跑吧！”两群人马现在都不打了，像是疯子一样逃进黑暗之中。

六个人再次在贸易市场门口相会。看来这一架我们吃了不少亏：刘勇眼睛肿得像大眼泡金鱼，马强挨了砖头，头上血渗下来，都染红了衬衣，肖克的鼻子还在流血，我的肚子古怪地鸣响着，胃部很难受，连头皮都一紧一紧的。我们闷头坐在地上，好久都不说话。还是我打破了沉默：“刘勇，你小子以后老实些，惹那个小姑娘干什么？有种直接找男的茬子。”

“嘿——我说，你小子是自己锅里有了，就看不惯别人碗里有？我想缠哪个女孩，关你屁事儿，不愿合群就走，我看我们这一帮子，就你最胆小。”

我气坏了，呼地站起来：“我胆小？你试试我的拳头再说话！”肖克皱着眉毛说：“刘勇，你小子也真是的，别吵了。算了，大家都是哥们别因为这个伤了和气。好了，咱们回去吧，他妈的，今天我们没有占到便宜，下回再说了。我们不会放过他们。”

已是深夜了。我躺在床上睡不着，肚子里隐隐作痛，使得我不得不侧着身子躺着。我憋了一肚子火，他妈的刘勇！这个家伙非要惹是生非。我怀疑自己和这些哥们儿混在一起，是不是正走上一条危险的道路？我还能有什么其他选择？克秀塔要活着就好了，自己所遇到的一切，或是拿不准的事，都可以问她。可现在，社会上这么浮躁，少年们的血管里涌动着盲目的液体，谁还可以让自己信任与倾诉？为了排遣青春期多余的愤懑，我一次次手淫，我无法摆脱欲望对自己的吸食，那是一种十分巨大的旋涡。

我感到自己那个东西又开始慢慢向上爬了，这时，我脑海里一片缤纷，许多我不知名的女孩面孔，甚至是她们闪亮的身体，在我意识深层像花瓣一样闪现，或者有很多面镜子，每一面镜子中都闪烁着一个女人白色的裸体，我的手不由自主地游走到那里，一阵阵热浪侵袭般地摩擦之后，洪流决堤，堤岸崩溃岩浆汹涌。过了许久，我才慢慢地从晕眩状态中醒来，立刻又感到了罪恶和羞愧，我恨自己没有抑制力。孬种！你真我妈的不是东西，连自己都管不了。渐渐地我睡着了。

在梦中，我沿着一条山谷向前走着。空谷幽幽，我的足音落上去，发出十分奇妙的响动，像花朵一样在山谷中倏然开放。我弄不清为何会来到这里，四顾茫然，周围没有一只鸟，没有一块麦地——我找不到生命的依托和时间、季节的凭证。我走啊走，走到了长着三棵虬枝举天的松树前，看见有两个白胡白眉的老人正在那里下棋，棋盘之上黑白分明，月光像闪亮的水银洒在我们的身上，风吹过来，老人衣袂飘飘，宛若仙人下凡。我走到仙人跟前：老师傅，老伯伯，告诉我，我应该朝哪里走？

老人看了我一眼。我们的目光在半空中相遇，老人的目光深邃如渊。老人捋着胡须道：路在脚下，路在心中……声音像在水底敲响的钟一样神秘和沉着。我似乎释然了，转过身，看见前方的道路铺展过去，一直通向天空的深处。我开始跋涉了，走啊走，走到了一条河边。河边沙地上，矗立着一只巨大的古瓷花瓶，花瓶和宁静的河水共同构建了一种古典而宁静的美。我走进一间屋子，对面墙上开了一面窗子。环顾屋内四周，空荡荡的什么都没有。我有点儿恐惧正要退出，一张网从天而降，蓦然把我兜了进去，提升到半空中。一阵狰狞的大笑从空中传来：哈哈哈哈……我逮住了一个狼人！我看见一只巨大的蜘蛛正沿着一条丝线向我慢慢逼近，狼人，你也是我的猎物！蜘蛛向我逼近了，我害怕极了。

今天第三、四节课是世界历史课。上课之前，木胡塔尔诡秘地对我、肖克、马强挤了挤眼睛，然后掏出一支烟，堵在门口。显然有好戏看了。预备铃响过之后，实习老师——二十三岁的彭新林挟着备课本匆匆地来了。木胡塔尔在门口拦住他，瞎扯了一会儿，一边不经意地把那支烟递给我，赶紧给我把烟点着，自己也点着了一支。烟抽完，上课铃响了，彭老师走上讲台，他那含羞草般的声音又响了起来。彭新林是一个河南人，他说话带着一股子河南腔，大家都在下面模仿他嘲笑他，觉得这个实习老师特别可笑，因为他头发很长，也不修边幅，有时候，身上都有馊味儿了。

课上了十几分钟之后，木胡塔尔故意把文具盒往地上一扔，铁制文具盒立刻发出了尖利的声响，把所有的人都吓了一跳。这时，我盯住彭老师，只见他浑身一震，双腿一夹，脸上掠过一阵晦气，模样十分紧张和尴尬。他停了好久，说："同……学们，我有事先出去一下，待会儿接……着讲，你们先自习……"说着就冲出了教室。我们一伙人相视哈哈大笑。五分钟之后，彭老师神情惶惑地再次走上讲台："这个……同学们，我刚才有点儿不舒服，请大家原谅，现在好了，咱们接着上课。我们刚才讲到了罗马帝国。帝国的概念……"

又过了十分钟，肖克也装作不在意地碰掉了文具盒，同上次一样，铁制的文具盒掉到了地面上，发出的惊人的声响，再次惊动了彭老师和每一个同学。彭老师的脸色又是骤然一变，脑门上渗出一层细密的汗珠，他的脸色又变得苍白了，说："同学们……请原谅，我……"话没说完就冲出了教室。我们一伙人再也忍不住了，笑得直不起腰来。我知道这个鬼把戏是怎么回事儿，既感到捉弄老师不好，也感到了幸灾乐祸，其间还掺杂着一丝莫名的羞愧。原来，他们把一点蛤蟆尿裹在烟丝里，人一旦抽了这种烟之后，受不起声音的遽然惊吓，一受惊吓就小便失禁。显然，彭老师已经两次小便失禁了，就是因为抽了那含有蛤蟆尿的烟。至于蛤蟆尿是怎么采集的呢？把一只蛤蟆放在一块光滑的玻璃板上，你在旁边轻轻敲出声响，蛤蟆受惊了，就会向前窜蹿，但玻璃太滑，蛤蟆干着急，就是跳不出去。这么一急，就撒出尿来了。

我永远忘不掉那个可怜的、被我们捉弄得手足无措的年轻人、那个讲话声带着浓重的河南腔的代课老师，他被我们捉弄得很惨。过了一些年，一种忏悔意识才笼罩着我，可人海茫茫，这份久藏的愧疚，又能找谁去诉说？彭新林已经消失在人海里——传说他悲愤地去了新疆塔里木河边一所学校，最后得肝炎死在那里了。我再也找不到向他表达惭愧的机会了。

3

邓丽娜从前排扔过来一个纸条。我拿在手上，心有些慌乱，慢慢地展开："下了晚自习，可以陪我一块回家吗？路上不安全，有人扬言要抢劫我。"还附了一张纸条，上面写着："你当心被我们抢！"

我抬起头，邓丽娜妖艳的背影，映入了我的视线。她是这学期才从另外的一所中学转来的。我听到一些女同学背后议论说，她的经历十分丰富，好像和一个男人出走过，还流产过什么的。因为是同班同学，几个月接触下来，我弄不清自己怎么就博得了她的好感，她老是有事没事地要借口接近我。但是，我对她很冷淡，一则，因为在我心中，克秀塔——照亮我生命之光的女神，已经深入我的心灵，与俗气叛逆的邓丽娜，形成了鲜明的对比，我自然在内心中产生了一种排斥。二则，我本能上有一种惧怕感，我不知道与她交往，会出现什么可怕的结果。女人很麻烦，她们一不留神，就会毁掉我，我现在这么焦渴，也许被引诱了，又让她流产了怎么办——如果那个传言是真的。所以，我是尽量躲着她。不过，说实话，邓丽娜人长得真不错，瓜子脸，睫毛清晰可辨，嘴唇饱满，已经极富挑逗意味儿了，胸部乳房高耸，身体曲线分明，十分妖娆，比木胡塔尔的姐姐还要骚劲十足，有一种野性的妖媚气息，虽说才十六岁，但她已经有了一个成熟女性全部外在的特征，可以说她已经被过早开发，是一枚熟透了的桃子了。这个时候，邓丽娜转过脸来，询问似的看着我。怎么办？还是别理她，我想着，却不自觉地点了点。

我们这所中学，位于本市的工矿企业区，入学的学生大部分都来自一些国有的企业，这些企业都是工矿企业，筑路队、养路段、石油公司、毛纺厂、电线厂、化肥厂、水泥厂等，容纳了大量受教育程度不高的人们，他们走出工厂的时候，完全是一片灰色。父辈们的文化素质本来就不高，所以儿女们——学生们的素质就更差，城市机会少，就业成了很大的问题。升学率也不高，这所中学每年只能考上二十几个大学生。而相反，学校里的学生打架斗殴、偷窃、耍流氓者大有人在。西北边疆民风剽悍，常因为小小的龃龉而发生流血事件。因而，在每条街、每个单位都有那么几个因拳头硬著称的老大。现在，很多有精力无处发泄的人，都下海挣钱去了，谁也不再干蠢事儿了。但十四岁至十八岁这一年龄段的少年学生，比如肖克和刘勇，往往成帮结伙地干些不大不小的坏事，并在这种朦胧浑噩的堕落之中，体验着原始的快感。

下课了，我慢慢地收拾东西。肖克他们又去小酒馆喝酒了，我不想去。我常常告诫自己，不能跟他们靠得太近，要若即若离，否则就会迷失自己。邓丽娜扭着丰满的身体在那里发骚般等着我，我只好整理好东西，和邓丽娜一同走出教室。“真有人要抢劫你？我看那个纸条，像是你自己写的。”我开玩笑。

“你又胡说八道了，当然是真的了，是张建军那一伙，他们上个星期还把一个女孩轮奸了。”

“那警察不管吗？”

“女孩没有报案，因为这个事情暴露了，她名声就完了，以后大了嫁都嫁不出去了。”

“要是你遇到这样的事情，你会不会报案？”

邓丽娜奇怪地看了我一眼，“你不保护我呀！”

“那也得你自己注意呀，女孩子有时候，还不是自己送上门去的。”

昼夜温差很大，傍晚的气息已经很冰凉，我打了个喷嚏。邓丽娜穿着一件质地考究的紧身衣衫，胸部高耸，令人触目惊心。一路上，她大谈自己四处的旅游经历。她去过中国不少地方，原因是她有一个有权势的父亲，她父亲是棉纺厂的厂长，手下有上千个工人，所以很厉害。不过，棉纺厂的设备已经老化了，那是精明和蔫坏的日本人，把他们已经使用了很多年，淘汰之后的设备又卖到了这里，建立起这个棉纺厂的。因为厂里雇佣外地人员，所以街上的本地流氓特别喜欢和棉纺厂的这些外地人打群架，一方面是声讨外地人抢走了就业机会，另一个方面，是为了宣泄青年人的愤怒。

“你觉得我这个人怎么样？”邓丽娜忽然问我。我有点儿局促，不知该如何回答。“你不错，我看你是咱班上最成熟的女生。当然我指的，不完全是身体发育情况。”

“你真坏，你这是表扬我，还是在骂我？我是身体丰满，那是遗传，我有什么办法。再说，我们女孩就是比你们男孩发育早一些。想知道你给我什么印象吗？”她不在意地摆了一下头，使劲朝我挺了一下胸脯，看着我说。

“什么印象？”我问。我此刻感到有些紧张，因为还没有一个女孩子当面评价过我。每个人总是对别人如何评价自己很关注。

“我觉得你像一只孤独的野狗，你老是一副阴阴的样子，很酷。”她说。孤独，每一个青春期的人都孤独，“你说对了，孤独，我是很孤独，但这样不好吗？”我问。

“倒也没什么不好，不过你为什么会这样？”

“因为我与这个世界并不和谐，我的家庭使我没有温暖感，我父亲也已经去世了”，我的声音有些冷，“我的妹妹有一些傻——人生带给了我很多冷冰冰的东西，你说我应该整天像你一样傻笑吗？”我们沉默了。大街上十分空旷，只有灯火在轻轻地流淌，没有什么声响，我抬头看天，夜空高远深邃。我深深地吸了口气。

“可是我就喜欢你阴阴的样子。”邓丽娜看我的眼神有点儿特别，如果不知道她的年龄的人，会把这种眼神称为含情脉脉。“因为，你像个男人。”

我的脸热了一下，面对女孩子时，我有时候有一些局促，也假装漫不经心，我明白邓丽娜对我很有好感，她是不是真的希望和我处朋友？我暗自思忖着。邓丽娜原来在另外的一所学校，初三的时候，因为和父亲吵架，就和一个从四川来这里打工的民工跑了，后来在外地她怀孕了，那个民工不知怎么也跑了。她不得不坐火车又回来了。接下来就是到医院打胎、休学、转学等。我觉得她和牛老师的女儿的经历多少有些相像。

学校的老师问她为什么这样做，她振振有词，“为了反抗我的爸爸，他管我太严了，而他又是一个极其虚伪的人。”所以，邓丽娜在很多人看来，是一个名声不好并且危险的女人。但是我似乎隐约可以感觉到，她也处于一种青春期的反抗和苦闷中，她也不知道该如何应付成长的烦恼，于是会做出来一些激烈的事情。我们两人继续朝前走着，想着各自的心事。在前面巷口的灯光阴影之中，有三个人影凸现了出来。我心里一紧，小声对邓丽娜说：“有人！你不要怕，也别看他们。假装没有看见他们。”

我从口袋里掏出一条已经准备好的坚硬的牛皮皮带，拖在手上，一边轻轻甩着它，一边若无其事地向前走。其实，我心里也有些发虚，但是这个时候气势很重要。经过那几个人时，我轻蔑地看着他们。他们的年龄与我相仿，可能就是为了堵截邓丽娜的，但是看到我的气势，大概有些畏惧，没敢上前。我们安全通过了危险的地段。

“你看清楚没有？那个中间的胖小子，就是张市长的儿子，四中高二的，叫张建军，他可坏了，老想打我的主意。”邓丽娜压低声音说。“就是他扬言要办了我。”

“他妈的，有机会我会收拾他们的。你今后不用怕。”

二十分钟后，就到了她家门口。她说：“杜军，谢谢你。我打算今后雇你当我的保镖，二十块钱一个月，你干不干？”

我听了这话，因为听到钱，我很好面子，脸上有些挂不住，“别胡扯了。”扭头就走。走了七八步，转过身来：“听着邓丽娜，我可以负责你的安全，可你的钱，我一分也不要。再见！”说完，我疾步走进了黑暗的深处。

第二章

1

我发现，我经历的很多记忆犹新的事件，几乎都发生在夏天。夏天像水一样透明，又像石头一样深沉，夏天燥热，夏天疯狂，夏天多雨，夏天浮躁。我知道自己永远也走不出那些充斥着我成长历程细节的夏天了。

我记得，每年的夏天，在这座城市中都会出现一个维吾尔族瞎眼乞丐，他戴一顶经风淋雨的小花帽，两只眼睛黑洞洞的注视着世界。他游荡在街上，多年以来，每到这个季节，我都会听到从远处的街角传来的热瓦甫琴声，我会停下来，一种悠远的沉重感攫住了我，我追逐着倾诉般的琴声而去，在那一个街道，那一条小巷，整整一个星期，我都可以见到那个瞎眼乞丐的身影，在穿行和演奏，仿佛是定期的提醒与祷告。我知道，他在向这个世界施舍音乐。有一天，我把一张一块钱的票子放在他面前，他突然抓住了我的手，脸上的笑容安详而又高贵。在一刹那的手与手的交流之中，我读懂了一种语言，一种饱经沧桑和人生风风雨雨的语言，那是另一种人生。

在时间凋落的季节中穿行的盲眼人，每一个辉煌深沉的夏天都会按时出现的预言者，在这年夏天的一个黄昏，又悄然地消失在尘土飞扬的通天大道之上，背影孤单、倔强而又苍凉。这些永恒的夏天啊！

语文课老师换成新调来的季老师。她的年龄在三十五岁上下，嗓音清脆、响亮，像玻璃球在瓷盘中滚动。她丈夫得肝病死了已有四年，她并未再嫁。她讲课的声音有一种磁性，同学们都很喜欢。她身材很好，属于那种性感的少妇，眼神像是会说话，和我对视的时候，仿佛看穿了我内心的所有秘密。

我经常盯着季老师那张表情丰富的脸，浮想联翩。我的目光掠过季老师的胸部，以及她少妇特有的身材，立刻感到了惊慌失措，心中掠过了一阵阴暗的大风。

从侧面我又看到了邓丽娜那丰满的胸部，那里是两座小山包。我把一只手悄悄地插进裤子口袋，轻轻地抚动摩擦那件物什，目光茫然无定，头脑中一片空茫，直至最后崩溃的即将来临，我慌忙举手冲出教室，跑进公共厕所，把那乳白色的液体射入了小便池，心中又渐渐升浮起一片焦虑和沉重。

有一天早晨起床，我忽然发现，我继父那每天飘浮在饭桌边上的脑袋上增加了许多白头发，脸色也很难看，是不是发生了什么事？我问妈妈："我爸怎么了？好像他的头发一夜之间白了很多似的。"

我妈说："还不是因为调工资的事儿吗！你继父这一段时间被地质大队借调出去，刚好碰到浮动工资，他两头都沾不上，两边单位都不愿给他涨，一边说你继父借调出去，工资该由借调单位出，一边又说你继父的工作关系还在原单位，借调单位咬住这个理由不管，结果两头都不管他，少提了一级工资。这不，一夜之间他气白了头。"

我相当震惊，十六岁的我确实想不通，怎么一级工资就能让一个人的头发，在一夜之间白了许多，我安慰了继父，但是继父仍旧很郁闷。此后的很多天里，我都在想这个问题。社会在我面前渐次展开的景象，太复杂了，我明白了一个下层市民家庭生存的艰难。我闷得发慌，感到空气中充满了硫黄的气味儿。我狠狠地对自己说："你妈的，将来一定要有出息，一定要像个人一样活在这个世界上，不能像父亲和继父那样，把自己的命运交给了别人。"过了一些年，等到我算是掌握了自己命运的时候，我明白确实这是很艰难的，因为这个世界上绝大多数人的命运，都是掌握在别人的手里的，很少有人能够仅仅依靠自己获得真正的自由。

期末考试的寒流在突然之间入侵，叫我猝然一惊。连着四天，八门课，每天两门，把我都快考糊了。"考，考，考，老师的法宝；分，分，分，学生的命根"，这是校园里流传的名言。每一个学生的心态都是十分复杂的，学习好的想拿好名次，学习差的也想把自己的成绩往上挪一挪，学校的学风不好，因此我们的作弊手段五花八门：有在手上写满字的，有把文具盒中藏上字条的，还有人在衣内襟内贴满了如万国旗般的字条，监考老师一转身，衣服就悄悄打开，还有人把木桌挖了一个洞，把课本放在抽斗里，透过洞来看。我对这一套套把戏厌倦极了，坐在考场中，看着每一个同学的作弊表演，觉得有趣儿。

我最后发觉，这活儿干得最绝的要数邓丽娜，她穿的是裙子，她在大腿上绑一条猴皮筋，上面捆一小捆纸条，趁老师不注意，就用手从裙底拽出来偷看，老师注意她时，她只需松一下手，那一捆纸条就倏地隐入她的裙底不见了。我暗地里称绝——就算老师发觉了也没办法，因为监考老师是个男的，他不可能掀开邓丽娜的裙子抓作弊，想到这一点，我就偷偷地笑个不停。

蝉声缤纷地在半空中滴落，盛夏的车轮在天空中辗过深深的回声。热爱倾听时间流逝的我，透过窗户听到了这季节的轰隆隆消逝的声音。一个突然下起了暴雨的下午，我们终于考完了最后一门，我心里既轻松又若有所失，一片怅然。即将迎来扎扎实实的五十多天的假期，我内心充满了类似小鹿跑过草滩的快乐。所有的日子将像空白的纸一样，在我面前展开，而我是支配者和涂抹者，我该如何打发这个漫长的暑假？

交考卷了，时间到了。同学们像兴奋的鱼一样，纷纷游出了教室。我站起身，感到夏天在自己体内一点一点地延伸着。我刚要起身离开，发现宁小星趴在桌子上，肩膀一抽一抽的，应该是在哭泣。我心里涌起一些怪怪的感觉来。她也是问题家庭的孩子，宁小星的父亲很早就出了工伤，左腿完全瘸了，走路必须要使用拐棍，没有什么生活能力。她有一个弟弟一个妹妹，家里基本上靠当清洁工的母亲养活。

宁小星瘦得像一杆麦秸，走起路来斜着身子，让人不由地担心，她随时会被风吹倒。她确实有一种病态的美，有一种忧郁老是笼罩在她的脸上。而肖克就是喜欢这样的病态美的女孩。

我又坐了下来，看着窗外花白的阳光泻入教室，教室里空荡荡的，静得有些叫人陌生。宁小星趴在桌子上，发出很细小的哭声。我走到她跟前："喂，你怎么了，你哭了有整整十五分钟了，哭什么呢？"宁小星慢慢抬起头，擦去脸上的泪，但是没有回答我。

"是不是因为没考好？"我问她。宁小星点点头，显得楚楚可怜。

"没什么，第一名也应该让别人拿一次吗，全当对别人的鼓励了。哎，走吧，咱们去打打羽毛球。"

宁小星不哭了，起身和我一起出了教室。

下午的天空异常高远，湛蓝湛蓝的，没有一朵云在天空中飘浮，没有一丝风掠过大地。太阳向西天边运行着，到处都布满了阳光，所以也显得燥热。这一切在我心中是那么明亮、那么富有活力。而明天，无拘无束的暑假生活将正式开始了。我感到更加开心了。羽毛球轻灵地与阳光在半空中磕碰。我让宁小星渐渐快乐了起来。她敏捷地挥动球拍，羽毛球穿越透明的风，在半空中滑过弧线。看着腾越的宁小星，我笑着，露出洁白的牙齿。

在回家的路上，我又证实了自己的猜测。她的确是害怕自己考不了第一名。因为她总是考第一，可是今天她有一道题没有回答。一些红红的夕阳光映了我一身，一些鸽子带着哨音在空中滑翔。暮霭慢慢地浮起来了。

“别背那么重的包袱，考不了第一也照样活得下去，像我，晃里晃荡地也挺自在。不过，人跟人的志向也不一样，你是上大学的料子，不像我，可能以后就去当兵了。”说到这里，我不禁有些黯然。眼前一枚青春的叶子旋转着飘落了。

“其实，我觉得你挺聪明的。你就是数学差点，离高考还有整整两年时间，完全可以补上来。再说，你有美术特长，到时候还可以考美院。你不应该这么悲观。”她的声音像一股清甜的水一样流进我的心里。她在安慰鼓励我。

“你知道肖克喜欢你吗？”我亮了底牌。

“我不喜欢他，他总是迷恋暴力。他太强壮，可是他不知道，人有时候在表现弱的时候更有力量。”这话我听不太懂，强壮就是唯一的法则，可是弱怎么会有力量呢？过了一些年，当我读到了老子的一些理论之后，才明白了这个道理。

“今后有什么需要我帮忙的，尽管吩咐，我到家了，暑假有空来我家玩儿。”我笑着朝宁小星摆摆手，拐进了一条巷子。穿过巷道我就到家了。

第二天一大早，我起来准备去跑步。我发现这座城市所有早起的人，都怔怔地站在空地上，仰天呆望着什么。

一股奇异的花粉味儿弥漫开来，我也仰头望去，却见有无数只白色的蝴蝶奋力煽动着翅膀，像一层美丽的雾一样，在这座城市的上空悬浮着，所有的人都嗅着那种由蝶翅煽动带来的奇异的花粉香气，内心之中惶惑而又不安。白色的庞大蝴蝶群在空中滞留了整整一个上午。而后，它们的翅膀发出了煽动空气的巨大声响，缓缓向天空深处升浮而去。所有的人都觉得生活中要发生什么了，这白色的蝴蝶使人有不祥的预感。我仰天怅望，不知道这个奇异的景象，又预示着什么行将发生。但是我忽然明白了，这些白色的蝴蝶实际上是一些蛾子，它们很快要下卵生蛋，明年，毛毛虫又将肆虐整个夏天了。

下午，踩着虚浮的地面上的尘土，我去校美术室找修立文老师。一进美术室，我发现修老师正在忙着画一幅巨大的广告画，有几只汽车轮胎在画布上栩栩如生，但构图机械、简单。修老师年纪四十左右，四方大脸饱满而又泛着油光。他很平庸，但是很乐天知命，除了挣钱，他也没有过多的想法，已经在这所中学教书近二十年了。

听见我进来，修老师说：“杜军，你那一组《生命的隐秘经历》我仔细看了，觉得有些内容。你的笔法十分老到了，有天赋，好好干，也许你真会成为一个画家。不过，这年头不是搞艺术的时候。钱，只要有钱才是最重要的。什么狗屁艺术，更别提那些所谓的先锋画家了。没钱连日子都没法过。这不，一放假，我就接了好几个活儿。都是广告画，画一幅大的好几千块。你好好干，愿意的话，给我当个小帮工，我给你报酬。”他看着我，十分得意的胖脸上泛着得意的油光。

我从内心深处很讨厌修老师这个德行。我说：“谢谢你，老师。暑假我有些别的事要干，不能帮您了。请您原谅。”说完，我借故向外走去。

“哎，杜军，”修老师一脸疑惑，“别急着走，这是画室的钥匙，给你一把，假期有空就来画吧。”

其实人人都有这个毛病：当你陷身于各种事务之中时，你会有借口，抱怨属于你的时间太少太少。而当整块的时间属于你时，你反而无所适从了。我就是这样，暑假开始之后，几天下来，我就感到没劲了。我感觉自己像一艘茫然的小船一样，在激流中打旋儿。我又尽力地躲开肖克他们，害怕自己被牵扯进一些刑事案件。唯一的乐趣是看书。我从各处搜罗来不少书籍，大部分都是文学作品。晚上我照例看书。一天我看得兴起突然停电了，我点燃一根蜡烛，接着往下读。这是一本外国文学作品，我没有想到文学作品中的诱惑和陷阱更多，我的目光集中到一段文字上：

“……上尉粗暴地扒去了厨娘的衣服，说‘我的心肝，我的一匹大白马！’于是，骑兵上尉就迅速而又果断地骑到了厨娘的身上。他可以感受到他在她体内挺进的细微的令人心旷神怡的过程，他的手像蛇一样游遍厨娘的全身，直至最后，一阵狂乱的尖叫和呻吟声中，他彻底地浸湿了她那两腿之间那黑色的花蕊……”

我把书合上，觉得自己喘不过气来。这样的可以挑逗起我的情欲与性幻想的文字使我无法摆脱，我躺到了床上，闭上眼睛想让自己平静一会儿。但是，许多裸体的饱满的女人开始在我眼前飞舞、晃动，用蜘蛛一样幽深的眼睛挑逗着我，耸动着上身和下身，发出一些奇怪的声音。我的手不由自主地游走到我的腿部，但我立即又抽了回来。小腹内一阵胀痛，仿佛要炸开一般。

我取过镜子，慌乱之中，我窥见了一张丑陋而又苍白猥琐的脸，那是自己被手淫所折磨的脸，已经扭曲的脸，我盯着这张变形的脸，内心充满了厌恶。猛地，我把右手放在火苗暴跳的蜡烛上，火焰舔食着我的手心。顷刻一股焦臭气扑了过来，我发出一声尖利的叫声，向后退了一步，跌倒在地上。

两天之后的夜晚，月亮很圆、很大，把一层轻纱般的月色铺在地面上。我听见有人敲门，打开门，见是刘勇、马强、木胡塔尔、肖克、谢文男他们。刘勇手里绕着他那根锃亮的铁链子："杜军，今天帮个忙吧！"

"帮什么忙？又是打架？"我问道。

"不，我们今晚要进行'S'行动。事成之后会有好处给你的。"

"干吗？不会是抢银行吧，"我有一些担心，但是他们笑了，表示不是去抢银行。

"我看你也没这个胆。"我说。

"到底愿不愿意帮忙？男子汉，裤裆里都是长鸟的，说话落地有声，干脆点儿。"刘勇不耐烦了。

我有些恼怒，说："我去你妈的！"我随手抓起了一件运动外套，就把自家的门带上了。

我们潜行在黑暗笼罩的大街上。路灯昏暗，仿佛是一只只老眼昏花的眼睛，在半空中松懈地睁着。七月盛夏，白天那干燥暴烈的暑气已经消散，只要是到了晚上，一种凉气沿着地面徐徐卷来。一些小风在吹，像泥鳅一样在衣服里自由出入，使人很舒服。我竖起了衣领。一些汽车不停地睁着两只巨眼，从身边掠过，驶到黑夜的深处。有一些潮湿的阴影在半空中悄悄地走过，那是什么大鸟的影子？我们几个人都不说话，像鱼一样游动在黑夜的海洋里。

几个人到达了目的地。这是本市南部的一个邮政所。我在心里暗想："他妈的，原来拉我来一起当贼。他们要偷邮政局了，怎么办？我该怎么办？如果不干，那就麻烦了，他们不会再信任我，我也没有归属感了，可要是干了，那就是犯罪，谁又知道会有什么麻烦，落在自己头上。也许还会有牢狱之灾。黑暗之中我感到自己眼里快要迸射出火星子了。我觉得自己很紧张，也很为难。最后，我拿定了主意，就干这一回吧。"肖克我们几个人的头凑在一起，像老鼠碰头一样诡秘地商量一阵子。过了一会儿，黑暗中可以看见木胡塔尔脸上笼罩着一层磷光，他跳上台阶，隐入黑暗之中，靠近邮政所，用早已配好的钥匙打开了门。

刘勇压低嗓音说："杜军，你和马强守住门，我们几个进去。有人来了，你们就给个信号——学猫叫，实在不行，就动手把来人干掉，给！"说着他递给我一件冰凉的东西。我接住仔细一看，寒光一闪，发现竟是一把双刃匕首，还带着宽阔的出血槽。我吸了一口凉气，紧张而又恐惧。肖克他们几个人借助黑暗悄悄潜入房中。马强和我守在门外，马强那张脸因疑惧和害怕时不时地抽搐两下，他很胆小，但是这一刻却又不得不表现出胆大的样子来。

我的心咚咚地跳着，我恨自己恨得要命，觉得自己太软弱，使自己掉进了一个欲罢不能的陷阱，我不时地踱着步子，观察着街上的动静，觉得很焦躁。两个人的责任是守住门望风，我瞪大眼睛，观察着每一辆在街上驶过的汽车，每一个走过去的人。

马强的声音突然颤抖着响起来："杜军，你害怕吗？我有些害怕，我这是第三回干这事儿了，每干一回都害怕，而且越来越怕。我爸要知道了，非打死我不可。你说我该怎么办？"这时，屋子里传出了一些细微的响动。我知道那是肖克他们在寻找着钱物的声音。

"杜军你怎么不说话？你整天阴着那张脸干什么？你好像什么都有底，可是我——"我伏在阴影之中一动不动，心中静如死水。胆小鬼！我轻蔑地扫视着黑暗中马强身体的轮廓，"既然干了就别怕！害怕就别干，就这么回事儿，反正我这是第一次也是最后一次。我今后再也不会干这种事儿了。注意！有人来了……"两个人屏气凝神盯着街边，看见了两个人走了过来。

"要是察子，我们只好拼了。"我低声说。

"你敢杀人吗？"马强的声音在颤抖。

"要是察子，会开枪的，所以只能先动手了。"我咬了咬牙齿。

"我不敢用刀子戳人——"马强害怕极了。

还好，过来的是一对儿情侣。我们松了口气，屏住呼吸，看着一对互相依偎的恋人走了过去。"怎么还不出来，拉屎都可以进三回厕所了……"马强的话还没说完，刘勇像黄鼠狼一样的身影闪了出来，接着是肖克、谢文男、木胡塔尔，他们的背上都背了一包东西。对我们说："行了，我们走吧。"

在一处僻静而又黑暗的地方，刘勇打开了那个包，肖克说："娘的，只有几百块钱现金，我们的情报不准，你们看，其余的都是邮票，就一人分一叠吧。”我呼吸了一口清冷的空气，我现在放松了，“我不要邮票，我那份归马强了。要是没事了，我就先回去了。”

肖克递给我几十块钱，“不要邮票，那拿着你的这份钱走。”我犹豫了一下，接过来钱，像一头警觉的狼一样，钻入了黑沉沉的夜幕里。

2

我待在家里看书。肖克他们在暑假疯狂地进行盗窃活动，已经偷了很多东西，并且去乌鲁木齐进行销赃，我尽量地躲开他们，找了各种各样的借口，尤其是说自己在帮继父干活，就没有再怎么参与他们的盗窃活动。我暗自庆幸。

这个季节中，谢文男的父亲突然又死了。他死得很奇怪，因为他是长途货车司机，在修轮胎的时候，用扳手扳垫圈，轮胎的气门芯突然弹射了出来，结果打在了他的脑袋上。一开始还没有事情，但是回到家很快就发烧，脑袋里面积水了，头上肿了一个巨大的包，然后还没有来得及送医院就死了。这样，谢文男和他的四个弟弟一下子都成了孤儿。其实，这都不是最恐怖的。恐怖的是，因为他们现在已经没有了父母，而最大的谢文男只有十五岁，据说没有父母的孩子，一律要送到孤儿院，他们都不愿意去孤儿院，所以五个兄弟经过了商量，决定把父亲给埋到自己家院子里的地窖里，用水泥给封上了。他们对外说自己的父亲出差了——反正他经常出差，一出去就是半个月，所以没有人察觉有什么不对劲的地方。

到了八月快开学的时候，单位发现已经好长时间没有看到谢文男的父亲了，就报案了。一个老警察来到他的家里，进门就闻到了他家院子里有一股臭味儿，“你们是不是把死人埋到院子里来了？”他只是随口说了一句，结果谢文男的几个弟弟吓坏了，开始向外面跑。这下就露馅儿了。

他们被全部带到了公安局，经过了审讯，得知了真相，最后还是放了他们，毕竟他们没有杀人，他们的父亲是自己死的，也没有把他们兄弟给送到孤儿院里。这是这个暑假里，发生在我们周围的一件骇人听闻的事情。谢文男一下子成了新闻人物，因为他居然敢把父亲埋葬在自己家的地窖里，上面还种上了葡萄藤，难怪这一年他们家的葡萄藤上结满了葡萄，有的长得像乒乓球那么大，可是就是没有人愿意吃。

我觉得谢文男很了不起，因为在暑假中，当时他已经埋了自己的父亲，但是却看不出他的不安，一直到快开学的时候露馅儿为止，他都很镇定，我就想不明白人怎么可以这么冷酷麻木。唉，生活中总有一些东西是我当时想不明白的。

时间的车轮辗入了七月下旬，空气十分燥热，知了的叫声空旷、响亮，阳光能灼伤人的皮肤，也把一切的绿色植物都给弄得蔫蔫的。那些曾经出现在城市各个角落中的白色的蛾子，现在突然都死了，它们白色的尸体分布在大街小巷中和树林里，像是下了一场大雪，到处都是蛾子死亡的气息。我在读一本西方现代派艺术史。我发现，艺术总是走在人类精神延进的前沿，任何一种艺术的裂变，都标志着新时代的到来。艺术是时代最敏感的神经。为什么会有那么多艺术家成了疯子、傻子？因为他们本来就是先知。

忽然有人敲门，那声音惶惑、疑惧，我放下手中的书，跑去开门。门外站着两个人，一男一女，男的从形貌看上去有二十七八岁，女的有二十三四岁。两人面容憔悴，神色惶然，衣着质朴，看上去是远道而来的。

我问："你们找谁？"

"刘……金贵是在这里住吗？"那个男的结巴着问。听他的口音很怪，我对着里屋喊了一声我继父——这俩人一定是找他的。正在修东西的继父出来，一番惊奇的相认之后，我才知道这两个人是我的堂兄堂嫂，他们是从几千里以外的安徽省农村来的。

在以后的日子中，我得知他俩是来新疆挣钱生孩子的。他们已经一连生了两个丫头，可他们一直想要个男孩，而安徽农村的计划生育政策控制得十分严，为了多生的那一胎女孩，生产队已经罚了他们几千块，并且把我堂兄给抓起来关了半个月，打得够呛，还拿走了家里值钱的东西。差一点把家里的房子都给扒了，所以他们就跑到这里来了。我看着他们一脸沧桑的、饱经生活重压的样子，心里说不上是一种什么滋味儿。农民最苦了，他们永远都是社会的最底层，多少年来，他们的处境也没有根本的改变。

家里地方小，无法安顿。而且，就业要更加困难，因为在新疆来了很多内地的盲流，都在找活儿干。继父后来联系好，叫堂兄堂嫂去二里外的河坝筛沙子，也住在那里——在河滩上挖一个地窝子住。筛沙子这活儿很赚钱，累是累一些，但是沙子很值钱，因为城市开始盲目扩张了，而道路也越修越多。没过几天，堂兄堂嫂他们搬到河坝去住了。他们在河坝边学着别的盲流，盖了一座自己的地窝子——所谓地窝子，就是在陡坡上挖一个大坑，上面盖住顶，人就可以住进去了。我第一次看到地窝子是在十四岁的时候，那时候整个河坝到处都盖着这种地窝子，成群的内地来的盲流、向命运抗争的流浪者，都居住在其中。这些地窝子仿佛是一座座生命的暗堡，在向一切迎来的阴险命运抗争。当时我和克秀塔一起去季节河河滩上捉狗鱼，看到了那些地窝子。

“他们都是从内地来的，很多人就是为了生儿子。”

“为什么农村人非要有一个儿子？”克秀塔问我。

“不知道，是不是为了传宗接代和老有所养？”我当时也无法回答她。

一天，继父对我说：“杜军，你闲着没事儿干，到河坝去帮你堂兄筛几天沙子吧，也去尝尝劳动和挣钱的滋味儿。”

我答应了，骑着车来到了二里外的季节河河坝。这是那条闪耀着我童年生活幻影的季节河。干裂的阳光在布满了硕大的砾石河床上空蹦跳，酷热的风像浪头一样迎面扑来。我感到窒息，眼前一片空茫。我抬起头，不得不眯起眼睛，狠狠地骂了一句夏天的太阳。几大步跑上河坝。在我面前，河床像一条缀满珠玉的带子，向远方蜃气浮动处蜿蜒而去。天空阔大、深邃、高远，白棉花似的云在高空移动。一些汽车像甲虫一样在遥远的河滩公路上移动着。在更高远的地方，站立着的是高大、雄峻的天山山脉东段主峰博格达峰，它像一位白发飘零的孤独老人，遗世而独立。

我又放眼向河床下游望去，那里，蜃气浮动中，显现出许多蚂蚁一样的人影，在缓缓地蠕动着，在生命的最底层掘进着。我的堂兄堂嫂也在那里。我疾步向前腾越，脚和石砾相碰，很疼。我慢慢地接近了那些人，阳光之下，我看见一个个赤裸着的脊背油光可鉴，汗水反射开一片刺目的光芒。我终于找到了堂哥。他正用力地高高扬起铁锨，在他的筛子下，隆起了一大堆匀称细密的沙子。

“堂哥，我来帮你干几天活儿。”我说。

他愣了一下转过脸，吃惊的表情僵在脸上，“那哪成？你回去念书吧，这活儿你干不了。”我骨子里那种争强好胜的劲又冲了上来了：“不，让我试试，有什么干不了的。”说话间我已操起了一把铁锨，用力向下铲去，沙土像蠕动的肉体一样抖了几下，使劲向上一翻，一铲青灰色的泥沙飞扬而起，与阳光相碰，一片飒然。而后，一片“唰唰”响过之后，筛子上落下来一层大小石砾，筛子下面又多了一层匀称的细沙。

堂兄和我一起有节奏地向上扬着铁锨，倾听着沙子被筛子过滤时，那令人心醉的沙沙声。我是长这么大第一次劳动，干得十分卖力。不知不觉，太阳又下沉了，满世界一片金黄，到处都弥漫着苦豆子的味儿，一些炊烟从碉堡群般的地窝子上空飘散，呛得人直流眼泪。不时地有一些像剪纸一样飘摇的女人，远远地站在高处，大声地朝着河滩上喊自己的丈夫回去吃饭，那些女人们中，堂嫂也在其内。

我随着堂哥慢慢地沿着河滩往回走。落日金黄、血红地烙满了我们全身。我看见，河滩边上，有一个很大的水泥厂，许多细长的烟囱矗立着，向天空喷吐乌黑的烟，把附近的树木都蒙上了一层灰烬。我可以看见又有一些女人，站在河岸上大声呼喊，又有一些光脊背的汉子向回走去。我突然地有一阵感动，喉头蠕动，这是生命劳作的报偿，是严酷劳动之后的甜美的时刻。这个场景很像梵•高画笔下面的景象。

堂嫂做的饭是面条、咸菜、肥肉炒土豆，三个人围坐在地窝子里，开始吃了。我真的饿了，因为干了大半天，我消耗得很多。我大口地吞咽着，吃得香极了。堂嫂一边高兴地看着我俩吃饭，一边补着手里的衣服。劳动！劳动！我暗忖着：劳动是艰苦和美好的，我觉得自己重新地认识了生活本身，懂得了活着的艰辛和美好。一些力气在我酸疼的肌肉中慢慢地生长着，我会很快地强壮和成熟起来。

我帮堂兄干了三天，晚上就住在那里。因为不远的地方，就是市郊的公墓，而克秀塔就躺在那里，我可以经常去那里，和克秀塔说说话，告诉她自己生活发生的变化。

一个星期之后，我回到家时头发又脏又乱，脸上已褪了一层皮，但脸蛋红扑扑的，反射着劳动者的光辉。身体也强壮了。

漫长的暑假还有一些日子才结束，继父又帮我在一个建筑工地联系了一个活儿。在那里施工的是内地来的一个包工队，认识我继父，说好我做小工，就是把搅拌好的水泥，用车装着推到升降机上，然后随着升降机一起上升，把车子推到高层的楼中去。和我一块儿干活的，是一个瘦弱的内地农村来的小伙子，脸白生生的，很柔弱的样子，不爱说话。看样子只有十九岁的样子。

“你是从江苏来的吧？从口音上能听得出来。”我说。

“啊。”

“像你们一天能挣多少钱？”

“八块吧。”他回答，局促地搓了搓手，又没话了。

“娶老婆了没有？”

“还没，这不，年关以前赚了钱，回去就可以娶上咧。说已经说好了。”后生的脸突然羞红了。

我有点喜欢上他了。他们江苏的施工队在这边干活儿的人很多，边疆到处都在搞城市建设，因而到处都有他们的身影在高楼上晃动。为了生存！我和那个后生合作得很愉快。后生干起活来沉默不语，每一次把水泥、沙子、水搅拌完，倒入池子，就坐在一些预制板上呆呆地望天，望一点点高起来的大楼，沉入了无边的遐想，有一份天真，好像他有一个自己独立的、无法和任何人分享的世界，他愿意一个人沉浸到里面去，直到有一天，厄运的猫头鹰突然降临在他的身上。

那一天，我突然想自己玩一玩搅拌机，就与他调换了一下。楼上有人叫“上水泥”的时候，江苏小伙子推着装着满满的混凝土小翻斗车上了升降机，升降机慢慢地上升着。就是在这个时候出事情了。等到我听到一声惊叫的时候，忙把目光从搅拌机上移开，在六楼顶处，我看到那个后生连同那辆装满混凝土的小车从空中缓缓飘出，悠长的惨叫殷红地隐入天空，在那短暂而又漫长的一刻，我张大了嘴巴，呆呆地看着江苏后生从空中坠落下来，接着，一声闷闷的钝响，他的躯体重重地撞向大地。旁边的人们立即涌了上去……

这又是我所目睹、所领受的一次死亡。父亲、克秀塔的死给我的震动是持久的、深重的、刻骨铭心的。而现在，这一个人，一个淳朴的江苏小伙子的死，又一次逼真的死亡震撼了我。又一个人全部的有关生活的美梦陨落了，生命，我的喉咙里哽咽着一些声音，眼里一片死寂。

这一段时间，我有一种表达和倾诉的强烈愿望，这使得我再一次重新使用颜料和画笔了。艺术本来就是人表达和倾诉的一种手段。在对生活、对劳动、对死亡的亲身体验和默想之后，我觉得有许多想要表达的东西，在冲撞自己的胸口。傍晚的时候，我打开画室的门，一些颜料气息扑面而来。久违了，我心想，许多天来，我都快把画给遗忘了。我又开始了疯狂地作画，用画笔抖着在画布上胡涂乱抹。

一天，我收到一个邮件，是从北京寄来的。我打开一看，原来是一本梵•高的大型画集！这部画集几乎收录了梵•高的全部作品，整个一本画册，仿佛都喷吐着生命的火苗子。原来，秦添已经提前释放了，他去了北京，在那里当上了一个自由画家，这本画册是他寄来的。看到那浓重的笔触，我又重新陷入了激动之中。梵•高，我念着这个名字，心中掠过一阵疾风骤雨似的温暖和感激。这个荷兰艺术家苦难的生活，再一次激起了我对生命的沉思和对生活的渴望，在我脑海里汹涌的是岩浆、是沙子的火焰，我明白了，绘画是我和世界沟通的唯一没有阻碍的方式。这个时候，黄昏的舌头一点一点地舔进屋来，照在我的身上。在我面前摊开的仍是梵•高的《断头的向日葵》那幅作品。画面上，梵•高用令人震颤的笔触，画下了几幅被割断了头的向日葵，笔法张狂、热烈、凌乱，所用的颜色主调一如我爱用的金黄色。那些断了头的向日葵们浑身扭曲，痛苦地映射出生命之光。我从这幅画中，体验到了生命内在的永恒冲荡，和向往阳光、渴望生活的痴情。我用手轻轻抚过这几株断了头的向日葵，感到一种灼热的痛楚在手下辐射，我体验到了交流的快感。我看懂了这幅画其中的内涵。我理解了梵•高。我翻到了另一幅他的作品《破靴子》。画面上呈现的是一双笨重的、破旧的靴子，背景肃穆、宁静。这幅画显示了经历过长途跋涉之后的安详与平静。靴子陈旧、破烂，上面所缝的针线历历在目。

面对着它，你可以联想起这双靴子伴随着主人如何在野外跋涉，如何像船一样载着主人渡过苦难。现在，主人在目的地睡着了，靴子被放置在壁炉边上。这对我来说又是一种怎样的温暖啊。我抬起头，透过一束温暖的阳光，仿佛看见梵•高就坐在自己前面的椅子上，包扎着他那割去耳朵的头颅，神情焦灼、忧郁而又深情。

之后，在一种疯狂和大汗淋漓的冲动支配下，我完成了一幅画《重逢梵•高》。画面上，线条凌乱、激越、紧张，颜色是金黄和橘红的过渡，也是大片的向日葵，只是这种向日葵是这里特有的，是那种小脸盘的油葵，大片的油葵把大地都布满了，特别有气势，也呈现出我十六岁的全部热情和生命体验。

3

经过北京路的时候，我看见一张海报，海报上说，在乌鲁木齐举办《中国现代艺术作品展》，是北京的一些青年艺术家搞的。他们来新疆采风，借着这个机会搞了一个展览。我想也许自己会碰上秦添，就决定去看看。当天中午，我坐汽车去了乌鲁木齐。我出现在展厅里已经是中午了。因为是现代派绘画，所以不好懂，参观者不多，展厅显得有些空旷。主要展品是一些绘画、雕塑和拼贴作品。我仔细地观赏着，因为是先锋派作品，我时不时地惊异于这些作品中的奇特幻想。我在那些绘画的作者中间寻找秦添，那个因为流氓和猥亵被判刑的美术老师的名字，但是没有找到。

走出一号展厅，我发现一个女孩熟悉的身影，那个人也同时看见了我，发出一声夸张的尖叫："喂！杜军！你怎么到这儿来了？"是邓丽娜，她兴冲冲地冲到我跟前，一身淡黄色的短裙，打扮得十分耀眼夺目。

我有些不敢正视她，因为邓丽娜的胸部太丰满，而且似乎没有戴乳罩，她的两个兔子般不安分的乳房，活泼地弹跳着，仿佛随时都要从衣服里面跳出来，扑到你的怀里。"我是来看画展的，另外我来找一个过去的熟人——可是没有找到。"说着，我扬了扬手中的展览画册。我的目光扫过她发育成熟的躯体，暗自有些惊叹——女孩在这个年龄已经发育得熟透了。

“我喜欢这些古怪的作品，特别好玩。你看那边的那幅画，一个大猩猩抓住了一个女人的腿——很好玩。”

邓丽娜也懂得欣赏现代派的作品？我觉得她的角度很有意思，“那可是一个要强暴女人的男人，不是什么大猩猩。”

“那……你看完画展准备到哪里去？”

“我已经看完了，准备回去了。”

邓丽娜闪动了几下她那长长的睫毛，一股浓重的香水味儿扑鼻而来，我不由得打了个喷嚏。“那我也不想看了。既然来了，就到我家去坐一坐，真别说，放假这些天，我还经常想你。走吧！”说着，不由分说，拉着我的衣角向前扯。

“你家怎么在乌鲁木齐？”我感到了诧异。

“你不知道？我爸和我妈离婚了，我被判给我爸了，所以放假的时候，我就和我妈在一起住。这倒好了，我有两个家了。就在前面不远。”

我只好跟在后面，她的家确实离展览馆并不远，坐公共汽车只有一站地。下了车，迎面是一个有士兵站岗的单位。士兵站立的姿势特别庄严，但邓丽娜挑逗似的朝我挤了一下眼睛，那个士兵仍一脸严肃，不理会我。

我整个人都陷在柔软的沙发里。我感到有些不自在，感觉自己身陷于一种生硬而又豪华的气氛中。我环视四周，客厅里装饰华贵，富人家有的电器这里都有，装修精细，但是比较的俗气。邓丽娜给我倒了一杯橙汁，然后坐在我对面，她的短裙很短，她的坐姿一移动，都可以看见她那粉红色内裤的边缘。

“你妈呢？她经常不在家吗？”我喝了一口甜酸的橙汁问她。

“我妈又嫁人了，他们工作忙，都很少在家。”邓丽娜说这话时，神情有些黯然。

“这个暑假怎么过的？”我忙转移话题。

“没怎么过，无非就是玩儿啦，吃饭啦，睡觉啦。唉，反正我又不想考大学，用不着死抠书本。不过，经常是一个人，挺寂寞的。你要住在乌市就好了。我就可以找你玩了。”她慵倦地伸了一个懒腰，在她伸展自己身体的刹那，她的胸部轻轻颤了几下，我仿佛被什么东西击中了脑袋，“嗡”的一声，许久我才听清邓丽娜说的话。我心想，臭大小姐，就算是我家在乌市，我也不会陪你的，我们根本是两类人。

“看样子你妈和你的继父都是军人？”我看着墙上挂着的照片问她。“你继父是什么官？”

“他是军区参谋部参谋长。”她不在意地打开了录音机，她示意我抽烟，但是我摇了摇头。她就为自己点了一根烟，是那种有清凉的薄荷味道的烟，女人专用的烟。立刻，一阵轻柔优美的音乐流泻出来。我不想说话，听任音乐在屋子里流淌。邓丽娜斜靠在墙上，宁静地看着我。那目光里掺杂着一些别的东西在里头。

“你有时候让人很难懂。”她说。“你每天都在想什么呢？”

“我什么也没想，或者，我在想，你为什么会和一个四川盲流有过情感的经历——我不知道关于你的传说，是不是真的？”

我的话触动了她，她有一些难过，“是真的，我当时就是为了反抗父母。”

“反抗什么？你不是过得很好吗？”我不理解。

“那个时候我父母亲就要离婚，我很愤懑，但是没有排遣的渠道，所以我当时打算把自己毁掉，心想，你们不想要这个家，我还不想要自己了呢，于是，我就悄悄和一个他们最看不起的盲流约会，而且——你肯定听说了，我们跑了之后，我怀孕了，然后我也被开除了，然后——我自杀了，然后没有死掉，又转学了。其实，我有时候心里更难过。”

我很震惊，因为在邓丽娜表面的幸福生活背后，也有着家庭解体带给她的创伤，我似乎有一些理解她了，理解她为什么要用和盲流胡搞和私奔的方式，来反抗一些东西。青春总是要反抗一些什么，但是最后你自己却要遍体鳞伤。

这时，邓丽娜看着我的眼神忽然冷漠了起来，冲我吐了一个圆圆的烟圈，“怎么，我在你的眼睛里是不是一个小婊子？你们私下里一定是这么说我的。我太了解你们这些男生了，什么都干不了，却整天胡思乱想。”她突然靠近我，猛地把上衣掀了起来，那两个肉弹般跳动的乳房就一下子展现在我的额头跟前，黑色的乳头，像是两个眼睛一样逼视着我。她轻蔑地看着我，“你们不就是喜欢想象我的这个吗？现在你倒是摸呀，你摸呀——”

这下子把我给镇住了，她的两个美丽的乳房，确实真切地在我眼前晃动，但是我忽然理解和同情了这个和我一样，身处于迷茫躁动的青春期的女孩。在她的乳房面前，我待了好几分钟，才帮助她把衣服拉下来，“你这个傻姑娘，别这样，邓丽娜，你不是坏女孩的。”

邓丽娜忽然就哭了起来，哭得很伤心，“我没有一个朋友，”她抽抽噎噎的，“她们都不和我玩，背后说我是一个坏女孩，我没有一个朋友——”

我安慰她，“我还是你的朋友，你总是有一个朋友的，对吧？”

她不哭了，现在，她有一些迷离地看着我，似乎希望从我这里得到具体的安慰，比如拥抱，甚至是接吻，但是我看着她，没有说话，也没有动作，只有音乐弥漫了整个客厅,那是轻松欢快的音乐。邓丽娜慢慢地向我靠过来，火辣辣地盯着我。我被这目光盯得有些不自在，避开了她的盯视，有些畏缩地低下了头。邓丽娜温柔地吻了一下我的前额，还说了一句让我心惊肉跳的话：

“如果你现在想要我，你就来吧。”

我变得有些无所适从了，体内的欲望在上升，但是理性又在提醒我。她靠近了我，身体上的味道冲了过来，我似乎无法抵抗。正在这时，门响了，有人从外面回来了，我想这下好了，我们连忙闪开。

一位中年妇女走了进来。“妈妈！”邓丽娜娇气地唤了一声，扑了过去：“给我的项链买回来了吗？”

“买了买了，我的小姑奶奶。”说着，这个中年妇女从包里掏出一个小盒子。这时，她看见了我，我十分紧张无措地站在一旁，扭头问：“这是谁呀，你也不介绍一下。”

“噢，是我同学杜军。我们关系最好了。”

“阿姨好！我正要走呢。”我慌乱地说。

“那今天在家里吃饭，别走了。”

邓丽娜仍低着头摆弄着那条项链，她忘了别的了。我的目光与她母亲那有些冷傲的目光相碰，我不卑不亢地点了点头，就在这一瞬间，刚才在我内心深处产生对邓丽娜的美好的感觉和同情，在瞬间又荡然无存了。我感觉自己不适合再待在这儿，便对邓丽娜说："邓丽娜，时间不早了，我得走了，再见阿姨。"知道留不住我，邓丽娜把我送出门，"你下个星期要是有时间，一定要来看我，别忘了我刚才的承诺——"她在提醒我。出了大院，我呼了一口气，而向我迎来的是一片闹市的喧嚣。

暑假很快像水一样渗入了时间的沙地,时间的消失都是在悄悄进行的。比如对于时间，你平时感觉不到它的存在，当你突然意识到它时，它已经像轮渡一样，把你摆渡到了另一个岸边。在整个暑假中，我觉得身体里面有一根竹子，每一天都在拔节成长。

我到底还是经住了诱惑，没有去找邓丽娜，即使她喜欢我，想和我进行身体的亲近，而我也是那么想探索女人的身体的秘密，可是我抑制住了自己的情欲。我觉得那是不健康的，我还太小，不能越过底线。

开学了，大部分人都跨入了高二。我选择了文科，不再学令我头疼的物理、化学了，我很兴奋，而我本来对文科也很感兴趣。在学习中，只有兴趣是最关键的。九月的天空深邃高远，有一种成熟的气息到处飘荡。很少有雨，阳光穿透力很强，明媚而且密集。道路边上，高悬的白杨树叶开始泛出了黄色，田野里、道路边的草地也变得委顿了，在凉风中抖擞着。一些鸟儿倾斜着掠过天空，隐入了浓密的树林当中，叽叽喳喳地诉说着很快就会逝去的秋天，歌唱属于它们的最惬意的好时光。

下午，季老师把我叫到办公室去。一个暑假没有见面，我发觉她明显的有些憔悴了。她见我走进来，拉过一把椅子叫我坐下。

"暑假过得怎么样？温习功课了吗？又有新的画作问世吗？"她脸上挂着一丝微笑。

“还行。不过没怎么读书，活儿倒干了不少。”我的眼前浮现出假期间和堂哥筛沙子、去建筑工地干搅拌工的场景来。我感觉自己的收获就是身上的肌肉又多了一层，自己的身体强壮了。

“就要在文科班上课了，有什么设想没有？”

“好好学呗。”我漫不经心地答道。

“杜军，我教了你一年，发觉你很有才气，人也聪明，就是太散漫、孤僻、随便了点儿。新学期意味着新的开始，这是老话了。我希望你振作精神，少和那些没理想、没前途的坏学生来往，他们会害了你，你知道吗？你要争取考上大学。你不考大学实在太可惜。大学是一个新天地，你能进大学，你今后的人生道路会越走越宽！”说到这，她的声调有些激动。“今年我不教你们了，由四川来的金老师做你们的班主任。他经验比我丰富，跟他好好学。记住我的话，一定要考上大学。这是你唯一的出路。好了，你出去吧！”她最后说。

走在长长的寂静无人的走廊里，我一边听着自己的鞋叩击地面发出清脆声，一边想着季老师的话语，心里温暖的感觉丝丝缕缕，久久不散。我暗下决心，努力学习，因为对于像我这样出生于小市民家庭的孩子，要想在社会上出人头地，就必须通过考大学的途径，走这个独木桥，只有这一条路是光明的大道。

回到班里，我打开后门，见教室里一个人都没有。那空荡荡的教室，整齐排列的桌椅，以及聚集在其上的明净的阳光，我心中涌起一丝依恋、一丝惆怅。毕竟大家伙儿在一起学习生活了一年多，而明天，这个班就要打散了。可能生活就是这样，在前进中不断地打碎过去，重新铸造未来。

我开始在学习上投入大部分的精力，因为有一些课比如外语的基础不太好。我打定主意与刘勇、肖克他们少来往，以免近墨者黑。对展现在自己面前的人生之路，我似乎看到了前途之光，遥远而又迫近的大学之门在前方隐现，我下定决心用自己的力气叩响它。而肖克、谢文男、刘勇、木胡塔尔、马强，都选择了理科班，所以我也有充分的理由不和他们搅和在一起。

瘦弱忧郁的宁小星也选择了文科，不同的是，她显得比过去快活多了。我问起她父母还吵不吵架？她说现在好多了，因此她感到生活有了一些意思。我常常在背后悄悄地观察宁小星纤弱的身影，陷入某种幻象之中，每每这样，我的全身就掠过一阵电击。

邓丽娜也选择了文科。她有事没事总来找我聊天，对我继续表示着空前的热情。她可能一直期待着有一天，我愿意和她亲密地做那种事情，但是她再也不明说了。她仍旧和父亲生活在一起，但是经常和父亲发生冲突，到了周六、周日，她会回到乌鲁木齐，和母亲过两天。而我仍旧要恪守诺言晚上放学送她回家，她也需要这样的保护，很多坏小子都盯着她。

每天晚上，我都在下了晚自习以后陪着邓丽娜一块回去。通过一些时间的交往，我发现邓丽娜不像自己想象的那么复杂，那么矫情，那么狂躁，邓丽娜身上有一些我喜欢的东西，比如她的早熟，她的天真，她的热情，她的大胆和泼辣。在夜晚的大街上，我们并排行走，我经常可以感受到她那成熟的女性躯体辐射出的热量，这热量烘烤着我。因此，我每次回到家中都睡不着，脑海中一片想入非非，五颜六色的幻觉，加上邓丽娜美丽的、我曾经见过的乳房在上下飞舞。于是我根本就控制不住自己的欲望，在手淫中，在想象中，我和邓丽娜搞在一起了，如同纠缠着的两只蟒蛇一样。

而在白天，我像犯了什么罪似的一脸苍白，感到自己可耻和可怕，唯恐别人发现我内心的秘密。有一段时间，我在一本书中看到，说是手淫对大脑有损害，手淫次数多了人会变傻，我立刻感到自己四肢无力，目光呆滞，头晕眼花，耳鸣不止。我继续仇恨着自己，同时又继续干着蠢事。我在秋天的大雨中狂奔，任粗暴的雨滴冲撞着自己的额头，这雨水会不会洗刷掉自己的忧虑？我大声地喊叫着，心中巨石相撞，一片片石屑迸射开来。

堂哥在季节河河坝扎下根，已有两个多月了，我有空就骑车去看看他们，顺便带一些继父和母亲给他们准备的食品和日用品。嫂子的肚子开始像富士山一样膨胀了起来，她每天都挪动着迟滞的身躯，在地窝子里劳作，希望她能够生一个男孩子，这样他们算是没有白来这里一趟了。

堂哥的肤色黝黑发亮，他手中的铁锨挥舞着，半裸的身体闪着健康的光泽。他们已积攒了几百块钱，这对于他们来说是很艰难的，他们很高兴，因为他们从来没有在这么短的时间里，挣这么多钱。除了收获粮食，在农村是很难挣到什么现金的。

季节河上筛沙子的盲流之间互相拉帮结派、钩心斗角十分厉害，为了抢地盘、抢车皮而时常斗殴。堂哥在一次斗殴中被人砍了一铁锨，头上烂了一个大口子。我从堂哥那为生存而进行的战斗中，看到了人活着的不易与艰难。

这一天，我在帮助堂哥干活的时候，从河床上挖出了一个死人的骨架，把我吓坏了。死人骨架的身上，还背着一把枪，但是已经完全锈死了。市博物馆的人立即赶来做了鉴定，说这是 20 世纪 40 年代一具俄国士兵的尸骨。因为在 20 世纪 40 年代，统治新疆的盛世才和回族将军马仲英在这条河上进行了决战，盛世才从苏联请来了一些救兵，这个骨架，显然就是那场战役留下来的。我想，这具骨架和克秀塔的祖父有什么样的关系？或者他们过去是并肩战斗的战友？这个谜底永远也没有人知道了。

放学了，我和邓丽娜一起在街上走着。天色已经向晚，树叶已经开始大面积地飘落了，我们的脚掠过落叶铺展的地面，发出一阵“沙沙”的声音。冬天的阴影正悄悄向我们迫近。走在黑暗的大街上，我们都感受到了秋天的寒意，像蚯蚓一样一点一点地在血管里僵硬。我裹了裹衣服，把领子竖了起来。秋季的夜空黯淡而潮湿，乌云弥漫，掩盖了所有的星光。

“你将来打算干什么，杜军？”她问。

“我嘛，我当然想做一个画家，不为生存发愁，只是干自己喜欢干的事情，或者可以四处浪迹，走遍那些人迹罕至的地方。”

“男的就是可以有条件到处跑，我们女的可就不行喽。首先到处都有强奸犯，这一条就把我吓住了。我将来嘛……我打算嫁一个外国人，而且年龄要大一些，最好大上那么十几岁，这样他会特别爱护我。美国人、英国人、法国人都行，日本男人显得矮了点儿，再说我讨厌日本小男人，而且我听说日本人的妻子整天泡在厨房里，天天干家务，换我可受不了，我看不上汉族男人。不过，你除外。我一直都很欣赏你。”她说。

“我没有什么可欣赏的地方。”我淡然地一笑，“你是不是喜欢高大威猛的男性？”

“你说对了，男人一定要高大，你看白人个子都高，特别壮实，其实，我想的是通过嫁人，然后远走高飞。对于女人来讲，这是一个改变生活环境的捷径。”

“上初中的时候，我知道了班上的女生今后都会嫁给比她们大几岁的男人，就觉得特别生气。现在我明白了，我们其实还可以找更小的。”我调侃她说。走过了一个街角，我这时发现，前面的不远处有几个人影在晃动。我提高了警觉，压低声音告诉邓丽娜别害怕，“今天情况不对，咱们要小心。”

我们继续朝前走，“站住！”一个声音喝道。几条黑影围了过来，“你走开，把这个女孩留下来。”

邓丽娜尖叫一声躲到了我身后，“你们都滚开，张建军，我知道是你。你最好今天不要惹我。”

“呵，挺牛的，兄弟们，上！打他！”在暗处，一个声音低沉地说。

我刚抽出宽牛皮皮带，几条黑影便扑了上来，我用皮带狠命地抽打着，皮带发出了撕裂空气的声音。立刻，空气中充满了血腥气息，钝钝的击打在人身上的钝响，像水底敲动的巨钟发出的，遥远而又真切。我们打成了一片，而邓丽娜已经被张建军给抱住了，他坏笑着抱着她上下乱摸，邓丽娜发出了尖利的叫声，她正在被张建军往暗影中拖，看来想强奸她了。我急了，我猛然放倒了两个家伙，向张建军的头上抽了一皮带，张建军被抽得龇牙咧嘴，他恼羞成怒，向我扑来，邓丽娜乘机逃跑了。我的背上猛然掠过一阵战栗，一条铁链子从背后套住了我的脖子，向后猛地一拉，我立刻感到了窒息，手脚发软，肚子里翻江倒海，一股酸臭气沿着食道向上冲来。

“这小子硬得很，再给他一闷砖！”一个沙哑的声音说。我的头部又钝响了一声，我感到天旋地转，意识深处一片黑暗。

我头上缠着绷带躺在医院里，我还不能太自由地转动头颅。我成了英雄，学校表扬了我，班上的好多同学都来看我，邓丽娜来得最频繁，她逃脱了厄运，因为一切多亏我的奋力打斗。她给我带来了鲜花和很多食品、糕点还有罐头。她甚至还吻了我的嘴唇，使我很不自在：“喂喂，别这样，别这样，这里这么多人，人家以为我们在早恋呢。”

“那又有什么了不起？我就是喜欢你，又怎么样？”邓丽娜觉得很委屈，“你就是不懂我的心思。”医院里充满了消毒液味儿，我还不太习惯。

刘勇、肖克、木胡塔尔来告诉我，当时多亏了他们及时赶到，把张建军一伙人打走了。他们已经狠狠地收拾了那几个家伙。但是现在要准备防止张建军那伙人报复，他毕竟是张市长的儿子，在这个城市中有后台，公安局的人都不敢管，他们不愿意吃亏的。“我们和老城区的老大艾里讲了，到时候，会联合起来对付张建军的。”肖克说，“惹急了，别说他有个市长老爹，也照样废了他。”

我看着几个老哥们儿，心中涌上来一些感激。关键的时候，还是他们帮忙，否则自己可能就出事情了。“你就好好养伤吧，这年头，一个人干什么事儿都会吃亏的。社会是一个粪池和染缸，我们需要群体的力量，才能打下自己的一片天地。现在，你看你，傻了吧。”肖克意味深长地说，这话中有责备，也有劝诫。

因为是头部受伤，所以医院担心我有脑震荡，检查和观察了一段时间，确定我没有事情，才让我出院了。在医院的时候，张建军一伙人企图到医院里来打我，但是被医院的门卫拦住了，所以我还是有些担心。出院以后，我明显感到自己的身体虚弱多了。在和肖克他们一起看过一场武打片之后，我决定学武术了。

在这座城市中有一所有名的业余体校，担任武术教练的是一位从天津来这里任教二十五年的老武术家。此人姓汪名嘉国，年届五十，脾气异常暴躁，对他的弟子管教特别严，动辄打骂徒弟，虽说这样，可是徒弟却很有成绩,他本人的武功很厉害,曾经一个人放倒了三十多人的一个流氓团伙,本城传得神乎其神。他的弟子已有好几千人,多次在全国武术比赛中拿到奖牌。

这天下午,我骑着自行车去业余体校。在体育场那宽阔的大操练场上,我看见有两百名练功者在练武,一时间刀枪剑叉,一片辉映。我在这一群人中一眼就认出了汪教练。他浓眉大眼,方鼻阔嘴,脸上的肌肉横绽,有一种不怒自威的气质。五十多岁的人头上没有一根白发。我在心中很是钦佩。我走上去喊道:“汪教练!”

汪教练扭过头看见了我:“什么事?”

我大跨步地走到我跟前:“汪教练,我……想加入武术队。”我一下子变得胆怯起来。

“你是哪所学校的?”

“市三中的。”

“读几年级?”

“高二了,文科。”

“不努力学习,准备迎接高考,练什么武术呢?再说,武术这个东西是童子功,你太大了,已经来晚了。”

“我就是要当您的徒弟。”

“那你能说服我的话,我就收下你。”

“我挨打了,所以我要练武,想使自己更快地强壮起来。”我说了真话。

汪教练仰天哈哈大笑，十分开怀的样子。笑过之后，说："我这里可不是专教打架的。我的徒弟有几千人，许多都在公检法系统工作，专治那些打架斗殴的人。我培养的可都是拿武术比赛金牌的人，而不是街头小霸王。"

我看着汪教练一脸的不屑一顾，心中那种对抗情绪又上来了。我说："汪教练，你以为我就拿不到金牌吗？我的拳头硬着呢。"

汪教练听了我的话一怔："好小子，你还怪硬的，说得好，来来，我试试你怎么样。来，你先动手。"

我估摸了一下子，瞅准汪教练的脸部，一拳打了过去。倏然间汪老师已经让过我的拳峰，以匪夷所思的快捷，抓住了我的胳膊，向后一靠一带，口中"嗨"地喊了一声，一下子把我像一个背包一样摔了出去。我根本就没有弄明白，就被摔倒了，我爬了起来，背部摔得干疼干疼的。我不甘心，心里生出一股恶气，我又飞起一脚踹向汪教练的小腹，汪教练左手向下一斩一拖，抓住我的腿，向上一掀，我感觉自己像一片羽毛一样飞上了天空，而后又像一节笨重的木头一样砸在了硬实的地面上。

一阵屈辱涌上了我的心头，眼前一片雨雾弥漫，我爬起来拍拍屁股要走。"慢着，你还不错，身手怪敏捷的，挨打的能力也不错，我就收你做徒弟了，你年龄大了，不适合学武术，主要学拳击。明天开始你来吧。你说你来不来？"汪教练拍了拍手说。

"当然来，师傅！"

4

木胡塔尔死了，他死得很突然。是在一个周末，当时从乌鲁木齐传来了一个游戏，叫“三十九瓶盖”，是一个打赌的游戏，就是假如你可以喝掉三十九瓶盖的烈性白酒，然后推着一辆雅玛哈摩托车走一百步，那辆价格不菲的雅玛哈就归你了。但是如果你输了，就得给人家一百块钱。

木胡塔尔就是坐庄的人，他美丽的姐姐有一辆很好的雅玛哈摩托车，我们经常看见她骑着摩托车上下班，红色的裙子迎风招展。周末的时候，木胡塔尔就偷偷地把摩托车推了出来，来坐庄打赌。因为用那种很小的瓶盖子喝酒，你根本就喝不到肚子里，酒特别容易上头，平时酒量很大的人，也根本就赢不了这种比赛。很多人不信，都上来喝瓶盖酒，一方面当然有自以为酒量大的原因，另外一个方面，那辆蓝色的雅玛哈摩托车也是一个巨大的诱惑。但是他们全都败下阵来了，根本就没有赢的。

出事情的那天，木胡塔尔很快就赢了四百块钱，也就是说，有四个酒鬼都输了，那三十九瓶盖子的白酒，因为都从嗓子眼到了脑袋上面，他们竟然全部都喝醉了，被人抬走了。肖克看到木胡塔尔完全掌握着局面，就和刘勇、谢文男、我、马强一起去滑旱冰了。但是我们刚走不久，就出事情了。

第五个打赌的是兄弟两个，哥哥是一个壮汉，弟弟贼眉鼠眼。哥哥一看就是一个酒鬼，他有一个很大的红红的酒糟鼻子。他一口气喝掉了三十九瓶盖子的酒，居然没有倒地，而且推着摩托车开始走了。围观的人开始吆喝起来了，大家就一起数他走的步子。木胡塔尔很紧张，他觉得不妙，也跟着走。过去没有发生这样的事情，当那个家伙推着摩托车走了九十九步的时候，他一下子摔倒了。而这个时候，木胡塔尔刚好就在那个壮汉的身边，壮汉栽倒在木胡塔尔的脚背上。

木胡塔尔化险为夷了，但是壮汉的弟弟却大叫大嚷，说这是一个骗局，他哥哥赢了，因为木胡塔尔最后推了他哥哥一下，他哥哥才倒地的。

“狗屎，你哥哥是自己倒下去的。”木胡塔尔说。

但是他没有防备到那个贼眉鼠眼的弟弟，忽然拔出了刀子就向他的腹部捅来，速度非常快，别人还没有来得及叫喊，他已经捅了木胡塔尔四刀。

木胡塔尔瞪着天真的大眼倒了下去。肖克和我们从旱冰场跑过来的时候，出事的地方，就只有木胡塔尔一个人平躺在那里，所有的人都跑远了，那肇事的兄弟也逃走了，那辆蓝色雅玛哈还在，但是木胡塔尔人已经死了。

一开始，木胡塔尔的家人准备抬棺游行，因为凶手没有抓住。但是迫于压力，警察很快把那兄弟两个抓起来了，这样，木胡塔尔才得以下葬。以伊斯兰的风俗埋葬木胡塔尔的时候，我们几个人都去了。对于我来讲，这又是一次十分逼真的死亡，它极其真实和生动地展现了死亡狰狞的一面。木胡塔尔净身之后，被白布包裹，然后又被毛毯包裹，送葬的队伍才向郊区墓地出发。那里有一片专门埋葬穆斯林教徒的墓地，和汉族人的墓地隔河相望。

我注意到木胡塔尔的姐姐夏娜尔汗哭得非常伤心和悲痛，因为她只有这一个弟弟，但是他却毫无意义地死在街头了。她美丽的脸庞上挂满了泪水，看着弟弟的遗体被埋葬。我们都暗中为她担心，希望她别伤了身体。远处，可以看见季节河的河道中，很多光着脊梁的盲流在筛沙子，水泥厂那巨大的烟囱在冒着浓烟，河对岸是广阔的墓地，那边埋着克秀塔的骨灰，这样的时刻，对于我来讲格外的悲伤。

那两个兄弟被抓了起来，他们都是张建军一伙的。因为弟弟刺死了一个维吾尔族少年，这是一个影响民族团结的事情。刚好市委书记和张市长一直有矛盾，于是就用这个事情作为突破口，抓获了张建军流氓团伙，但是张市长让儿子潜逃了，后来，被人从哈密的戈壁滩上抓到了。于是，张市长包庇纵容自己的儿子犯罪，成立流氓团伙的案子被曝光了，张市长下台了，接着传来了他利用职权大肆收受贿赂的事情，张市长最后被判刑，关进监狱了。

很久以后，我才发觉，成长其实就意味着诗意的不断丧失，过去所有的梦，所有的幻想，都是对未来生活的幻化和憧憬。但是当生活严酷和冷漠的一面裸露出来的时候，诗意的感觉就丧失了。仿佛一些红马鹿，迅速地掠过我的心田，驶进了遥远的青果林。每一艘顺着水流飘去的纸船，都是我的一个梦，每一束被雨打落的花瓣，都是我被岁月碾碎的一个心愿。周围的人生生死死，聚流云散，天下没有不散的筵席，就是人生的一个永恒的景象。

我坐在宁小星的家里，她在给我补习英语。她那纤细的嗓音，像风铃一样响着，非常好听，我的心里噼里啪啦地朝下摔着红果子，我陷入了无边热忱的幻想，那不是在听她辅导，确切地说应该是在欣赏她的声音。我看见，她的鼻翼被一片阳光照射，有一些纤纤绒毛，分毫毕现，闪着嫩亮的光泽。我不断地陷入无边的幻想中，奇怪的想象像羽毛一样在飞升。如果说要我挑选一个喜欢的女孩子，我会选择宁小星，我后来发现了她身上的美，那种弱女子才有的美，我也明白了为什么肖克会喜欢她。因为她刚好和他是完全互补的性格与气质，他没有的，她都有。

“真的，肖克很喜欢你，他要我给你带话。”我故意这么说。

“现在不是谈这种事情的时候，考不上大学，一切都没有意义。再说，如果我考上大学了，又走远了，谁知道未来我们会到哪里去？所以，没有意义。”

“他仅仅是喜欢你，又不要你承诺什么。”

“我反正不喜欢他，你看他，以为拳头中才有真理似的，其实，拳头是最无力的了。”

“我也喜欢你——只是那种喜欢而已，你别误会了。”我红着脸说。

“哈，邓丽娜是你的女朋友吧，人家都这么说。”她揭发了我的短处。

我的脸更红了，“她不是。不过她确实喜欢我。”

她的脸色凝重了，“现在不是谈情感的时候，早恋不会有什么结果的。”

中午的时候，她的父母回来了。我意识到自己该告辞了，“我该走了。”

“一起吃饭吧。我炒菜的手艺不错的。”她说。我迟疑了一下，这时，我们都清楚地听到她的父母在另一间屋子里，激烈地争吵起来。我一怔，看着宁小星。她同样愣在那里，神情变得痛苦而忧伤了，很快，她的脸上挂满了晶莹透亮的泪珠。

“他们常这样吵架吗？”我问。

“是，他们现在每天都是如此。”宁小星停顿了一下说。我不知道该怎么劝她才好。才想起来，这一段时间里，宁小星又变得忧郁内向了。有一天放学，我看见宁小星一个人坐在课桌旁，痴呆呆地傻笑着。我预感到了什么。而我除了拥有一些无力的劝慰，又能做些什么？

“马步！”汪教练厉声喝道。

百十号人齐刷刷地蹲了下去。“蹲平！”众人的头上又向下一沉。一分钟过去了，一些人的大腿开始打战了，额头沁出了细密的汗珠。三分钟过去了，有一些人支持不住，倒了下去。“起来！继续蹲。你怎么像小狗拉屎一样！”汪教练在人群之中来回走动，动辄飞起一脚，正中一个偷懒者的屁股。“一群娇生惯养的废物！才三分钟就坚持不了了？当年我在天津，一丈高的木杆子顶上，我一蹲就是两个小时。打拳不练功，到老一场空。年轻时不吃点苦头，老了就像一堆稀屎！五分钟了，好，停！”大家“轰”地一下子瘫了一地。我累得够呛，腿跟铁铸的似的。

“好样的，小子，给我好好干，明年春天的比赛我指望你给我拿金牌呢。”汪教练走过来目光炯炯地对我说。与汪教练相处的这段时间，我深深地喜欢上了他，并十分尊敬他。他脾气很大，一瞪眼，就没人敢吱声，只要徒弟偷懒，他就动手惩罚，叫人尝尝挨打的滋味儿，从而鼓励人上进。有一天，我和肖克几个人在邮局倒卖邮票，被汪教练撞上了。当天下午去训练的时候，汪教练把我训斥了一顿，说什么玩物丧志，肯定将来没出息。我等他把话说完，解释着说：“不，你不了解，汪教练，我需要钱买颜料和画布，还有练功服，所以要挣些小钱。”

“混蛋！那也不能倒卖邮票，那不是你现在玩的东西，你除了好好学习，就是好好训练。”他反手一个耳光，把我打了一个跟头。我爬起来，吐了一口血水，有些急了说：“汪教练，这是我个人的事情，你管不了那么许多。”汪教练冲到我近前：“一日为师，终身为父，这个道理你难道不懂吗？我真是瞎了眼，收了你这么个徒弟，给我滚！滚！”他暴跳了起来。

我一声不吭地朝外走，心中充满了火苗子：汪嘉国，你简直是个暴君，是个魔鬼！我会好好练功，自己练，十年之后，一定把你和你那帮徒子徒孙全都打败！第二天，我赌气没去练功。中午，我回到家，一进门就见汪教练正和继父聊天。看见我进来，汪教练干搓着手，变得少有的局促，说："杜军同学，昨天我对你太粗暴了，今天特地来向你道歉。你还是我的徒弟，对不对？"我们又和好如初了。

现任班主任金老师，是才从四川调来的，四十多岁的年纪，头发已白了许多。他的性格温厚，知识渊博，老于世故。我们这个文科班有五十七名学生，其中只有十六名男生，其余的都是女生。金老师夸下海口，说他将使这个班考走二十名大学生，对于升学率很低的这所学校来说，的确十分诱人和吓人。金老师为人做事一派儒家风度，从不轻易地批评谁，直到有一天，班上的小迷糊张光，用纸叠了一架飞机——他给这架飞机取名"爱情号"，他向女生密集的地方扔去，哪知小飞机在空中转了一个圈子，偏偏落在金老师的桌上。金老师愣了一下，他抓起飞机，细细地端详了一会儿，突然把飞机向开着的窗外一掷，大声地说："你们都飞吧，没谁愿意管你们，只要你们能自己飞得起来！"全班同学都噤声不语了，因为金老师从未发过这么大脾气，我心中忐忑不安，感到有一些羞愧。是啊，什么时候，自己才能变成一架飞机，从这个狭小的天地里飞出去？自己干什么都没有恒心。画了两年画，现在又不是很热情了。是自己缺乏创造的冲动吗？恐怕不是。人一辈子其实只能干一件事情，自己到底该干好哪一种事情呢？我头脑中一片纷乱地想。

现在，我对季节的感受变迟钝了。时间的流逝的确快得惊人。1985 年冬天的第一场雪，突然降临了，每一个同学都像我一样吃惊。教室里通了暖气，很暖和。我站在窗前看着雪花翩然地旋转下来，滑过的曲线飘逸、轻捷，我看着它们降落，像过去的每一次下雪的日子那样，内心安宁而迷茫。刚才刘勇告诉我，说肖克的哥哥因为诈骗罪，判了两年。我很吃惊，问："怎么这么轻，他哥的事可不小啊！骗了银行几百万呢，都折腾光了。"

刘勇撇撇嘴："咳，你还真有点儿呆。他爸爸可是人大常委会主任，一些事儿就好办多了。在中国嘛，就那么回事儿。比方法律中有一条你犯了，条文上说判两至七年，这期间可相差五年，名堂大着呢。"他像鱼一样咂动嘴巴说。

我在听了刘勇一番话之后，又陷入了对人生和社会的思考。毫无疑问，这种思考是痛苦的，因为我单纯和质朴。显然，社会不像书本上讲的那么简单，社会太复杂了，我根本就没有能力去面对成年人组成的社会。在少年时代渐渐消逝的时期，我对一切都异常敏感，同时，对很多陌生的东西，又保持着冷漠的警惕。面对未来，我的心日益感到沉重起来。生活确实是一张大网，而我，或者说我们，都是在这张网中无可奈何地蹦跳着的鱼。

这个时候，我感觉到有人站在我身后，回头一看原来是宁小星。她身着一套天蓝色的衣服，有一种清冷的美。她说："你在看什么呢？看雪花吗？"我挺喜欢她说话的嗓音。她的嗓音比一般女孩清亮一些，纯净一些，不那么尖利，但显得有些单薄，非常好听。我说，"是啊，好多年了，每年的第一场雪，我都要这样呆望很久，乱七八糟地想很多事儿。"

"你很喜欢雪花吧。"

"对，因为我妈说我出生的那一天，雪下得很大。我觉得，我可能是雪花变的，所以，我热爱冬天。"我说着哈出一口气，把窗上的一枚雪花给溶化了。

“我也喜欢冬天。不过我出生在三月，那时候，冬天已经接近尾声了。属于雪花的季节是那么短，每年，它们只有唯一的一次降落，一次欢舞。而为了能够重新欢舞，它们还要再等上一年。多漫长的一年呵。不过，本来也从来没有永远的快乐，如此说来，雪花的陨灭也不是一件憾事了。”

我看着她，她的皮肤好白，有些病态的颜色。头发像水，流在肩上。我此时不知该说些什么，后来，我想到了什么：“你爸妈还吵架吗？”

“吵，几乎每天都吵。我真有些受不了，只要他们一开始吵架，我的头就开始疼，头疼得厉害，后来我就总是听见了各种各样的噪音。有时候，我真想离开这个家，离开他们一走了之。可我又没那个勇气。何况我还有一个十分可爱的小弟弟。”

我们两个人都沉默了。我们的目光深沉而忧郁。透过窗户，看着外面的雪不停地飘落着。太阳从云层后透出些亮儿，但并不透彻。黄昏慢慢降临了。我望着宁小星那张忧郁的小脸忽然突发奇想，说：“很久没堆雪人了，咱们出去堆一个雪人吧。”

“好哇！”宁小星的脸上绽开孩子般纯真的笑容。“看看谁堆得大。”我们跑出教室，走下一阶阶楼梯。她的脚步谨慎而又略显慌乱，声音像一朵朵倏然开放又倏然陨落的花朵。之后，我们冲出了教学楼。一股清冷的雪光扑了过来，天气很冷，连哈出的气都是白色的，这白气又立即随风散去。雪在我们的脚下“吱吱”作响，初雪蓬松、柔软，踩上去是那么温存、亲切。很多同学都在外面打雪仗，我们兴奋得像两个孩子，滚雪球、扔雪弹。在大雪飘零之中，我们完成了我们的作品：一个十分滑稽可爱的雪人，模样又老又矮。我们高兴极了。

上晚自习的时候邓丽娜递过来一张纸条：我恨你。你干吗和宁小星那么好而不理睬我？我哪一点比她差？

我看着纸条，嘴角不禁浮起一层笑意。女孩子呵，真是一个奇怪的东西。我其实对女孩子还一无所知，我对情感也一无所知，我只是体验到了身体里的本能欲望。难道我喜欢上宁小星了吗？我偷偷地瞟了一眼，她沉静、内向、聪慧，她有一种忧郁的美，但是，也仅仅是喜欢而已，我和宁小星之间什么也不会有。而邓丽娜，她的火辣、热烈、成熟，令我羡慕。不过，她有令我讨厌的东西，因为她很疯狂，让我有些害怕，你根本就想象不出来她在狂乱的情绪中，会干出什么出格的事情来。我趴在桌上写了张回条：别那么神经质。我和她之间很正常的，没那个意思，就像咱们之间一样，什么也没有。

晚自习下课的时候雪已经停了，世界变得雪白、空旷、无边无际。空气十分寒冷，风不时地从地上掀起一些雪晶，扑打在我们的脸上。

“明天又是一个大晴天。”我打破沉默说。

邓丽娜没有答话，她不时气哼哼地一脚踢中雪中凸起的石头。到她家门口了。我停住脚步，邓丽娜看着我，幽幽的大眼睛清冷而又热烈。

她说：“我只求你一件事，你答应不答应？”

“什么事？”

“你别管，我只想知道，你答应不答应。”她口气有些专横。

“那好吧，我答应你。”我显得有些无可奈何。

“我要吻你一下。你答应我了，不能反悔。现在闭上眼睛。”她命令道。

我很尴尬，没料到邓丽娜会要我答应这样的请求。可当一个女孩子对我有这样的请求，我又别无其选择。再说，谁会拒绝这样的好事情呢？我闭上眼睛，心怦怦乱跳。心里想，这个女孩，真是胆大风骚，她干什么都是主动的。我感觉到一双手轻轻勾住了我的脖子。我感到自己的嘴唇被软软的、潮湿的唇触动了一下。接着，那唇重重地压了过来，她的舌头像蛇一样钻进了我的嘴里，我感到自己漂浮了起来，像一片树叶那样浮在空中。

许久，邓丽娜慢慢松开我，她笑了，“傻小子，你根本就不会接吻！你完全是一个小公鸡！”没等我缓过神来，她就已经飞似的跑进了自家的院门。我非常沮丧，感到被伤害了自尊心。月光冷冷地映了我一身，我像根柱子一样在雪地里呆站了很久，心中的大潮骤起骤落。我恶狠狠地想，下回就办了你！

第三章

1

漫长而又寒冷的冬季，很快进入到三九天了。

在我们那里，整个冬天的进程是这样的：在天山脚下，一进入十月下旬，伴随着天气的骤变和第一场突如其来的大雪，冬天就开始了。一直到次年的三月底、四月初冰雪融化之时，冬天才宣告结束。就这样整整半年，这里都深深地印着冬天的痕迹。因为冬天太长，所以人们像石头底下的甲虫，和树洞里面的狗熊那样，整天穴居在屋里，很少出门。日子像白开水一样平淡，很快在一场接一场的大雪覆盖下消失了。在冬天，我像一只穿山甲那样，殷切地感受着时间流逝的每一声脆响。冬天，是窗户上产生冰花的季节，有一段时间，我曾经对窗上结的冰花，发生了怪异的兴趣。由于屋内和屋外巨大的温差，使得从外面透过窗缝吹进来的冷气，在玻璃窗上凝结，形成了各种各样好看的图案，有的像动物，有的像植物，有的像一张张人脸。这些冰花的美丽和奇崛，使我觉得，一定有一种超自然的力量，在决定着万事万物的形状，使一切都有一个美丽的结构。在与冰花长久的对视和研究中，我的内心充满了好奇。此时，冰花对于我这个倾心于幻想的少年来说，是前途莫测的未来中，可望而不可即的美丽事物的象征。

这一段时间，我印象最深的，唯有堂哥堂嫂的来访。有时候，他们两个人披着一身雪，忽然闯入我那温暖的家中时，彼此瞬间的惊愕，和由此而引发的我对生活的感想，电光石火一般在心头掠过。

他们那次突然来访，是为了向继父借钱的，因为他们的钱都寄回家了。我堂嫂的妹妹，因为超生被罚款，她交不出罚款的时候，只好自杀了。现在家里连丧葬费都没有，特别需要钱来安葬。而我的堂哥这边也出事了，堂哥的父亲因为盗割高压电线，被高压电打死了，这是咎由自取，丧葬费也没有，所以更需要钱。于是，继父给了他们五百块钱，还是瞒着我的母亲给的。“千万不要让你妈知道，否则她非和我闹翻天不可。”我继父叮嘱我说。“不会的，这我知道。”我答应了。

堂哥下力气干了这半年活儿，身体倒硬朗得像一座铁塔，目光炯炯，肤色像金子一样闪着黄色油光。而堂嫂的肚子越耸越高，显现着生命的倔强，到了明年三四月间，她就能生了。他们全部的希望就在于生一个男孩，生一个可以传宗接代的、两腿之间长着一只小雀雀和两个蛋蛋的男孩。中国农民的观念真是顽固，我想，如果不生出一个男孩来，他们简直就没有生活下去的动力与指望了。他们打算等孩子出生以后，再干几个月，然后就乘火车回内地了。“我们已经给家里寄了一千多块钱了。”他们骄傲地说。

而每一次放假，都类似一次预定的囚禁之后的逃亡。放寒假了，同学们一下子像被惊飞的鸟儿一样散进天空。整整几十天里，大家互相关注而又互相阻隔地生活，而后，新的学期又将使大家坐在一间教室里，为一个共同目标苦熬着，做那做不完的作业，读那读不完的书。这就是学生的永远的图景。

过年了，鞭炮密集地在城市中响起。而今，我再也没有盼望过年的那份急切，也许是我的确长大了，不再存有对压岁钱和穿新衣的幻想，我想自己的确长大了。因为，在悄然不觉之中，我已经十七岁了。我过去经常感受到的身体里的那条河流，已经完全消失不见了。

1986年的春天来得特别早，来得很令人惊异。在这一年的三月底，有一天早晨，整座城市的人都在一片青蛙叫声汇聚的合唱中，从睡梦中惊醒。大家惶惶地走出屋子，只见有成千上万只经过了一年冬眠的青蛙，不知从哪里纷然涌出，一起高亢地鸣叫着、蹦跳着，在残雪之中汇集。这一奇异的现象使每一个人心惊肉跳，心头笼罩着一层阴云。紧接着第二天，青蛙又奇异般的消失了。在地上积了五个月之久的冰雪也开始融化了，到了傍晚，凡是养有母鸡的人家，都惊恐地说自己家的鸡，下了一个布满星座图案的“宇宙蛋”。这一切变故之中，也许真的隐含着一个什么灾变的巨大预兆，小城里的每一个人在1986年奇异的春天景象中，张大嘴巴，目瞪口呆，春天里，每一个人都昏昏欲睡，神志不清。而我则不断地梦到黄蝴蝶。而黄色的蝴蝶意味着什么？过了很多年，我也没有明白。也许黄蝴蝶不过就是一种对时间和年轮的丧失的恐惧感罢了。

我坐在画室里，临摹一幅名叫《青春》的油画。画面上一个扎着辫子，穿着一身褪了色的旧军装的年轻姑娘，神色漠然地看着前方，她的神情困顿，神色疲惫，显是经受了不少时光和岁月的磨打。背景是一片赫黄的沙土。她的头发飞扬起来，在漠风中像一面孤独的旗。整幅画透出画家何多苓对红卫兵那一代人的悲剧性的理解。

下午，修立文老师来通知我，叫我去师范学院画模特儿。我有些激动，这是我第三次获得了面对人体的机会。我和师范学院美术班的学生一起，坐在光线黯淡的画室里，看见那个女模特脱掉衣服，从屏风后面出来，在灯光照耀下摆出稳定的动作。光影里，她的乳房很白也很圆，不过有些下垂，肚子上竟然还有一点赘肉，不过，算是瑕不掩瑜。小腹上青苍苍黑郁郁一片，似乎可以看见一条隐秘的皱褶在向下延伸。她的身体线条发育算是比较成熟。画室里，碳笔落在纸上发出刷刷的声音，分解着、模拟着她的形体组合，我又一次被女性肉体的美所震撼了。回想起我第一次在秦添老师家里，参加或者说纯粹属于旁观他的派对，看到了一个艺术家气质的女人，兴之所至，脱掉衣服呈现裸体状态的时候，我的确十分震惊，当时简直傻了。

等到第二次，在克秀塔喝醉了之后，我悄悄地观察她的身体的时候，那是我第一次排除了性的丑恶欲念，领悟到了女性的身体所具有的纯洁美好。这一次，我已经可以把女模特当成一个独立的物体，具有美，但是也有瑕疵的现实存在，没有那么惊心动魄了。

我们这个文科班才男俊女不少。整个一班人在金老师的带领下，开始向大学的大门发起了最后的冲刺。每个人所剩的时间都不多了，属于我们的高中时光只有一年多一点儿了。我所关注的宁小星日益变得内向、变得忧郁，她经常谁也不理地呆望着某处一动不动。关于她那不和谐的家庭的传说，像雨后的蘑菇一样多。但是，现在她拒绝和同学们来往，经常发呆，而任何一个同学，包括我，根本无法靠近她，无法进入她的内心，对她没有丝毫的帮助和影响。她开始封闭自己了。而且她的学习成绩也在下降，班主任找她谈话，也没有用处，似乎她父母亲的吵架，严重地影响了她的精神状态。

而我那帮哥们儿——肖克、刘勇、马强、谢文男还是经常聚在一起，毕竟大家都又大了一岁，每个人都少了一些孩子气，大家开始准备未来的出路了，出现了分化与离合。除了我，他们几个人的家庭中各有各的门路，肖克的父亲已经事先给他找好了关系和退路——他可以到政府机关车队上班，谢文男因为父母双亡，被父亲的单位照顾，承诺他毕业了，可以顶替他父亲担任长途货车司机，马强开始向他爸爸学习理发的技巧，准备支撑起父亲的一个老理发店了。刘勇准备当兵了，很可能是去当武警。我也日益地认清了社会的庞杂，没有多少面对未来的信心，在即将毕业的时候，我觉得前途茫茫。

在这座城市的南大街，是整片的工矿企业区，现在，一些工厂的效益开始下滑，改革使这些企业开始丧失垄断优势，很多高大的烟囱，现在都不冒烟了，悲哀和沉寂地矗立在那里。城市里，人们的生活变得非常躁动不安，挣钱成为所有人的第一生活准则。有能力的人更多地下海，干起了过去叫作投机倒把的买卖，还有一些人辞掉了工作，跑向了沿海城市，深圳、广州、海口——传说那里的机会像树叶一样多。而内地又有更多的盲流和民工，来到了天山脚下的这些城市，到处都是离开的人，新来的人的新鲜面孔，和社会浮躁的气息。

但是少年血仍旧在奔涌，有着发泄不完的精力需要释放。肖克听说在路南的街区，有一群不知天高地厚的家伙，在录像厅看了一部描写香港黑社会的电视连续剧之后，就成立了一个叫“斧头帮”的团伙。传说他们每个人都佩有一柄精致的小斧头，整日在街上惹是生非，同各个街区的老大和帮派下战书挑战，准备进行较量，而且也放了狂话，要“打得肖克那伙人，满地找牙”。在1986年4月的一天，被“斧头帮”的人揍得鼻青脸肿的刘勇，来找到肖克——我记得很清楚，那是一个酷热的星期天，我正在帮肖克卖冷饮，刘勇沮丧地说，是“斧头帮”那一群人干的，“他们扬言要把你也打得满地找牙，他们说了，肖克，你逃不过他们的斧头，除非你跪地求饶，喊他们爷爷才行。”

肖克一听就气坏了，“叫我喊爷爷，还不如割了我的舌头。简直是开国际玩笑。这下我们不能饶了他们，我们今天就和他们决战！谢文男，你去找人，把大头他们、癞瓜他们那些家伙都叫来，现在，是该见分晓的时候了。”我的情绪低落，因为我不想打群架，最近打群架，经常死人。我对刘勇一直有成见，觉得这个家伙有勇无谋，经常惹是生非，给我们带来麻烦。此刻，当年季老师的话又重复在耳边，要我离他们远点儿，我就有一些犹豫，但忽然想到，自己过去出事时，几个哥们儿不也帮我出了气，把张建军一伙给灭了，这个时候退缩，他们会说我不够义气，完全是个胆小鬼，以后自己还怎么见人。我又没有退缩了。那天，面容阴沉的肖克冲动之后冷静了下来，他沉吟了良久，“要摸清他们一伙儿的活动范围和时间，我们才好动手。杜军，你去侦察一下他们。”

我用了很短的时间，就探清了“斧头帮”的活动范围和活动时间，因为“斧头帮”中间的一个家伙的女朋友，是我们学校课外美术兴趣小组的成员，和我一起画画的，所以我得到了确切的情报。

于是，肖克就布置了一次伏击。在四月中旬的一个黑沉沉的夜晚，我们加上大头和癞瓜的人，一共三十几个人，都带上了自己顺手的家伙，悄悄地出发了。我手中戴着一个铁制的手镯，有坚硬的吻刺，这种东西砸到人脸上，一定是让对方皮开肉绽。在南大街的繁华地段，我们准备好了一次伏击。但是在前往伏击地点的路上，两帮人马猝然相遇了。

“你们是大头的人，还是肖克的人？”有人在黑暗中发问。

“我们是你们的爷爷。”话音刚落，我们立即就动手了。两帮人马在夜色笼罩下，混战了起来。

双方人手都不少，下手也不轻，都玩了命。一时间，五六十人都打成了一片。黑暗中，我可以看见“斧头帮”的斧头银光闪烁，而我们的短棍打在人身上的闷响，也特别密集。这样的群架是鱼死网破的，肯定是两败俱伤，当警察大批赶来的时候，我们仍旧没有停手，都打红眼了，警察鸣枪警告了，我们才明白，自己已经被警察包围了。我知道要进拘留所了。械斗的结果是死了两个人，很多人轻度脑震荡和骨折，还有五个人被砍成重伤。我们几伙人也被公安局连锅端了，“斧头帮”被彻底剿灭，而大头、癞瓜、肖克的团伙，也鸟兽散了。所有的人被抓了进去，毕竟死人了，有人要为此负责。“斧头帮”的帮主大麻子，被判处了死刑，算是对社会有了一个交代。而肖克他们在公安局的拘留所里被关了好几天。后来，肖克被学校开除了，谢文男和马强被送往少年管教所。我和刘勇拘留十五天，那时候，我们所有的人都才只有十五六岁。

2

可能有的人一辈子都是乖乖宝，肯定捞不到蹲拘留所、看守所和监狱的机会，有幸的是，我在那年春夏之交，交了这个好运。坐在有铁窗的车子进拘留所的时候，我的心情十分缭乱。虽然我知道，和肖克在一起，早晚会出事情，我算是早已看到了这个必然的结果，但是现在，在有铁栅栏的车子里被带走被拘押，我还是很有些难过，有些不甘心。

被拘留的人很多，我们都不说话，在车内漠然地低着头。现在，我们虽然是对头，但是迎接我们的命运，将是一样的，所以，我们就互不理会了。我脸上、头上的血迹已经干了，变成了黑色的东西。车窗外安静的街景，一一在我眼前走过。但是我已经不能自由地走在那里了。不知过了多久，汽车“嘎”的一声停住了，车门被打开，一个全副武装的武警大声地喊：“都下车！”

我们七零八落地下了车以后，一个马脸武警面无表情地说，“跟我走。”几个人跟着他向前走，走到一个铁门前，打开铁门，我们又走在一条走廊里，扑鼻而来的，是拘留所里一股腐臭潮湿的气息。我看，这里实际上已经算是看守所了，没有被判刑和即将被判刑的人，都关在这里。闻着令人难受的味道，我有点儿恶心，差点吐出来。我得在这里生活十几天，我想：“要是长一些还好熬些，就怕只有十几天。”

武警把我们分开，关进了不同的房间。我一边机械地跟着往里走，一边数着在两旁闪过的小房子，等数到第十二的时候，那个马脸武警站住了，打开了门，说：“你，进去吧！”我刚跨进去，身后便一阵“哗啦”声响，门被锁上了。

我突然感到失去了什么，头脑中一片晕眩，有几百面黑旗，在我的脑海里像乌云一样翻转，等我意识到自己站立在地面上时，我才完全明白了，我已经失去了自由。一种黑色的绝望，在我心头泛动着阴暗的波涛。我用力地摇了摇铁门，铁门的门闩相撞发出了刺耳的声响。没有人理会我，之后，一切又静了下来。我转过脸来，看到屋内已经有了三个人。我没敢正视这三个家伙，因为我已感觉到他们射过来的目光的仇恨、冷漠和敌意。我抬起头先看了看墙，屋内光线阴暗，那曾经粉刷过白石灰的墙，如今是斑驳陆离，被过去关在这里的室友们，画上了许多奇形怪状的东西。有一些小王八图案，还有一幅女性生殖器的放大图，几幅男女交合图，这些图画非常逼真。屋内有一张土炕，占了全屋的三分之二的面积，屋内的气息是肮脏、陈旧，还有一股股尿臊味儿。

“新来的，叫什么？”一个声音沙哑地问。

我终于壮着胆子，迎着那道看着我的目光望去，首先看到是一座肉塔。他盘坐在土炕的正中间，一脸大胡子，一双陷入眼眶很深的眼睛里，放射出阴森的光芒。他穿一身黑，半敞着怀，两条粗壮的胳膊支在两个膝盖上，手里夹着一支烟，背靠着那堵坚固的墙。那面小小的装有铁栏杆的窗子，射进几束白色的阳光，使屋内稍微明亮了一些。我又将目光移了一下。我看见另外一个很瘦的人，留着长发，小小的眼睛贼亮贼亮的。他个子很高，穿一身旧黄军装，嘴里正嚼着什么东西，时不时发出“嘎嘣嘎嘣”的声响。我猜他在吃大豆。在我左边也躺着一个人，这个人四肢摊开，直挺挺地躺在床上，一小撇浓密的胡子，叫人容易产生生理上的不快感。他的目光凶恶，两个人的目光相遇的一刹那，我不由得哆嗦了一下。

“我叫杜军。”

“嘻嘻，杜军，怎么，你当过兵啊？在部队肯定压抑吧，那叫我操操你的屁眼吧。”

我向后退了一步，脚不经意地踢中了什么，低头一看，是一个屎尿桶，桶里已装了半桶的屎尿，被我这一碰之下，里面那黄褐色的粪便一下子晃荡起来，一股臭气冲天而起。我立刻屏住呼吸，向前走了几步，手一抖，我的行李物品飞上了炕，砸到了左边又瘦又高的那小子腿上。我连忙说了一声对不起。但是我知道，要惹麻烦了。那小子一声不吭地下了炕，走到我面前。他整整比我高两头，“小子，有烟没有？”这话音有一种强硬和蛮横在里头，我习惯性地耸耸肩，不置可否。

“妈的！来，我给你清清嗓子。”他说。我不知道什么叫清嗓子，说：“我又不会唱歌，怎么个清法？”几个人听我这么一说，哈哈大笑起来。高个子说：“叫你唱歌？把你美的。你看着——”他用手搓了一个小纸团，向空中一抛。我抬头盯着那抛向空中的纸团，头向上仰，这时，那高个子立即一拳砸在了我的喉咙上，我感觉喉咙像燃烧的汽油一样“轰”地烧着了，不由自主地发出了“啊”的一声。随后，我瘫软了下去，顺着我的骨头向下滑去。

“这就叫清嗓子，懂吗？”一个声音说道。他们再次怪笑起来。

不知过了多久，我的鼻子又闻到了屎尿臭气，我慢慢地扶着墙站了起来。抬起头，甩开垂在眼前的头发，看清了他们大笑的神态。我突然飞起一脚，狠狠地踢中了那个高个子小胡子凸起的裆部，那人脸色骤然一变，捂住裆部，大叫一声摔倒在地上。这一下快如电光石火，连我自己都有些吃惊。我不无快意地吐出一口猩红的唾沫，抹了抹嘴，“我不会操你的屁眼，那太脏了，你妈的！”这时，我发觉那座黑塔从炕上坐了起来。而那个穿黄军装瘦子抢先下了炕，对着我当胸就是一拳，我略一侧身，那人拳头走空，我向前跨出一步，用膝盖狠撞了瘦子的腹部，瘦子像面团一样委顿在我脚下。我知道自己发狠了，在这种情况下我甚至可以杀人！

“我要杀了你！我要杀了你！”我大声地叫着。

那座黑塔见我身手敏捷，情绪激烈，看来不是一个好对付的主儿。黑塔迟疑了一下，害怕出了人命，沙着嗓子干笑了几声，跳下炕来，眼珠转了几下：“哥们儿，咱们有话好好说。我叫吐尔洪，不打不相识吗，这个，大家都是朋友，不要打了，我们做朋友，不要打了好不好？”他是一个哈萨克族，汉语说得有些口齿不清。

我看着躺在地上的两个人，点了点头。“你们谁要是惹我，我就杀了谁，你们谁把我干掉了，我外面有人，也会干掉你们。”

我知道，我降伏了这些室友们，他们被我打怕了。一般看守所、监狱中，都有经过了血雨腥风才建立起地位的老大，每一个新来的人，都要臣服于老大，或者你击败老大，你自己就成了老大。很快，我成了老大，因为我根本就不怕死，也能挨打。那些日子，白天其他的几个家伙围着我递烟倒水，到了晚上，我一个人靠墙坐着，整夜都没有办法合眼，我虽然害怕他们夜里报复，用被子把我蒙住往死里打，但是我更为自己居然进了拘留所而悲哀。

第十六天的早晨我就被放了出来。我一脚跨出大门，朝看守所的警卫做了一个鬼脸，转身向大门外走去。现在，我的心中刮着一股轻快的小风。而布满了头顶的阳光是透明的，在天空中叮当作响，外面有长满了鲜花的园林，这个世界太美好了，自由太美好了！我轻快地吹起了口哨。这时，我突然意识到了青春的感觉。这两个字眼儿，像火花一样在我的脑海中显现。真他娘的，那青春的颜色，青春的梦幻，青春的果子。是的，青春果的苦涩与甜蜜我都尝了。人生和社会，给了我处于青春期的最大馈赠。我面带感激地抬起了头，深深地凝望天空，那里，幽蓝幽蓝的天幕之中，无数只风筝在轻轻飘动。我望着那些风筝，深深地呼吸着自由的空气。

学校并没有开除我和刘勇，我们又坐回教室里。肖克被开除以后，他父亲果然在市政府机关给他找了个活儿干——当保卫干事，半年之后，肖克又开上了为领导坐的小车，成了市政府车队的一名司机。

我从拘留所出来的当天下午，就去了武术队。汪教练见了我，阴沉着脸把我叫到一边。我刚一走近我，他疾速地伸出胳膊，抓住我的手臂，用力一绕一送，我的身子随之就腾空而起，摔到了三米之外的地方。

“起来！”汪教练吼道。我爬起来，忍着全身的剧痛，心想，汪教练会怎么惩罚我？我一边想，一边又走到了汪教练跟前，汪教练冷眼看着我，突然出腿，踢在我的小腿上，一绊一拉，我又被摔了出去。我想，他真的发怒了，我要被他开除了。但我还是爬了起来，拍拍身上的土。他反复地拾掇我，这么折腾了我半个小时，连他自己都累了，才停下来说，“听着，这半个月你没参加训练，打群架被关起来了，我很生气。你以为我会开除你，你错了，我还偏偏不开除你，这算是一个小小的惩戒，练武术是需要有恒心、毅力的，也要品德好，你打架品德就不好！后天的比赛，我要你上场。养兵千日用兵一时，看你的了，要是赢不了，新账旧账一起算。”他狠狠地说完，转身走开。

汪教练并没追究我的过错，我放下心来。在随后的那一场比赛中，56公斤级的我击败了其他几位高手，获得了一枚散手比赛的金牌。

这一段时间，我每天下午都去宁小星家里学习。这是班主任交代的任务，一方面可以让宁小星给我补课，另一个方面，我可以观察宁小星的精神状态，因为校医说，宁小星有严重的忧郁症，有得精神病的危险。

这天，我一进门，就听见她的父母在激烈地吵架。我轻轻地走进去，站在一边，看着他们吵得天翻地覆。过去我的父母吵架的时候，我总是不明白，夫妻俩为什么要用那么恶毒的语言攻击着对方，为什么夫妻后来竟然变成了仇人，可是他们却又不分开。每天吵架，到后来谁都会疯掉的。难怪宁小星要精神崩溃了呢。这个时候，我觉得自己是个外人，不便插话。但我格外留意宁小星的状态。听到了父母的吵架声，穿着黄色衣衫的宁小星脸色渐渐黯淡下来，过了一会儿，她的目光中流露出可怕的呆滞。我觉得有些不妙，就拉她，“我们出去走走。”我忙拉着她，冲出了家门。这时她的眼泪已经像喷泉一样涌了出来，而且，她那么大的姑娘，竟然小便失禁了。

我的心感到莫名的痛，我搞不清楚，她父母又有什么解不开的仇，整天吵架？有这么好的女儿，他们还不停地吵啊吵的，把自己的女儿给弄疯了。我的心里涌起了一片怜爱的暖云。我感觉自己有责任让宁小星快乐起来。但自己能做到这点吗？我们坐在青葱的苜蓿地里，望着半沉半落的太阳，我也没有信心。

入夜了。夜风中，断断续续送来了街上的音像店里播放的流行歌曲，那是张行的歌——“我的心在等待，永远在等待，我的心在等待，永远在……”外面飘着丝丝缕缕的细雨，我和邓丽娜坐在临街的一家冷饮店里。我一口一口地喝着略带些苦味儿的啤酒。邓丽娜喝着香槟，温柔地看着我。五月的夜晚凉爽怡人，风淡淡地吹着。一阵阵歌声飘了过来，飘入了我眼前的杯影之中。

“你真的没有喜欢上宁小星？”

“当然没有，我去她家，是班主任交给我的任务，就是为了怕她在高考前夕精神崩溃，校医说了，她有发疯的可能。”

“他父母亲吵架，居然使她快发疯了？哎呀，相比较，我的承受能力就大多了，我爸妈离婚，我都没有觉得有什么。”

“不对，那你还不是反叛了他们，出走、怀孕什么的。”我说到这里，声音一下子变低了。一些伤心的往事触动了她。她不再说话了。借着远处的灯光，我发现她的脸上滚过一串晶莹的泪珠。

“我是一个坏女孩吗？”她问我。

“不不，你是一个有个性的女孩。”

“你会因此看不起我吗？”

“当然不会。”

“那你……为什么老躲着我？不理睬我？”

我一时不知该说些什么才好。一阵激烈的摇滚音乐从远处飘了过来，风掀动着我们的头发和衣角。“我觉得我们哪里懂得什么爱情。这个年龄，我们有的，只是青春期的骚动罢了，整天分泌的，都是青春期的烦恼和焦躁。”

“不，”她冲动起来“我感觉你和我，都品尝到了生活的苦涩。而我，现在特别需要一个像恋人那样对待我的人。而你有时候叫我很失望。”她失望地看着我。

“我总要为你、为我自己负责吧。”我真是有些忧心忡忡。

“我就是想和你在一起，不要你为我负任何的责任，我就是喜欢你，想把自己交给你，今天就给你，你说你要不要吧。”她专横地看着我，目光火辣辣的。我仰起脸，我不敢看邓丽娜的眼睛，而是凝望窗外那星光闪烁的天空，心里很乱。一个女孩子非要你要她，而且没有拖泥带水的事情，这到底是好事情还是坏事情？我斜着眼睛看她，“说实话，我不敢要你。”

“哼，”她生气地站了起来，“你就是看不起我，觉得我已经失身了，我脏，对不对！”她哭着跑了。我也没有追她。爱跑就跑呗。

我的堂嫂生产了，这次生的又是一个丫头。堂哥气得要死，“妈的，又是一个肚子下不带把儿的！”他整天像丧魂落魄的狗一样没精神。我发现，在很短的时间里，堂哥慢慢地变得佝偻起来，他的眼角堆积的都是岁月的艰辛。堂哥的精神也快崩溃了，因为他被生活压榨得抬不起头，老是自言自语地责骂自己，说自己太笨，太不争气，对不起祖宗。这已经是第三胎了，还是女孩，他大骂老天爷不长鸡巴。其实，问题是出在他自己的鸡巴上，我想。后来，在一个阴雨连绵的下午，堂哥突然从河坝回来了。一进家门，就跪在地上号啕大哭“死了！死了！”我妈和继父从里屋奔出，慌忙询问是怎么回事。原来，季节河每年的洪水季节来临了。就在这个六月的一天晚上，洪水悄悄地包围了我堂哥的那座地窝子，洪水冲塌了它，堂嫂和我那个刚刚出生的小侄女，被洪水溺死在里头，堂哥一个人奇迹般生还了，他逃了出来。几天以后，在那条季节河的下游很远的地方，我们才找到了堂嫂那面目全非的尸体。匆匆掩埋之后，堂哥就踏上了东去的列车，回老家了，带着他淘金发家梦的碎片，永远地离开了这塞外伤心之地。

十七岁的我忽然变得有些忧郁了，或者我其实一直都很忧郁，因为见到了这些，经历了这些事件。死亡，生存，金钱，严酷的生活，这些景象从小就包围着我，使我慢慢变得铁石心肠。我像一枚早熟的果子，在这人生初期的风雨吹打中，很快成熟起来了。俗话说，适者生存，我想我的命今后会硬一些。

我后来经常坐在被黄昏浸泡的麦田边上，看着大地和田野，那里孕育着生长的力量。麦子们异常饱满，在黄昏大手的抚摸下，一浪接一浪地打下来，发出阵阵沙沙的声音。我特别喜欢这样的时刻。因为这样的时刻，更接近人生的本质。它深沉、辉煌，令我久久地激动不已，可以使我摆脱烦恼，使我陷入冥冥的沉思。我盯着远方，那黝黑的山体凸起的博格达峰，忽然，一个想法涌上了我的心头：十七年了，我一直匍匐在你的脚下，天山，我还没有真正地接近过你，领悟过你，这座山和这片大地。前方，一排笔直的白杨分割着沉落的夕阳，我望着远处那一抹黧黑的山体，心中有一种东西在上下升腾。

我清楚自己开始了内心的逃亡。也许世界是一所垃圾场，而艺术则变成了唯一的避难所。我敏感于内心中经历和发生的一切变故，并用绘画语言表现出来。

1986 年，这个水淋淋的夏天，在我的许多作品之中，都有一头孤狼，在月光下的荒原上，或是在高山之巅，傲首长嚎，向天空表达愿望和热情，以及某种悲哀与愤怒。我知道这只孤狼就是我自己，穿行在纷纷凋落的岁月中，我内心一片迷茫和忧伤。

我要进行一次远足。这年暑假，我打点好行装，装好了干粮、衣物，在一个月朗星稀的早晨，出发了。我要沿着那条季节河，一直走到它的源头，走进天山的深处，去和我的山神对话。我行走在干涸的河床里，我的脚踩着滚圆的各色砾石。七月盛夏，强烈的阳光刺痛了我戴着墨镜的眼睛。季节河像一条被晒干的死蛇，弯弯曲曲地，从遥远的黧黑的天山山脉中伸展出来。河床中板结着大块大块干裂的红色淤泥。放眼望去，城市很快离我远多了，那些高楼的影子又单薄又可怜。熏人的热风吹刮着，我不停地向前走。夜里，我就露宿在荒野之上，倾听那荒野上拖长声音的狼嚎，我头枕一把菜刀，警觉地睡着了。没有干粮和水了，我就向路过的人家去要，有时候，灵感蜂拥而来，我就快速支好画夹，画下我当时的感受，和大地带给我的印象。

我每天的行程是十五公里，不久，我就进入了天山深处。我沿着一条进山的柏油路行进着，我的脚磨了一个大血泡。每走一步都钻心的疼。我用眼睛死死地盯着远处的雪峰——那里就是这条季节河的发源地，我冷冷地注视着它，直到我又拔脚起程。就这样，到了第六天，我终于徒步接近了那庞大山体的群峰了。在这里，面对着如此高峻、雄伟的山体，我被彻底地震撼了。面对着自己心目中的父亲山，我的眼里竟噙满了泪水。

在这次神遇之后，我知道自己的骨骼中充满了力量，我找到了自己精神上的父亲，我以后有勇气走上那独来独往的人生之路了。

1986 年夏季的这次长达半个月的孤身徒步长旅，使我摆脱了青春期的苦闷，认识了大山里坚韧地活着的人们——我藏身于快乐的哈萨克族人中间，和他们生活了一段时间。我获得了一次超升。

3

七月的一天，邓丽娜约我到她家去玩儿。这是我从天山下来之后的一周以后。邓丽娜的父亲和继母去北戴河度假疗养去了，家中就她一个人。在客厅里，我们两个人抽着烟，任烟圈在空中消散。邓丽娜突然想起来什么了，“日本人给我爸爸送了一套叫作‘卡拉 OK’的音响，特别好玩，有伴奏，这样我们可以自己当歌星。”

“真的？”我从来没有听说过卡拉什么，就特别想听听。之后，她把机器调整好，我们两人又闹又唱的，果然当了一回歌星，特别快活。“这间屋子暂时是属于我们的了，”她神秘地暗示我说，黄昏在不知不觉中降临了。“我要给你做一顿饭，你等着尝尝我的手艺吧。”邓丽娜去做饭了。我身陷于沙发之中，看着黄昏的手从窗户中伸探过来，它温柔地抚摸着房间里的一切。邓丽娜的手艺很好，和她的性格一样泼辣，没有多久，饭菜很快端上来了，是一些家常菜。而且，大都是川菜。

“来吧，尝尝我的川菜手艺。”

“味道的确不错，”我喝着红葡萄酒。“你什么时候有的这个手艺？平时老是看你大手大脚的，没有想到你的手艺还不错。”

“哎呀，这你就不懂了，女人是迟早要嫁人的，不会做菜，男人不会喜欢的。再说，我父母亲祖籍都是四川人，他们过去很喜欢做菜，我就随便学了几招。”

有一种亲近的感觉，在我们两个人之间流动着。这是某种认同感，和分享对方的秘密的亲近感。我们有相似的地方，在穿越青春期的隧洞时，都经历过一阵子的黑暗。今天，我们很快活，不停地喝酒，直到把桌上的两瓶酒全部喝光了。

“我喝多了。”我嘟囔了一句。我感到周围的一切物体开始旋转，我摇摇晃晃地走进了一间屋子，倒在床上。我没想到，自己今天竟是这样不胜酒力。过了一会儿，我听到邓丽娜走了进来。我感到自己的头像要炸开一样，我有些醉了，呆呆地躺在那里，看着她把衣服一件一件脱掉。

“你别——别脱衣服——你要干什么？有女的强奸男的吗——”但是，她躺在了我身边，开始亲吻我，我觉得身体里面有火焰升腾，我笑了，翻身把她压在身下。酒精把我们两个人烧得够呛，她星眼流眸，醉态可掬，我们感到自己犹如腾云驾雾一般，忽然，在我的眼睛里，我身下的这个人，已变成了娇美的克秀塔。我触摸到她那光滑白皙的皮肤，“克秀塔，克秀塔……”我喃喃自语，手滑过她的小腹部，那里一片湿润和颤抖。她分开双腿，用手从大腿下伸过来，翻转着寻找着我的什么，我亢奋得要命，当我颤抖着找对地方时，一阵机械而又猛烈的冲撞之后，我就瘫软了。

只有邓丽娜知道，我的那东西并没有进入她体内。之后，酒精似乎侵入了我们的大脑，我翻下身，昏昏沉沉地睡去了。

早晨醒来的时候，阳光已经明亮地泻进了房间。我睁开眼睛，发现自己躺在一张大床上。头疼得要命，我想了半天，想起了昨天那仿佛在梦幻中发生的一切。我明白，我和邓丽娜终于干了些什么，那么，我伤害她了吗？我有些痛恨自己。一会儿，邓丽娜穿着一件松散的睡衣，手里端着牛奶和鸡蛋饼走了进来，看到我一副失魂落魄的样子，觉得好笑："开饭了！太阳都晒着屁股喽！"

"我昨天干什么了？"

邓丽娜大方地说，"你呀，什么也没有干，你还是一个童男子，你就放心吧，我没有强奸你，也没有引诱你。"

"我真的没有骚扰你？"我不太相信。

"没有，我们很纯洁。吃饭吧，有你爱吃的炸香肠。"

我有一种淡淡的失落感。我需要洗一个澡清醒清醒，就去洗手间了。我对着洗手间的镜子，赤裸着上身，仔细地观察自己。我那十七岁的身躯发育得十分强健，肌肉在该隆起的地方充分地隆起着，我不断地变换造型，细心地体察着自己的每一块组成部分，我知道自己已经完全长大了。

一进入高三，每一个同学都可以感觉到日渐逼近的高考的刀锋。我们每天陷身于厚厚的各种考试卷之中。对于考大学，学习好的人信心十足，学习差的已盘算好了退路。毕竟，只有三分之一的人可以上大学。我加紧学习，准备迎接最后一次的检阅。但是，有人还是倒了下来，终于有一天，那是在一个金黄得像迷一样的秋天的日子，面容苍白、神色忧郁的宁小星疯了。

听说了这个消息，我、邓丽娜和老师到她家的时候，看见她呆坐在床上，屋子里到处都是撕碎的课本、书籍，她的目光呆痴。“我妈逼，我爸爸操，我妈逼，我爸爸操——”她一边流着口水，一边胡言乱语，说的全部是一些她过去根本不会出口的话——她彻底变成了一个美丽的疯子。整个世界似乎都安静了下来，注视着这样一场悲剧的小小结果。她的父母——促使宁小星变疯的直接肇事者，此时显得畏缩而又犹疑不定，看着自己的女儿彻底毁了，一言不发。

不久，宁小星被送进一家疯人院，她再也没有出来。

而慢慢地，在这一年冬天，接连的大雪飘零之中，关于宁小星的记忆，也在每一个熟识她的人心中，被深深地掩埋了。

1987 年到了。这一年我年满十八岁。我记得 1987 年的春天灰暗而又阴冷，接连几天刮着大风。漫天的灰尘淹没了街道和房屋，所有房间里的器具都蒙上了一层灰尘。到了四月，积了一冬的雪开始融化。乌黑的冰雪融化，肆虐地在大街上冲荡，慢慢地淹没了大街。我临窗而望，心中杂乱无章，十八年来，我所经历的一切交相映现，而我忽然心静如水。

邓丽娜再次转学走了。她对我很灰心，不想和我联系了。过了一些年，她那个当棉纺厂厂长的父亲，因为贪污受贿罪被逮捕，在坐牢之前自杀身亡了，我在她家玩儿的那台卡拉 OK，也是受贿的物品之一，被没收了。

他父亲所在的那个棉纺厂也倒闭了。本来就是日本人当作废铁的纺织机器，现在成了更废的废铁一堆。

她父亲出事的当年，邓丽娜就嫁给了一个台湾老头走了。后来我们谁都没有她的消息了。

在经历了这一年五月的高考预选以后，我们的一帮人马全部被打散了。过了一些年，肖克不做政府机关的司机了，开始自己做买卖，但是谁都说不清楚他是干什么的，三年后，肖克在一次与从巴基斯坦过来的贩卖毒品的毒贩子的交易中，遇刺身亡，时年二十岁。

刘勇从少年管教所出来的时候，在街上混了一段时间，后来，他去了南方，没再回来，直到 1989 年夏天，我听说他已偷渡到了澳门，在澳门的葡京赌场，当了一个赌场发牌员。

马强通过父母的关系当了武警，他到了也没有继承他父亲的那个破旧的理发店。谢文男继承了父亲的老本行，成了长途汽车司机，两年之后，在天山冰大坂遭遇暴风雪，被冻死在那里了。接着，他的弟弟又顶他的班，继续干上了那个长途货车司机的工作。

这就是我们那几个人的情况。我忧伤地发现，人生这场宴会一直在举行着，但是参加者却不断地离席，于是，又有人不断地加入这流动的盛宴。

我感到自己仿佛走过了一条死伤枕藉之路，但是我已经歪歪斜斜地穿越了青春的雷区。同时，我高考落选了。

大学就这样拒我于门外了吗？这一年夏天，我眉头紧皱，经常出入这座城市的小酒馆，一脸的酒气与迷茫。

而且，也是在这个月中，我的继父——我一直认为勤劳俭朴的好人——被公安局带走了。他的罪名是贪污。继父利用工作便利，贪污公款，并暗中买了很多黄金珠宝，共计十二万多元。他被判十五年徒刑。据说这还是轻的。

当我听到这个消息后，惊愕地张大了嘴巴，我明白了为什么只要我开口要钱，继父就会毫不犹豫地给我。而母亲身上经常戴着的金饰物和珠宝项链，都是有来由的。我疑心这世界是不是全乱了，是不是自己所经历的生活全是幻象，我的心不规则地跳着，发出了古怪的声响。

我知道自己再也无法单纯地赞颂世界了。经历了这么多的事，我还能像一个孩子那样，用一个旧瓶底来观察世界吗？不，不，我做不到，整天里我都醉醺醺的。我妈妈又恢复了往日的品性，与成年的我大吵大闹。我每天沉浸于酒之中，顺着自己的骨头下滑，直到最后我所预知的可能的毁灭。

我的转机是在 1988 年的 6 月。因为前一年我没有考上大学，只好进入重读班继续学习。这年六月，我的一个舅舅从台湾回来，辗转多方，打听到了我母亲的下落，在一个燥热无比的中午，悄然来到了我们家。他是 1948 年去台湾的，现在在那里做塑料生意。他很有钱，在内地很多地方有投资。在我家住了半个多月，改善了我们家的很多物质条件，舅舅又悄悄地离去了。

一个月后，我接到了靠近长江边的 N 大学的入学通知书。这都是我那个好舅舅帮的忙，那所学校里有一幢科学馆是他捐建的。入学通知书上写的是：录取我为该校历史系的学生。当天下午，我来到了郊区墓园。一些不知名的鸟在浓密的树枝间鸣叫。青草泛着一种病态而又深沉的光泽。我找到了克秀塔的小墓。

她的墓陈旧多了，平躺着的墓碑已经被杂草所覆盖，墓碑上的字，也被风雨侵蚀掉了许多。我回想起五年来我所经历的一切，心里一阵抽搐。

克秀塔，克—秀—塔，你现在离我是那么远，又那么近。我望着她那小墓，眼里充满着柔情，内心忙乱而又忧伤。她一个人躺在这里，多么孤独，因为，今后我不能经常来看她了。我站起身，抬起了头，在这里，四周的白杨树已经长得很高了，北方白杨挺拔地向天空伸展着。天空幽蓝、高远、深邃，一如过去每一个晴朗的日子。

“我要走了！”我对着克秀塔的墓地说，“再见了，我的克秀塔。我可能不会再回来了。”南风啊，你们摇动树梢吹动大地吧，我要离开你们了，克秀塔，再见了，再见。从此，我将开始我真正的漂流了。我要远走高飞了。

1988 年 8 月底，在乌鲁木齐火车南站纷乱的人群中，我乘上向东南去的列车，告别我生活了十九年的西部小城，悄然离去。此时没有一个人为我送行，我的内心安宁而又凄清。当列车开动的一刹那，我的眼前一片模糊。我知道自己从此开始了真正的、孤独的漂流。我也许再也不可能回家了。

第三部

第一章

1

多么新鲜！火车滚滚向东，我就一直趴在火车的窗户上向外面看，不放过在我眼前闪现的任何一种风景。一开始，火车没有走多远，我就路过了其实已经没有了漂亮姑娘的达坂城，看见了一些巨大的钢铁制造的风车，在大风中使劲旋转。那是一种为了发电用的钢铁风车。我知道，这里的漂亮姑娘其实早已经离开了，她们都去了南方，而大风也将要把这里的剩下的姑娘全部吹得很快变老。很快，火车就穿越了天山隧道，我就看不见在天山北坡上的闪光的乌鲁木齐了。接着，火车无论行走在东疆的大戈壁，还是路过那有着奇特的皱褶、仿佛就是凝固的火焰的火焰山，西部的大地带给我的，全部是无穷无尽的苍茫和辽阔，让我开眼。原来，我一直生长在天山脚下的一个完全被荒凉的大地包围的小地方，我喝的水，都是高山上的融雪化成的雪水。

火车走得越远，我觉得越高兴，但是也有一种隐隐的忧伤，浮现在我的眉宇之间。十八岁出门远行，我希望自己走得越远越好，从新疆一路向着东南走，风景由荒凉渐渐地变得葱葱郁郁了。在第一次出远门的旅途中，我忘不了火车过了甘肃境内海拔最高的地方乌鞘岭之后，在山体的旮旯里面，突然出现了那大片的油菜花。油菜花全部是黄色的，非常耀眼，生机勃勃。我很奇怪，在这个季节怎么还有油菜花开，旁边的人告诉我，那是因为海拔高，所以油菜花开放的花期，要比平原迟得多。

在我的对面，坐着一个到北京去参加培训的石油工人，他比我大五六岁，个子不高，有着一撇小胡子，人很精干，非常幽默，有着我特别羡慕的成年人的开朗成熟，他勾搭女孩子很有一套，我记得很清楚，火车进入了甘肃没有多久，他就和旁边一个独自旅行的河南姑娘搭上了，晚上的时候，他们就互相拥抱着接吻，根本就不撒手。在硬座车厢这么干，刺激了很多当时坐在附近、还很保守的中国旅客，我也是偷偷地假装睡着了，眼睛却半眯缝着偷看，看他们互相像是身体着火了一样互相纠缠在一起。一直到了西安，那个女孩子一个人下车了，要这个小伙子一起走，但是他只是摆了摆手，告别了。

火车开动了，那个女孩不见了，小伙子对我说，“你看，生活就是这样，该干什么就干什么，过了这个村，就没有这个店了，一切都是过程，没有什么好犹豫的。”然后他到盥洗室洗脸去了。

他的话激励了我，使我开眼，使我觉得，任何事物，都是一种过程，只要你在这个过程中体验激情和美好的东西，就已经很好了。

火车继续向前，穿越了陕西的渭河平原，又到了河南，在郑州火车站，拥挤在令我瞠目结舌的人群中间，我下车了，和刚刚在火车上熟悉的朋友们分手，我又成了孤独的旅人，转车之后，向着武汉走。几个小时之后，我就看见了宽阔的长江平静地流淌的景色，抵达了目的地武汉。我茫然地拖着箱子出站，看见火车站有学校派来接站的人，我很快被那些十分热情的校友接到了车上，然后，车子又很快就开到了学校，然后，我知道，我的另外一种生活，就要开始了。

刚下火车的我，真是一脸倦气。我坐了整整 80 个小时的火车硬座，不能不感到疲惫。那些天，我总是恢复不过来，神情委顿地走在美丽燥热的校园里。从西北高地的干燥天气中，突然来到了中南地区的热湿天气里，我很不适应。我感到浑身的毛孔都被汗水给堵住了，身上总是黏湿湿的，好像浑身爬满了毛毛虫。

我记得，在校园门口，当我看见了 N 大学无比气派而又宏伟的校门时，内心的自豪感一下子提了起来。校门修得富丽堂皇，用我不得而知又无法描述的石质材料建成，高大、结实，上面闪闪发光的几个字“国立 N 大学”，笔法结实老到，一旁落的题签已经被挖掉了，据说这个题签的人，是曾经在近代史上赫赫有名的政治家——蒋介石。所以，看到了校门上遒劲端庄的大字，我产生了一种少有的强烈的归属感。

2

N 大学坐落在长江边的一面小山上，附近有一个大湖，和长江的水相连，几条从山上通向各个方向的、平坦宽阔但曲里拐弯的水泥大道，直通湖边。小山上终年一片葱郁，树林茂密，已经有七八十年历史的建筑，隐现在那些苍翠的树林间。学校所在的地方，完全被那个有些野气的大湖所围拢，校园里还有一面极小的湖泊，这个湖泊非常宁静，像是一面很小的镜子。而N大学就蜗居于这座小山的环抱之中，就像是一个少妇抱着一个美丽的孩子，只是这个孩子已经有些年头了。

这是我后来根据徒步摸索和查看地图，才了解到的。我记得，九月份的天空晴朗无比，在学校里面，有着每个学期开学的那种十分热闹的景象，校园的空气中，也传播着几乎使人昏迷的浓郁的桂花香气。

就是在这样的季节，我成为四处奔忙着注册、领东西的新生。

那些天，学校里到处都是一派开学的欢快气氛，我看见到处都是人，而且他们气质健康清新，脸上挂着明丽的笑容，使我感到非常温暖。

接待新生的站点设在很多地方，因为这个学校有太多的专业，到处都是新人在走动。校园里的道路十分干净整洁，地上仿佛没有一点灰尘。因为天气潮湿，所以很难有灰尘飘浮在空中，加上大江就在不远的地方，总是有湿润的风吹过来，加重了空气蕴涵的温暖和潮湿。

我通过校园须知得知，在学校任何一条小路的两旁，生长着的，全是高大和傲岸的法国梧桐，它们肯定已经长了很多年头，简直算是虬枝举天，完全遮盖了我们头顶的天空。而一些秀气的典型南国林木女贞和棕榈，则分布于梧桐的身后，起伏地连绵开去。

其实，学校里最有名的一条路，叫作“樱花大道”，每到春天来临的时候，这里将开放粉嫩无比的樱花，会有成千上万的市民，来我们学校赏玩樱花。这些樱花树是怎么来的呢？后来我才知道，我们的学校校园当年曾经被日本侵略兵占领过，并且被当作了他们的医院，为了安抚那些受伤的士兵，他们专门从日本引种了这些樱花树，就是为了让因为受伤而格外思念故土的士兵，可以看到美丽的日本国花，所以，后来尽管日本人战败走了，但是樱花树却成为学校最美丽的风景遗存之一。

而且，到处都是各色花卉隐现于绿树之间，清新美丽，曲径通幽。校园的路上，走动的尽是些在我看来着装利落、时髦的年轻人，面容都很清秀，脸上荡漾着一些莫测高深的天之骄子的笑容——我心想，假如熟悉了环境，我不久也会有这样的笑容的——在大道之上来来去去，从容不迫。

我发现，校园里处处都有很多设计上的匠心，有许多小径曲径通幽，仿佛是大道伸出的一条条细小的手臂，倏然间，就曲折伸入了一片青翠之中不见了。路全由小石子铺成，一米多宽，不少地段由不同颜色的石子，铺成了一些大家都明白的图画，或是一些生肖动物图案。一派中南地带的气息和场景，渐次在我眼前展开，我感到新鲜极了。这个地方充满着一种青翠欲滴的灵动之气，这就是中国的长江之南。我在石子路上缓步行走，手里拎着一个大行李箱，脸上挂着一丝难以掩盖的惶惑，我感到自己身上那十分滞重的西北气质，在这里显得格外突出，别人一眼就可以看出我是个新来的。

“你要在这里生活四年，小子，接下来，就全看你的了。”我默默对自己说，“一定要混出一个模样来。”

我记得，我第一次抵达我们的学生宿舍的时候已是下午了，那个时候，太阳光呈现出一种半白半黄的暧昧之色。蝉声阵阵，使人有些心烦意乱，当我每走到一个岔路口，就要问一次自己要落脚的6号宿舍楼在哪里之后，我终于按照好心的同学的指点，在迷宫般的校园中，找到了我的停泊地。

6号宿舍楼是一幢高五层的建筑，是男生宿舍，里面没有电梯。我刚一走到宿舍的门口，就看到了“欢迎新生入住宿舍”的横幅，有人上前问我:

“你是历史系的新生吗？”我赶紧点头，立刻有一群学生围了上来，又是敲锣又是打鼓，我的皮箱和背包，也立即被他们抢去，我又看见一面红色的横幅“欢迎你，未来的历史学家！”猛地在我面前拉开，高悬在我头上，叫我顿时感到既紧张又感动得手足无措，被这伙人“劫持”上了楼。

我们整个专业的宿舍都分布在5楼，我被安排到501室，而刚才那些劫持者们——高年级的学生，在安顿好了我之后，嘱咐我好好休息，就又蜂拥着向楼下冲去了，楼道里响起了他们快乐的喊叫声。

我费了好长时间才把床铺好，我发现自己还要买很多东西：被子、暖瓶、蚊帐、文具等，所有的事情，今后都要我自己操心了。现在，我非常需要休息，躺到铺好了床铺上，闻着宿舍里面的一种潮湿发霉的气息，我内心波澜起伏。

我终于穿越了岁月的重重雾障，来到了中南地区的N大学，开始了我人生的一段注定难忘和重要的岁月。在第一次远离家门的今天，我的喉咙里忽然十分酸涩。一切旧梦都已化作泡沫，随水远去了，那座飞翔着我的梦的天山脚下的小城市，已经离我极其遥远了，而我，将面临新的开始。我不知道在即将涌来的日子中，自己将扮演什么样的角色，以什么样的过程，来完成自己飞速的成长，甚至我都不相信这是既成事实，我仍旧有一些不相信自己的处境——眼看着我高考落榜，就要成为社会的渣滓了，结果反而进入了大学。我知道，在20世纪80年代，每年全国只有五六十万大学新生，而落榜的却有两百万人。所以一旦进入大学，就肯定保证了一个人未来前途的光辉命运。对于我来说，一条坦途似乎已经铺展在前面了，我也觉得自己已经安全地度过了危险的青春期。

宿舍里还有一股淡淡的石灰味儿，墙壁很白，显然是才粉刷过的。靠南的墙上一片蒙眬的日光影子，正在飞快地移动。这间宿舍里共有六张床，每张床都已铺好了被褥——显然，显然他们都先我一步，到达了这里。长时间的旅途颠簸，使我在不知不觉中睡着了。我的确是太累了。

那天吃晚饭的时候，我有些不习惯，我发现，这里的时间比西北提前两个小时，我像是到了另外一个国家一样，需要倒一下时差。我很快与其他几位室友相识了。我们先是向刚见面的小狗一样，互相试探着彼此认同某种气味儿，接着，在一阵轻松愉快的寒暄介绍之后，我了解到，这个宿舍有一个江苏人，一个山东人，三个本地人，我们全是历史系的，并且都在一个班。关于每一位室友的特点，在接下来的叙述中将被一一提到。总之，我们都有一些可敬又可爱的小毛病，这最终促使我于一年级下学期，搬出这间宿舍——这是后话了，暂且不提。要往再后面说，不久前我们回到学校参加校庆，结果发现这个6号宿舍楼已经被改建成女生宿舍了。真是日月如梭啊。

当天晚上，我们都在乒乒乓乓地干着自己的事儿。屋子的中间，横着摆着两张黑色的桌子，每一个人都有自己的抽屉和碗柜。第二天早晨，我发现每一张床的墙上，都贴上了各种打着主人烙印的画片，透过这些，你可以窥视他们的内心。我们彼此十分戒备，但是又十分好奇地互相询问着一些日常的话题，比如各自的家乡的情况，他们尤其对我来自新疆感到惊奇——新疆居然还有汉人，而且，我并不是牧羊人，也没有和骆驼一起住在帐篷中。可能他们觉得在新疆长大的人，都是茹毛饮血的野兽，其实，新疆才美丽呢。

那天，还有一个小小的插曲：在外面一阵闹哄哄之中，走廊里，一个足球飞来，打碎了我们这间宿舍的门窗玻璃——这一事件算是第一天，给我们几个初来乍到，将在这里展开不长不短的四年生活画卷的新生的一声喝彩吧。

我在两天内办完了入学的一切手续——包括办理户口转移手续，粮油关系、组织关系，到图书馆领取借书卡、领取板凳（一大一小）、领取学生证（红色封皮的、可以买半价火车票的）以及全面的体检等。体检是一个很麻烦的事情，要是发现有人得了传染病，学校是要退学的，所幸没有人被退学，我们都过关了。

而办理这些手续，需要在校园内的很多地方，来回跑十趟以上。因此校园里热热闹闹，到处都是表情惶惑、紧张而又兴奋的新生在走动。在这里，新生和老生有一种明显的区别，这一点直到我到了大学二年级才明白。此后，每到九月初，我就可以在人群中，一眼认出哪一个是新生来，甚至在同别的同学的打赌中屡屡获胜，赢了不少香蕉吃。当我忙完这一切之后，我们的辅导员武老师——一位看上去比我还年轻的——其实他是一个娃娃脸、本校高几届的毕业生，找到了我，他告诉我，学校的校长要找我谈谈，并告诉了我时间、地点等，而且，武老师看着我的眼神也很神秘古怪，可能他觉得怎么我一进学校，就和校长搭上了，到底有什么背景和名堂吧。

我有些不安，后来才知道，像N大学这样的全国重点大学，校长起码是副部级的。但是当时我可没有任何的心理准备，也没有把校长的接见当成个什么事情。确实，我还从来没有见过什么大人物，所以，武老师对我的漫不经心很诧异，当武老师又告诉我，和副省长级别相同的校长，管理着我们学校师生三万多人，我才感到了紧张和害怕。这下子武老师满意了我的惶惑，他又旋即安慰我说，“你不用紧张的，校长是一个很好的人，一个十分温和的学者，你一点也不用害怕。”

但是不管怎么说，这都是无法打消我心中的顾虑的，这使我一下子感到，自己有一点特殊的秘密，我也不愿意给同学讲这个事情，变得有些心事重重的。在预定时间——几天后一个淫雨霏霏的上午，我穿过曲里拐弯的校园小道，饱闻了一股子苦艾的清香味儿——后来我得知这是桂树叶子的味道——之后，我来到了校行政办公大楼三层，校长办公室。走进去之前，我的心顷刻间像野马一样狂奔起来。但是当我走进去，看见秃顶校长的时候，立刻就放下心来了。

3

“杜军同学吧？欢迎你。”校长在他并不宽大的办公室的沙发中，站了起来，随和地和我握手。校长的手特别温和随意，软绵亲切，随后，我们坐了下来，我看见校长那宽宽的、有些秃了的脑顶，反射着智慧的光芒，目光和蔼而又敏锐地看着我。

“你都安顿好了？是不是很忙乱？每个新生都要办各种手续。我当年进校的时候，手续可没有这么繁杂——不过，那是在新中国成立前了。”

我放松了，因为他随和得像是一个亲切的叔叔，我和他根本就没有陌生的感觉。于是，我就说了对学校的一些印象。在询问了一番对自己生活上的安顿情况之后，校长又问我：“听说你对历史系不大感兴趣？”

“还可以吧。不过，他们说很多同学第一志愿没有报历史系，都是后来录取的时候调整的，另外，我们班上的女生占三分之二。”

校长笑了，“我告诉你，我们学校的历史系，在全国各重点大学中是很有影响的，除了B大，就是我们了。我们的历史系有L先生、D先生、H先生、W先生和T先生——他们都是我国享有盛名的历史学家、博士生导师。如果有社会科学院院士，他们肯定都是了。能有机会听到他们的讲授，你会受益终生的。”

我对舅舅帮助我进大学很好奇，“您认识我的舅舅吗？”

“当然认识，你舅舅是我的好朋友，他要我多关照你，所以，我才和你见面的，今后有什么困难，多向你的老师说，也可以来找我。”

我觉得他不像是在应付，看来这个校长很朴实，“会的，校长。”

“一定要努力学习，为了招你进校，我们是专门研究，开会决定特批的，所以，你进来之后，一定要好好学习，要和其他同学比一比，不要落后了，要以优异的成绩从这里毕业。”

后来，我才知道，校长是一位年届六十的著名生物学家，在国内外生物学界，享有很高荣誉。校长以治学严谨著称，是早年这所学校的本科生，和美国名牌大学哈佛大学生物系的博士生。我后来听说他研究了一辈子的课题，竟然是海洋中的一种绿毛龟身上的一种寄生虫——此后很长一段时间，我在同学中间，经常听到嘲笑校长的笑话，“他专门研究一种绿毛龟身上的一种寄生虫，你听听，仅仅是绿毛龟的一种，绿毛龟本来就少见，而这种绿毛龟身上有很多种寄生虫，他只是研究其中一种，就当上校长了，我们的校长，真的是很专业的呢。”其实，过了很多年，我才知道，搞学术就是要非常专门，一个人在一个很小的点上有所突破，就已经相当不容易了。而且，即使在这样一个很小的点上获得突破，也要花费一辈子的努力。

现在，校长站起身，走到玻璃窗前，看着窗外雾雨蒙蒙的景色，“我们的校园是中国最美丽的大学校园之一，我太喜欢我们的校园风景了。”他把我叫过去，要我站在他身边。透过玻璃窗，他指着背衬一片被雨云笼罩的天空的一幢高大建筑说："你看，杜军同学，你看那边，那幢大楼，就是你舅舅两年前捐资修建的自然科学馆。你舅舅是一位爱国的实业家，他每年都给我们学校捐款，对我们学校帮助特别大，他对你抱有很大希望，说实话，我们招收你，就是因为你的舅舅，他嘱咐我多多鼓励你，你应该明白我今天对你说的话，你得努力啊！"

我用力地点了点头，看到窗外的雨越下越大了，那幢经过了建筑抽象设计理念的改造之后，矗立起来的现代建筑，在雨幕之中巍然屹立，象征着自然科学的肃穆与尊严，也与学校中其他很多有着绿帽子的建筑完全不一样，那里面有几十万种动物和植物的标本和资料。此时，想到我那个了不起的舅舅，我的心中涌起一些激昂的东西。望着雨雾中一览无余神秘莫测，又极有韵味的学校全景，我很兴奋，不知该说些什么好。"校长，我一定会努力的。"我说。

"最重要的是，干什么事情都要踏踏实实，走好每一步。"我走出办公室的时候，校长再次这样叮嘱我。

当一种全新的生活在我面前渐次展开的时候，我那个时候，有一种什么样的感觉呢？回想起来，惶惑、紧张、忐忑不安、心事重重而又兴高采烈、满怀信心，等等，这些，几乎是所有新生的感觉。于是，稍稍安顿下来，仿佛是一阵锣鼓齐鸣（就像老生接新生那样）之后，我们的大学生活正式开始了。

其实，当我平静下来，日益地熟悉了我的生活环境之后，我发现学生生活相当平静枯燥：每天走过路径是简单的，几乎是三点一线，宿舍、图书馆和教室，是我们活动的主要场景，而节假日，我们才会有时间，去江边兜风，到市区的商店逛街。市区很繁华，而且这个城市的商业气氛很浓厚，我们三五成群，坐轮渡过江，在汉口那些还有些历史感的街道上溜达，感觉是很不错的。而学校中的飞地，是那些草丛和树林茂密的山坡，那里是恋人们喜欢待的地方。

你看，几乎每一个同学都行色匆匆地穿行在宿舍、图书馆（一幢二十层的高大建筑）、食堂之间，不遗余力地踩遍校园里每一块生长着美丽青草的园地，使劲嗅着来自树林深处和植物根部所散发出的气息。这样的大学生活是既嘈杂又忙乱的。

在我们上课的前一天，历史系的老生给我们开了一个“学习经验交流会”，会上全是高年级的学生上讲台，对台下犹如安静的山羊一样的新生们宣讲经验，不外是如何处理好学习、生活和恋爱的关系，如何不要在床上睡眠过多，以至于到了不去上课的地步，等等。但我印象最深的，是一个红鼻头老生——比我们高两届，他说了一些实话。他说，要学会逃课，对凡是你不大喜欢的老师的课，尽管去逃好了，而且，这个学校的风景和女孩子们，秀美得比任何一位教授的讲授都更具吸引力，同时，还有藏书三百万册的图书馆，可以一坐一天，所以干吗要坐在课堂上受洋罪？他讲这些的时候，脸上闪过一丝狡黠，辅导员武老师假意地在一旁干咳两声，示意他别太离谱，但是我们都听明白了。

直到现在，在经历了无数次美妙无比捎带刺激的逃课之后，我又想起了那个红鼻头老生的话了——据说他现在已漂洋过海，到澳大利亚的一个兔肉加工厂工作了，不禁为他当年的经验之谈所深深地怀念。

接下来的上课时节中，我们人人都体验到了学问，尤其是历史学的威严、精密、僵硬和乏味透顶。一年级课程安排比较松，几乎每天下午都没课，除了英语叫人挠头以外，别的课程，只是需要临时抱抱佛脚就行了，而这个时候，学校外面的社会上，正在掀起一个进入商品社会的大潮，这种潮流来势汹汹，必然会影响到大学里的氛围。因此，就是那些年，文史哲这些传统的文科科目开始衰落，而经济、法律、金融和管理专业开始走俏，不久，我发现本班的好几个同学，已经转系到这些热门的专业去了，班上的女生比例，已经越来越高了。

为此，学校也没有新的招数。据说校方为了把几年来，在校外鄙薄学问的风气影响下，造成的学风日下的情况扭转过来，让学生对学问产生敬畏，专门叫一些多年不公开授课的老教授、名教授们，来给我们新一届本科生授课——他们一般都只带硕士和博士研究生的。因此，每天上午，在我们清一色年轻得吓人的面孔前，也就是在讲台上，都会浮动着一颗颗花白的、自得其乐而又得意非凡的头颅，在那里滔滔不绝。这头颅摇晃着，从地中海的石柱子，可以一气讲到清代曾国藩教子和小脚的消亡；从圣女贞德的皮靴宝剑，一直讲到蒋介石的喷嚏与浙江口音普通话，时空交织在只能容纳四十人的小教室里，叫我们每一个白面书生神思翩然，同时又昏昏欲睡。总之，历史系的课程都散发着一股子土腥味儿和青铜的气息，令我们惊羡之余，也避之不及。

那一段日子里，学校出奇地热闹，我看见，在凡是能贴上纸的地方，都日益翻新地贴着各种告示或海报，比如讲座海报、征友启示（这被学生们戏称为征婚广告）、修理电器指南、舞会通知、家教信息、安民告事（一般是食堂可爱的锅炉坏了之后）、旧车旧书拍卖、征稿启事等五花八门，花红柳绿地贴在布告栏里，而布告栏又分布在通往食堂和教室必经的路边上，这可以使每一位学子都能了解世界上（与有《人民日报》和《参考消息》的报栏连在一起）和学校里发生的最新消息。为什么教学楼那里海报不多？一位有经验的高年级学生告诉我，每一个学生不一定去上课，但每一个学生都必须去吃饭，因而报栏、启示栏才设在食堂门口。这招真妙啊！

而且，就在我们刚刚进校的那一段时间里，学校的讲座出奇得多。我印象最深的就是关于电视片《河殇》大讨论系列讲座。《河殇》是一部忧患意识特别强烈的电视片，在 1988 年由中央电视台播出了以后，引发了剧烈的争论。这个片子现在想想也就那么回事情，可是在当时，这个片子的观点够带劲的。它大意是我们的黄河文明，或者长江这样的河流文明已经濒临死亡了，我们只有面向大海，去拥抱蔚蓝色的海洋文明——也就是西方文明，我们才有出路。

这种观点当时在大学里是一股风潮，而且引发了两种截然不同的观点，其争论的着眼点就是，我们中华文明到底还有没有生命力，来面对如今复杂的国际形势，是吸取西方文明的精华，走向海洋文明，还是固守我们的黄土大陆文明。反对“黄河文明已经死亡”这种观点的人，认为《河殇》完全是民族虚无主义的论调，于是，两种观点一时间打得不可开交。

我听了这个系列讲座，可是像我们这些刚刚走进学校的一年级傻蛋，根本就弄不明白到底谁的观点正确，我听了这个演讲者说黄河文明死了！就觉得很过瘾，很来劲，很有意思，很正确，确实，我们需要这样的危机意识，可是我听了批驳这个观点的意见，我的内心深处那种民族自豪感又出来了，我又觉得《河殇》完全是胡说八道。我就是这样首鼠两端，不明就里。

当然，伴随着秋天的加深，我们很快熟悉了校园环境，也就变得油滑了，开始逃课了——有些课实在是不敢恭维，说了你都不相信，我们使用的课本，有不少竟然都是 20 世纪 50 年代和“文革”时期编写的。

直到成了高年级学生之后，我才发现，原来大学生每高一个年级，在床上待的时间，比在课堂上的时间就又多了一些。每天，校园里到处都是闹哄哄的，因为这是一所有一万多个学生的学校，到处人来人往，有的还成双成对（关于大学生恋爱的种种情况，接下来我将做一些论述），人人看起来都年轻英俊，漂亮洒脱。操场上的人吆五喝六，足球、篮球、排球上下飞舞，羽毛球、乒乓球左右乱窜，而那一排排学生宿舍楼上晾晒的衣物，像万国旗一样随风飘舞。

在每一块被阳光覆盖的青草地上，都坐着一对对情侣们，阳光荡漾在他们的脸上，仿佛他们不是来读书的，而是专门来恋爱的。而每天早晨，我还没有适应两个小时的时差，天空刚刚呈现出鱼肚白的颜色，就被吵醒了——宿舍楼背后的那座小石山上，传来一阵哇哇啦啦的外语朗读声，把所有人的睡眠给淹没了。大学真是纷乱得像一个蜂巢，到处都是热闹而又忙乱的气息。

说到大学生的娱乐，其实是并不多的，周末一般有舞会，新学期里，会给新生举办一个意思是要男生女生相互熟悉的交谊舞会，然后就是逢年过节的全校晚会了，可以说是很贫乏的。校门口原来有一些专门放映录像的录像厅，但是前些时候，因为悄悄放映了香港的三级片——仅仅是露出女人的大胸的那种片子，结果给查封了，改成了水果店，所以娱乐节目就很少了。

但是各个系的活动要多一些，都是很小资的活动，有一次，化学系搞了一个卡拉 OK 歌舞晚会，舞会是在一间又拥挤又吵闹的小教室里举行，教室里烟雾弥漫——大学生烟民之多令人叹服，那个时候还没有公共场合不许抽烟的概念。我坐在最后一排，看着一个又一个自我感觉良好，但唱得实在不行的人在台上表演，台下哄笑声、鼓倒掌声响成一片，台上的人却无动于衷，还兴高采烈地频频向台下挥手。这个场面十分滑稽，说明了自恋的人是何其多。

最为好笑的是我的同学杨峰，他的嗓子唱起歌来，母猪听了都会被吓跑，但他唱过之后自己十分激动，向台下猛抛飞吻。台下有人戏称：“再来一个！”他就又扯着嗓门唱了一个。有人觉得好笑又大叫:“再来一个！”以至于那位可爱的傻杨峰，连唱三首，方才尽兴下来，台下一阵哄笑。他下来后一个劲问我：“还可以吧？啊？还行吧？”

我最怕的就是这种自恋又不自知的人了。“你唱得特别好，很多母蚊子都出来开始交配了。”我微笑着说。

到了晚上，学生宿舍内灯火通明，有下棋的、读书的、听音乐的、谈恋爱的，一直闹到晚上十一点半熄灯后，那种嗡嗡声才慢慢地消散。熄灯是突然发生的，一下子所有的宿舍楼就没有一点光亮了，传来了学生的唏嘘声，然后，可以看见有的房间点起了星星点点的蜡烛，校园渐渐地安静了。

4

至于我宿舍的其余五个人，在经过了短短几个月的交往之后，我对他们有了初步的了解。

山东人段海涛，长得又粗又壮，据传说他从小在青岛海滩上光着屁股抓海鱼长大的，游泳的水平好的能吓你个半死，因为他一个猛子进了水里，就不出来了。他长着一个巨大的鼻子，四方大脸，一圈淡黄色的小绒毛，长满了他的脸盘子，单眼皮、浓眉毛，若不是那个鼻子，相貌平常得几乎就没什么特征。他饭量极大，一顿饭吃八两米饭还嫌不够，和班上一个每一顿吃半两米饭的上海女孩，形成了鲜明的对比。

此外，他放屁响彻天地，宿舍人避之不及，或逃之夭夭。他晚上睡觉鼾声如雷，几个室友怎样干扰，都无济于事。平时他手上经常拿着一个六公斤重的铅球，跟傻子似的在校园里瞎晃悠。据他说，这是为了练劲儿。他喜欢打篮球、踢足球，还兼在沙地上翻跟头，但每次他上床，总是忘了洗脚，宿舍里登时弥漫一股子脚臭味儿，把杨峰好心放在窗台上的水仙花，都给熏蔫了。

问他为什么报考 N 大历史系，他乐呵呵地说："不瞒你哥们儿，我想考证一下中国历代哪个皇后娘娘最美，然后就一辈子钻研她，研究一下她的性心理、生理以及她在中国皇帝性爱史上所占阴影的面积。历史阴影学！这是我发明的学问，这包括历史学、考古学、几何学、生理学、弗洛伊德学以及存在主义诸多方面，都可以入手，这可是个大课题，你懂吗？"我连连点头称是。

江苏籍的齐一川瘦得像一根门插销，从上到下又直又没有起伏。他的眼睛大而幽暗，老是一脸愁容地对室友们说，他想长一身发达的肌肉。为了锻炼出强健的体魄，在段海涛的建议下，开始了强身健体计划。

整整一个月的时间里，他为了长肉，吃下过十二只肥母鸡，每天跑两千米，还吃下半头猪的猪肉，三十天过去了，他仍像一根门插销。其实，人胖瘦如何，都是基因惹的祸，与锻炼的关系不大——你是什么体形，早就定好了的。他是全宿舍最懒的一个，有一次把攒了一个月的衣服泡在洗衣桶里，两星期过去了，直到有人闻到一股浓烈的臭味儿，这才追踪追迹，找出了他那只隐藏在床下的洗衣桶，排除了这颗"定时炸弹"。但屋子里那股奇特的化学臭气一直没有彻底消散。

增肥不成功后，他一怒之下一天改吃一顿饭，原因仅仅是因为宿舍楼太高，懒得上下楼。每天起得最晚的是他，轮到他值日，室友们必定没有开水喝，地下的纸片也多得跟秋天的落叶一样。他爱说梦话，一天夜里，竟叽里咕噜地说起了日语——他和杨峰学的是日语，后来据杨峰说，那日语翻译过来意思是：往水桶里放墩布。

当天中午，几个室友凑在一起打算破译一下他的梦话，江晖（马上要提到他）是一个弗洛伊德精神分析理论的狂热鼓吹者。

他说："按照精神分析理论，水桶可以理解为女性生殖器，而往里面放墩布嘛……就是指干那种事情！"我们几个人听了以后异常兴奋，暗自嘀咕：齐一川看起来根本不顶事儿，居然做梦都有这种性意识举动？是不是他已经和女朋友到了非要那样的地步，才在梦中如此的焦虑？大家开始注意他的行踪，但是，接下来的数日观察，我们排除了这种可能性，因为他压根儿就不和女生说一句话，没有任何的女生，包括老乡，和他有来往，我倒是白天黑夜练起了气功，以至于有一天在上考古课时，坐在第一排的他，突然流出了鲜红的鼻血，把那个正在给我们讲课的、头发花白的、以研究杨贵妃的浴池出名的著名历史学家，当场吓了个半死。

宿舍中剩下的三个是本地人江晖、杨峰和归国华侨的儿子廖亦文，他们在一起说话，就操我们听不懂的本地话，叽叽喳喳说个不停。

他们的相貌带有中国长江以南的人普遍的特点：高颧骨、古铜色皮肤、身材矮小，但是特别精干。这里面，江晖是一个出落得比较英俊的小伙子。

他是个摩托车迷，而且自己也有一辆“本田”摩托。每个周六，都会有一个穿一身皮质摩托服的漂亮女人——他姐姐来学校接他回家，这总是让人觉得不对劲儿——谁知道那个女孩是不是他的姐姐？干吗他姐姐和他这么好，到了每个周末都要来接人的地步？这里面肯定有蹊跷，或者，要么他是胡说，要么就是他和他姐姐乱伦，我们这么瞎猜。他风驰电掣地驾着摩托，每周都消失在室友们羡慕的目光之中。

在他的床铺上，贴满了各种摩托车，以及摩托车手必备用具的照片。“我要成为最优秀的摩托车手！”他说。他家里有些小钱，父母开了一家中档饭馆和一家摩托车修理铺，因为这个城市的摩托车比蟑螂一点也不少，到处都是摩托车在大街上狂奔。我是很讨厌南方的不守规矩的摩托车的，它们非常难以防备。

江晖的衣着千变万化，他很喜欢穿时髦的衣服，来找他的奇男怪女也很多，大多穿花衣服，每周络绎不绝，熙熙攘攘，叫人叹为观止。

至于杨峰，这个机灵的本地小业主的儿子，之所以选上了历史系，是因为他从初三就开始追的一个女孩子，考上了B大历史系，并说：如果你考上了N大历史系，四年后毕业我就嫁给你。其实他压根儿对历史就不感兴趣。但是爱情的力量是如此的巨大，以至于他确实也上了历史系。“我只对活人感兴趣，我最恨历史系了，但是我没有别的办法。”杨峰属于仇恨历史系，却偏偏在历史系学习的古怪东西，这对他完全是一种折磨，和二律背反。所以杨峰几乎每课必逃，他躲到一座秀丽的山上一处石桌上给他的慧慧——在北京读历史系的女朋友——天知道现在还是不是他的女朋友写信，每天一封。

据目击者段海涛说，他总是用一种粉红色信纸写信，用粉红色的信封把它寄走，然后，就陷入了等待来信的无尽的期盼和苦熬中。他还有一个可怕的习惯：在每天熄灯之后，室友们都沉入梦乡时，他就用手指扣动墙壁，发出刺啦刺啦的刮擦声。开始把大家吓坏了，后来我们才慢慢地习惯了。这是不是源自于童年的噩梦，大家在纷纷猜测着。每天，他都会躺在床上，看着大家去上课而无动于衷，自己戴着随身听的耳机，热衷于听流行音乐，边听边在床上扭动着他的腰肢，你会以为他在训练着自己的身体，以防和女人相遇的时候，被对方给强暴了。

最后一个要说到廖亦文了。他生就一副假洋鬼子的面孔，说话做派，一股娘娘腔。他的很多亲戚都在台湾，他父亲在本地开的商店，是专门经营花圈和丧葬用品的，而这年头，这里人们的风俗是，在丧事上花的钱，要比在活人身上花的还要多，所以他们家的产业至少有一百万——这是杨峰透漏给我的。

“我这辈子就是为了赚钱，我考上了历史系不过是因为比较好考而已，至于历史是什么东西，我就没有兴趣了，反正我已经上了大学了。”廖亦文这样说。

其实，为什么沦落到历史系，他悄悄地对我愤愤不平地骂了N大的招生人员，说他原来报的是世界经济系，而招来之后，却又把他弄到了历史系。第一学期之后，一向以宽松和改革著称的N大，最终又把他又转入了世界经济系。

他的特点是嘴里总是不停地嚼着什么，许多次我在校园里走路，一抬头就可以看见他那孤独而又坚毅的身影，在一片青翠的背景下晃动，还不停地往自己嘴里塞东西。他一般不会和任何人分享食物，哪怕是杨峰和江晖这样的老乡兼室友。但他也基本上不当室友们的面吃东西，但是，等到晚上一熄灯，他会坐在蚊帐中吃东西，他的蚊帐中那“嘎吱嘎吱”的声音就响起来，和老鼠在聚餐一样。

宿舍这六个人，彼此暗中冲突而又互相忍耐地共同生活着，“日出而作，日落而息”，每天踩着统一的步子生活，做着不同的动作。日子像水一样，在我们身边哗哗流淌，我们像一群鲫鱼一样，在一阵秋风扫落叶当中，很快迎来了期中考试的渔网。

都说N大是全国大学中，风景最好的大学之一。爬到校园里那个小山的山顶，再登临山上的一座高塔之上，我极目远眺，四周方圆几十里的景色尽收眼底。N大此时就像一个安静的孩子一样，睡在小山的怀抱中，几条在青翠的树木之中隐现的白线似的道路，沿着不同的方向通向湖边。这个季节，阵阵花香被一阵风吹来，在山顶盘旋，熏得我打了几个喷嚏。这就是这个季节最浓烈的桂花香。因为是在山体的周围分布着校舍和教学楼，所以N大校园起伏很大，分布成四个区域，像波涛一样，加上两个人工湖，真可是说是湖山凝重，算是一个非常好的读书的去处。当年选择学校的建设新地址的是著名的地质学家李四光，你想想看，地质学家，不就是现代风水先生吗？他看中的地方，根本就错不了。

我记得，过去在N大历史上曾经呈现出短暂光芒的著名学者、校长G先生，在上任的时候说：“N大是老牌子的国立大学，过去英国牛津大学直接承认我们学生的本科学历的，所以，这个牌子不能砸了，我就是船长，带着大家再次出航，没有救生艇，我们必须要再创辉煌。”——G先生早已化为灰尘，遁入历史发黄的书页里了，可是学校虽然排名有所下降，景色和学生的面孔却依然很青葱。

此刻，站在山顶，一览众楼小，我就有一种船长的感受——当然，这对那位尊敬的现任秃顶校长有失谦恭，其实，我作为新生有点傻，也太自大了，这是我后来才体会到的。N大最大的妙处，是一年四季都有花开花落，从不间断。

秋天主要是桂花璀璨，虽然从桂花树上，你几乎看不见那些黄色的星星点点的花瓣。从远处的湖面上，吹来的风不断地吹拂着校园，这个季节，潮湿和凉爽是最大的感觉。在这个金秋十月的日子里，整个校园里都会冲荡着浓郁的桂花香气，这香气太浓郁，很多人喜欢夹寄桂花给自己远方的朋友，以至于我听见邮局的工作人员抱怨，他们在整理信件的过程中，不停地打喷嚏，甚至出现过幻觉，神志昏迷了。由此可见桂花对人的影响力。显然，在那些夹寄桂花的信件中，我想也有杨峰给他北京的心上人寄的信件。

而冬天，校园里靠南边那一片山坡上，红梅、黄梅、白梅在料峭的寒风中傲然开放，各色梅花的花骨朵儿，像一群喧哗而又沉静的公主，高居于树梢枝头，傲然地看着人来人往。校园中还有那么多在冬天照样常青的树木，特别养眼。而且，有时候会下冻雨，冻雨像是一种胶质物一样，覆盖了很多的植物的表面，到处都是昙花一现的冰凌。这里的冬天也会突然下雪的。

到了春天，所有的草坪上，都弹跳着晶莹透亮的绿蚂蚱，它们好像长不大似的，一直都是那么大，秋天来临的时候，就死光了。春天里，在大风吹动之中，有好多天，法国梧桐树果实的几乎看不见的绒毛，全部飘散在空中，人们的眼睛、喉咙都因为受到这种绒球的微尘刺激，而发生一些令人烦恼的异变。一时间，到处都是咳嗽和打喷嚏的人。当恼人的春风停了的时候，校园里一条长两百米的大道边的樱花树，则又仿佛在一夜之间突然绽放，粉里透红，一树满满的全是花朵，像云霞一样飘浮在枝头，美丽得叫人们晕眩，于是学校的樱花节也就开幕了。

因而，那一段时间，在这个城市的鸟笼般的楼群中，居住太久的人们，就会像过节一样，蜂拥进入N大。校园里一时人头攒聚，甚至多达几十万人。我发现，校学生会的一些蝇营狗苟之徒，也乘机开始守在学校的门口，大收门票，大捞了一把，不知道这门票钱到哪里去了。几天之后，樱花就会在一场倏然而至的春雨，或是一场大风中尽数陨落，花瓣在二百米长的大道之上，铺了厚厚一层，令人感伤。但是我从来没有看见一个女生，悲伤地在落花中踯躅徘徊。

我悄悄慨叹，人心不古，N大的女孩子到底没有黛玉葬花的气质，樱花可是白开了。不知道怎么回事儿，我的这句话成为一句笑谈，在我们班女生中广泛流传，令她们恼火和不快。人心不古啊，女生见了我，她们互相神秘地一笑说。但是，确实，虽然是整天和历史诗文打交道的文科才女，她们也全部丧失了葬花的气质与想象，甚至，还嘲笑和鄙夷这样的举动，这当然是退化了。

而夏天，一般是在几天阳光暴晒之后，就突然随着徐徐生起的水蒸气降临了。武汉的夏季是炽热的、漫长的，令人浑浑噩噩，浑身一片黏湿。室友们个个像满头大汗的鱼一样，在校园里奔波，躲避着毒太阳。而各色的玫瑰也开始争奇斗艳，在风中散发着叫人头皮发紧的香气。至于那些木兰花、野柿子树、女贞、棕榈、枇杷和红松、樟树，在季节更换中纷纷变换着时装。到了五月，我发现，一块校园草地中，隐秘地缀满了红红的草莓，那些浪漫的恋爱男女们，忙着采摘这种类似禁果的东西，按捺不住内心和身体的激情，在吃了这种野草莓之后，可能就会干下苟且之事来——这就是N大的四季轮转，和环境带给我们的视觉以及心理影响。

我还要说到建筑。N大校园里，有许多建于民国的老式房子，还有不多的几尊名人雕塑，终日与这些面容苍老、落落寡合的戴着绿帽子的旧建筑相伴。20 世纪 80 年代以来，一些高大的建筑又拔地而起，但顶端再也没有了老建筑飞檐斗拱，仅存留了经过建筑抽象后的绿色琉璃瓦。面对这些散发着时间沉郁气息的建筑，我仿佛透过了许多时间的雾障，看见了许多前辈学者们，倾斜着身子，在阳光底下穿行的身影。他们的影子像一只只孤独的山羊，隐现于发黄的线装书和古建筑的墙壁上。

我们的宿舍离湖水不远，每到夜深人静，湖面的涛声隐隐传来，湖水的气息腥咸、潮湿、神秘，像一张网一样，笼罩在我们的睡眠之上。所以，这所学校和水的关系与距离都很近。每年春天到秋天，整整三个季节，湖边总是有很多游泳的年轻人，那些吵吵闹闹、起伏流畅、凹凸有致的妙龄男女的躯体，把湖边的游泳池都给掩盖了，青春气息和湖水的气息混为一体，在半空中回旋。

这就是 N 大的环境格局和特点。每一个自认为是天之骄子或者诺亚方舟上的幸运船员的学生，都在 N 大这条老船上，学习着新的驾驶技术，以便大部分人四年之后，能够勇敢地闯入生活和社会的海洋，有的则一路读了上去，戴的帽子也越来越高，甚至留洋出海。一茬又一茬的，无穷无尽。从这一点看来，学校真是铁打的营盘流水的兵，因此永远年轻了。

第二章

1

每当我回忆起在大学中快乐得有些忧伤的生活，我就能想起来很多微妙的成长细节。在处于大学生这个年龄段的人，大都在十八岁至二十多岁之间，身体上的生理和心理发育，由不成熟到成熟，这个具体的裂变过程，对于很多人来讲，可能同样和核原子裂变一样惊心动魄，而又瞬息万变。由此发生的故事，也是千奇百怪。

比如，学校里年年都有自杀的人，从高高的楼上跳下来。听说自杀的数目，每年大约是固定的，总是不超过三个人。

为什么这么年轻就要自杀，一开始我还不能够理解，后来我明白了，年轻人处于这样的年龄，情绪非常容易波动，特别不容易自我控制。再说，自杀有个自杀率的问题，像是我们这个有好几万人的学校，自然年年会有自杀的人。

我很快发现，不知道什么原因，我比我们班上的同学要成熟很多。我觉得，这可能和我成长的环境有关，因为，我很早就领悟了生活中艰辛的一面，此外还见过很多死亡，加上西北地区开阔空旷、荒凉野蛮的风景的滋润，我自然显得非常苍老。我自己也经常觉得，和同班的同学没有太多话可讲，他们大多数都很幼稚，没有什么社会经验和生活经验，有的人，竟然把自己的脏衣服每个星期邮寄回家，让妈妈洗好了再邮寄回来。所以，我就喜欢和比我大的人来往。

我进校不久，就与八六级毕业班的家伙们混熟了——他们和我们住一个楼层，有一天我去他们寝室玩儿，发现他们每人拿着一只望远镜，趴在窗台上在聚精会神地望着什么。这时候天已经黑下来了，而他们对面那幢女生公寓，一片灯火。我好奇抢过一个望远镜，在一番由他们指点的视觉猎获过程中，透过望远镜放大的形象，我看到了，在女生公寓洗手间和浴室里，一个个女生那裸体的饱满的身体，还有她们的小腹上模糊的一片阴毛葱葱郁郁。

从镜头中看到这些，我内心响着古怪的声音，但是其实，我已经见怪不怪了。后来，我得知，这个寝室的每一个人，都佩有一副望远镜，以便能随时发现情况，并且“秀色可餐”。我还听说，他们寝室在毕业前的一个星期，为这个望远镜，发生过一点小小争执：有一个家伙嫌那玩具望远镜看不清，一急之下，从家里拿来了一柄单筒海军望远镜，这种望远镜分辨率极高，但不知怎的，看见的人全颠倒了。因而，到了能观赏对面的“伊甸园”美妙风景的时刻来临时，就能看见一个十分滑稽的场面：他把一只小板凳放在桌上，背对窗户坐在板凳上，把望远镜从小凳底下伸过去，头深深地埋下去，这样他才能看到清晰美妙，而且并不颠倒的图景了。

此外，他们还喜欢把空空的啤酒瓶子从窗户上扔下去，发出爆炸的声响，这就是毕业班的家伙们的放肆和活力体现，新生哪里有这个胆量啊。

我发现，学校中令人既开心又感到恶心的，要属“厕所文学”和“课桌文学”了。在学校诸多教学楼、图书馆的厕所中的大便池壁和门板上，那些逼真的男女性生殖器放大图、男女性交示意图，以及一些用词大胆热烈的抒情短文，几乎随处可见。学校想了很多办法清除，也是常清常新。不过，有的东西还比较形象，比如，我在一个厕所中发现有一首打油诗不错：人在人上，肉在肉中，上下游动，其乐无穷。这首诗充分显示了大学学子们，高度的语言概括能力，这肯定是中文系的某些人干的。至于那些具体描绘场景和细节的文字，也很惊心动魄，有的甚至用英、日、俄、法、德、西班牙六国文字分别表述，甚至还有繁体字（这肯定又是中文系的酸老夫子们所为），充分显示出，作为文化精英层次的大学生，水平的高度和深度。

我每一次大便既兴致勃勃同时又感到十分厌恶，毕竟阅读厕所文字，给我带来的快感远远大于排便。难道性爱真的这么猥亵吗？我当时想，这些富有激情的作者们，也许从来就没有真正健康和良好的性心理。至于劳伦斯的《查太莱夫人的情人》那种感人至深的，虽然描写过火，但能使人得到性爱上的精神升华的作品，在这里是找不到的。不久以后，为了配合学校的扫黄政策，学校大快人心的同时，又使我们略有伤感地彻底清扫了“厕所文学”和“墙壁文学”，用油漆彻底粉刷了所有的厕所门板和墙壁。不过，其实这是学生们排遣自己的性压抑的一种手段罢了。

“课桌文学”，指的是学校教室里课桌抽斗的底板上和桌面上的文字，语言活泼诙谐的征婚广告，一些搞笑和讽刺的文章，内容五花八门，涉及政治、经济、科学、文化、文教、卫生等。多年以后，网络文学突然流行了一阵子，我才发现，很多网络搞笑文字，我当年在课桌文学中，已经见到了。我记得有句显得很机智的话：三纲加五常除以二，等于四个基本原则——妙则妙矣，则太调侃了。

身体意识肯定是那个时候大学生们最强烈的时刻。在冬天，热气腾腾的公共浴室里，我发现，一排排站立于浴室水蓬下淋浴的赤身男士们，常常在水蒸气中大声嚎叫，借以发散他们那雄性的威力——因为隔壁就是女生浴室——她们也在进行着同样热火朝天的洗浴操作——因此，先生们能不感到兴奋、能不使劲吼叫吗?

就是在这样的环境中，我开始了写诗，而且写了很多，还在校报上发表了几首。一天，有一个模样憔悴的女人来找我，这是一个校工，她的丈夫也是一个校工，几年前出车祸瘫痪了，卧床不起了。我对她来找我感到很纳闷，我根本就不认识她和她丈夫，找我干什么呢?

“我是你的崇拜者！”她两眼放光，表情多少有些舒展了，而且她总是把她那看上去十分饱满、几乎要跳出来的乳房向我探过来。

我有些不耐烦，“崇拜我什么？我又不认识你。”

“可是我看了你写的诗，发表在校报上的，我很喜欢，我就是你的崇拜者！”她的呼吸急促了起来，身上还散发着一种奇怪的香气。

后来，她经常找我，除了和我谈诗，就是哀叹自己的命不好，摊上这么一个瘫痪的丈夫，要一辈子伺候他。她在我的宿舍里赖着不走，我觉得很尴尬。

我一开始不明白她为什么要来找我，她年龄比我大，而且还是一个文化程度不高的校工，除了有一对巨大的乳房在我的眼前直晃，让我短时间有些慌乱以外，我基本上是很厌恶她的，后来，我的一个高年级老乡告诉了我缘由：

“她呀，是来想和你做爱的。”

我吓了一跳：“你说什么？她来和我做——爱？”

“对”，老乡十分肯定地笑着说，“她的丈夫瘫痪了对不对？”

我有些着急，“对呀，是的，可——”

“那就对了，她这样的女人，因为有个瘫痪在床的丈夫，肯定无法有性生活了，所以她一定是一个性压抑者。怎么办呢？刚好你在校报上发表了诗歌，你当然是诗人和文人了，对不对？”

“文人？我是文人又怎么——”

“她一定以为文人风流，所以才上门来找你了。”

“不太可能吧。”我有些语焉不详，但是觉得他说的很有道理。

“当然是这样的。既然你是风流才子，她就觉得，你可以随便和她上床，满足她的性需求，再说，你也需要这个，对不对？”老乡狡黠地笑了起来。

我生气了，“我……我，真是的，我怎么，我——”我不知道说什么好了，但是我觉得我的老乡说对了。不过，我对这个女人确实一点感觉都没有，简直厌烦透了。我觉得自己很可笑，写了几首诗就招来了这个麻烦。

后来，那个女人再来找我，我就再也没有搭理她。她明白了，知道找错人了，不再来找我了。

我从此再也没有见过这个女人，我不知道她后来如何了？又是如何解决自己的性苦闷的？想起来这个事情就叫我有些尴尬。

很快，我们这些身处于青春期末期的同学，彼此熟悉了之后，渐渐地开始互相拉开距离。似乎每一个人，都意识到了自己是一个孤立的生命个体，生命中有的东西，比如乡愁，是任何别的人无法分担的。

在这样的环境感染下，进校不久的新生，几乎都得了什么毛病。有的思乡，典型特征是，眉头总是笼罩着一层故乡的乌云。有的人开始期盼着能有一次惊心动魄的爱情，于是一个人埋头于港台的言情小说。

至于我，我好像患了一种爱情饥渴症，我一次次地回忆，自己和克秀塔经历的伤心催肺的初恋，以及随后的、不算恋爱的和邓丽娜交往过程中，产生过的一些生理和心理上的骚动。啊，那些不太彻底的身体接触，那些朦胧的回忆，构成了我成长的鲜明记忆，使我很留恋，使我想念那些日子。可是另一方面，我又幻想着，希望在这样优雅的环境里，会有一个美丽清纯的女子，在我完全没有提防的情况下，就在这个美丽的校园里，忽然闯入自己的生活，然后彻底地改变我。

等到一适应学校的节奏和环境，我就开始变得内向和孤独了。每天，我都背着一只旧帆布书包，穿行在校园之中，或者在起风的时候，踌躇于浪涛汹涌的东湖边，看那风吹浪起，脑子里一片空白，神情十分茫然。

不久，像高年级学生那样，我也开始了自己的逃遁，不去上那些十分枯燥的历史课，而是终日躲在图书馆里，去读各种文学名著。因为，我们的共识是，文学著作是人类心灵的慰藉，和满足缺失人生和自我的幻想的唯一的通道。我也没有再去写生画画，画画生涯似乎突然结束了。但是几个月后，伴随着冬天寒假的来临，我渴慕女人和爱情的病症并没有减轻，相反倒更加严重了。

为什么？我后来发现，我读到的文学名著，几乎都是带有叛逆性倾向的作品，比如司汤达的《红与黑》，描述了一心向上爬的青年于连，那狂暴的人生和爱情,他简直可以说是靠着女人的裙子来向上面爬的。这样的人，在今天的社会上仍旧很多。

还有，像英国作家劳伦斯那诗一样火热礼赞性爱的《查太莱夫人的情人》，里面的性描写特别绵密，给我的震动自不必说，我是在一种不断地勃起的状态下,阅读了这本书。而更要命的是美国作家纳博科夫的《洛丽塔》，这本书描述了一个四十七岁的男子亨伯特，对十三岁少女洛丽塔，那令人感伤而带着病态色彩的性爱追逐。这部小说更加的大胆，揭示了人性艰难的处境与选择。这些要命的作品，在我孤寂的心灵中激起的浪花，是如此的巨大，以至于我再次陷入了在初中时代才有的那种性萌动时期的紊乱境地。但是我厌恶手淫，这种无的放矢的方式完全是于事无补。

一定有另外的办法，有一天我突然地亢奋了起来。我现在一点也不留恋过去，那些日子像是可笑的冰块一样在迅速地融化。我一个人漂泊在外，既然已经毅然地走出了那个令我伤感的成长之地，我就不会再回去了。

寒假和第一年的春节，我是一个人在学校度过的，清冷而又寂寞。因此，我感到了无家可归、无所傍依的凄凉。

于是，在大片大片的蜻蜓和蝴蝶重新飞舞起来的 1989 年春天，穿越了整个简短但孤寂的冬天的我，突然陷入了一种“空”的状态之中。这种状态不是空虚和空无，而是一种生命的悬浮感。

当青嫩的草从大地之下萌发，树上开始缀满了新生的鲜嫩叶子，在家过完年的同学们的面孔，越来越多地出现在校园里的时候，我的心安宁而凄凉。有时候，经过一场大雨的浇灌，我被淋得浑身湿透。

面对着洗手间的镜子，我看见，里面映现出一张消瘦、孤独和苍白的脸，我焦躁、病态，有一种不知道风向哪边吹的怅惘。

2

与那个春天开始的同时，我发觉钱在生活中确实很重要了。这里因为是沿江对外开放区，商业气息十分浓厚。在离N大十里远的N市中，可以碰见不少高鼻深目的外国佬，以及说粤语、肤色铜黄的港澳同胞们，他们表情冷漠傲慢，出入的都是金碧辉煌的地方，似乎在挥金如土，过着神秘豪华的生活。

而那些立于街头的巨大广告牌、那些不断变换着图案的霓虹灯以及参天的玻璃幕墙大厦，无一不透漏出商业的威压气息。相比之下，最近在学校里面兴起的关心现实政治的热潮，多少有些虚弱无力和滑稽可笑了。

算是身无分文的我，游走在大街上，每一次校外的游历，都令我感到无助无援。我很穷，每月花的钱，都是舅舅经香港汇来的一笔仅够我生活学习的基本费用。他不给我多寄，也许是怕我养成坏习惯，但是，实际上我的开销也并不少，此前的1988年，社会上有了一次猛烈的通货膨胀。在1989年开年，每月的伙食费就得七八十元，零用五十元，买书、买衣物再加五十元，一个月下来没有一百六七十元人民币，我的日子就不好过。我又喜欢书籍和画册，这点钱根本不够用。

所以，过了第一个学期之后，我十分渴望能赚到钱。而这个时候，班上的同学仿佛都猛然醒悟了似的，并疯狂开始找门路赚钱。他们有的在外面打工（自然是利用课余时间），有的当家教，有的替人抄稿子（一万字十块钱），有的则想办法在宿舍之间搞搞直销，干什么活儿的都有。

同时，校园里，有一些学生合伙开咖啡馆、酒吧、舞厅和杂货摊点、书报亭的，在通往食堂路边的广告栏中，每天翻新的，更多是经济信息：香烟大拍卖、自行车出让、收购旧衣物、倒卖内部电影票等。

甚至有一天，校园里面的广告墙上，还出现了一个代写情书和情诗的广告，落款是中文系的五个才子佳人们，他们为此专门成立了一个写作班和研究会，收费低廉，据说生意还不错。

而我呢，则在本年三月柳絮飞扬的一天，经学校的家教服务中心联系，找到了一个家教的差使。我很兴奋，因为这是我即将改变生活状态的开始。

这一天是星期三，我心情不错，骑着一辆看起来很旧但十分好骑的自行车——这是我花五十元在旧车店买的——向五公里外的目的地骑去。出了学校的后门，沿着一条环绕着湖水的小路走，就是附近的居民区了。我看到，这里的民居建筑很质朴，一般很少有住在高层塔楼中的，大都是低矮的建筑，而且为了在多雨季节的雨水能够迅速流淌下来，屋顶都是坡屋顶。很多法国梧桐树，掩映着街道和住宅，我纳闷这里是什么时候栽种了这么多的法国梧桐树。

我按照地址，找到了一个两层楼的院门前。我朝里看了看，发现院子里面非常安静。许多花盆以令人想不到的方式在院子里呈现着，喷红吐绿，一片灿烂。还有一条晾晒衣服的绳子，横亘在院子里，上面搭了很多洗过的衣服，几乎都是女人的衣服。这是一幢红砖小楼，门窗紧闭，窗户上挂着十分好看的碎花帘子，但是似乎没有人声。

我按了一下门铃，听见屋子里传来了一阵鸟叫——这电子门铃真不错，像是一种欢快的百灵鸟在叫唤，说明主人很有活力，我暗想。

接着，门开了，一个围着白围裙，面容清秀的大眼睛少妇，一边拍着手上的东西，嘴里嚷着“来啦来啦”，一边打开门，看见了我，稍微愣了一下，立即很热情地看着我。“你找谁呀？”她问。

我发现，她操的是温柔的本地语，声音有一种薄海绵的性质，听起来宛若蜻蜓之翅扇动空气，十分好听。

看她模样也就二十七八岁，头发被一个绿色的发卡盘住，身体苗条而又饱满，穿一条蓝色丝质连衣裙，眼睛很幽深，鼻子小巧，嘴唇血色充盈，嘴角上还隐着两个酒窝儿，浑身上下，散发着成熟女人所具有的那种母性和诱惑力。我觉得这个女人属于那种比较好相处的人，心里很高兴。

我介绍了自己，“我叫杜军，是不是你请了家教？我就是那个家教。”

她笑了：“啊，太好了，我是请了家教，想不到他们这么快就找来了，杜军同学，快请进来吧。”

现在，我坐在她家客厅的沙发上。我看到，房间布置得很雅致，漂亮的大鱼缸、别致的壁灯、丙烯壁挂画、茶几以及其上婀娜的文竹，屋角的荷兰铁和巴西木，是大型的盆栽植物，生长得很好，还有随风飘动的碎花窗帘，等等。整个房间里弥漫着一种静谧、温馨的气息，客厅中间挂着一幅风景画，画面上是夕阳下一片无人的沙滩或椰树林。这种感觉很亲切温馨。

我斜靠在沙发上，有一种小船停泊靠岸了的感觉。我现在已经不紧张了。自己的确是一只漂泊的小船，不停地奔波，我是从哪里开始的？哪里又将是我的终点？一直以来，我多少有一些迷惑。

但是，这个时候，我突然地有了踢实的感觉。这真是一种奇怪的感觉。

没有等到我安神，女主人端来了一杯茶。她轻撩裙子，坐在我斜对面的沙发上，眼神打量着我，似乎很友好，“来，杜军同学，喝一点绿茶，你们北方人呀，喜欢喝绿茶，我知道的。”

于是，我们坐下来，开始聊了起来。

“你的孩子呢？或者说，我的学生呢？”我问她。

“没有什么孩子，只有我，黄鹂华，我，就是你的学生。”她那大眼睛在闪烁着，看着我有些目瞪口呆的样子，她觉得很开心，“怎么，你突然有了这么大年纪的一个学生，一下子很吃惊，是不是？”

“你——真的，难道——我很吃惊，我确实没有心理准备，”我承认了，“那，你需要学什么？”

“主要是英文和中国历史，”她说，“我是要出国的，只是为了多掌握一些知识。你看，我是中国人，人家要是问我一些中国历史的情况，我不怎么了解，回答不上来，就太不像话了。”

我多少放心了，毕竟，她要我辅导的我完全可以胜任，不过，英语我也不算太好，但是我基础好，有一段时间，我把一本英语大词典都给背下来了，所以，刚好可以再温习温习。这是很好的机会。

我们最后商定，我每星期来四次，分别是周一、三、五、日的晚上，七点至九点，报酬是每小时两元，每月给我一个整数，70 元。对这个薪酬我很满意，谈好了之后，我很高兴，“什么时候开课？”

“就现在吧。”黄鹂华说。而且，她已经拿出来课本了。首先就是英文的课本。于是，我就开始教她了。

我发现她的英文本来就不错，只是词汇量小，我就有一点弄不明白了，她为什么还要请家教，或者，她还是一个单身的女人，这么上上家教，仅仅只是为了打发时间，找一个说话的人，排遣寂寞？我多少有些疑惑和警觉。不过，确实，男女搭配，学习不累，很快，两节课就过去了，然后，她又端上来茶水。啜饮了几口香甜的茶，我起身要告辞的时候，女主人黄鹂华挽留我：

“在这里吃饭吧，反正，你回去也是要吃饭的。和我一起吃吧，我的手艺非常好的。”她说话的语气和手势不容抗拒。

“好吧，那谢谢了。”我就势又坐了下来，觉得心里很高兴，随手翻看着一本时装画报。这本画报里面都是穿着有些暴露的狐狸精。

她到厨房去了。女主人一边在厨房切切弄弄，一边大声地问我，“我的杜老师，你多大了？”

“刚刚过了十九岁生日。”

“你不像只有十九岁。倒像有二十四五呢。你比一般的大学生显得成熟，啊，你是哪里人？”

“西北人，说起来，你可能不相信，我是新疆人。”

“新疆人？”听上去她确实有些吃惊，“新疆人不全是维吾尔族人吗？”

“我不是维吾尔族人，我是在新疆长大的汉族人。”

“也难怪，西北人缺水就容易显老，你一个人跑这么远来念书，事事全靠自己，不容易啊。”

“有什么不容易的，很容易。没有什么了不起。”我说。

“我是说，像你这样当学生的，离开父母，真是很不容易的。”她说。

“嗨，我是个男的，本来就应该四海为家的。再说，我的父亲已经去世了，家里的母亲，自己很能干，不用我怎么操心的。”

她听到我的父亲已经没有了，多少有些惊讶，“啊，那太遗憾了——你喜欢吃肥的肉还是瘦肉？”

“都可以，什么都行。”我说。

这时，门铃响了——又是一阵清脆的鸟叫。似乎有人来了。女主人黄鹂华跑去开门，只见一个戴着近视眼镜，颧骨突出男人的脑袋探了进来：“你有老虎钳子吗？我要钉一下窗子。”

黄鹂华笑着说：“你呀，肯定又在倒腾你的电视机了。你等一下。”一边忙着转身去找钳子。

瘦高个子钻进了屋子，我站起身，互相点头微笑。

“你是新房客？”他问。

“不，不，我是她请来的家教，我是N大的学生。”我答道。

那个人笑了笑：“哦，我是她的房客。我在N市仪表厂工作，是搞技术的。才结婚，但是厂里没房。这不，就在她这里租房住，已经半年了。房主人——她还不错，人很好的。”说到这他压低声音：“她是一个留守女士，老公在国外，平时一个人怪孤独的，但她人的确很好，经常减免我的房租水电费。”

这时，黄鹂华已经从另一个房间里走出来，手里拿着一把钳子，递给瘦子。“你好好装你的那个宝贝东西，别又弄得多出来几个零件了。”

“我不会像上次那么笨了。”瘦子哈哈笑着走了。

他走了之后，黄鹂华笑着对我说，“这个人，特别好玩，因为是搞仪表的，所以喜欢把自己家的电器，拆了然后重新装，但是上一次，他拆装好了家里的电视机，可是却多出来三个零件，而他的电视机照样能看，你说这够有意思的吧。”

“是够神的了。”我也笑了。

“好了，我接着去做饭，你先坐着，很快就好了。”黄鹂华起身去厨房了。我注意到她的背影，她的背影圆润宽阔。女人的背影，能够表现她的生活中不被人注意的一面。那是一种渴望解除孤寂的感觉。

但是我没有深想，我开始从客厅的书架上翻阅一些书籍，发现她的兴趣很广泛，她看书很杂，都是一些有趣的书。比如一些讲述昆虫的性生活的书，就很有意思，也不知道，她读这样的书，会不会联想到人类本身，或者，联想到她自己的生活？

大约过了半个小时，她已经把饭做好了，一阵忙乱，饭菜都上桌子了。“哎呀，很简单的，你就凑合着吃，咱们开饭吧。”她很轻松快活地招呼我。

我坐了下来，我看到，菜是一些蛤蜊、螃蟹、银鱼等河鲜，尝了一下，觉得十分可口。我非常兴奋，因为学校的大锅饭特别难吃。“很丰盛，我算是有福了。”我没有客气，就和她一起吃了。想到学校食堂那散发着一股焦糊味儿的饭菜，我就皱起了眉头。

她明白我的表情，“你们学校的伙食肯定很不好。”

“对，上次我同宿舍的一个同学，打稀饭的时候，发现稀饭里面有一个疙瘩，我以为是红薯疙瘩呢，还特别高兴，说今天自己是捞着了，结果一咬，发现那东西，竟然是一只老鼠，可把我们给恶心坏了。”

“是够恶心的了。那后来呢？”她感到很有兴趣的样子。

“后来，我们当然不会放过食堂，就游行示威，包围了这个食堂，要厨师亲自把那个老鼠吃下去。”

她对我讲的这个细节很关心，“后来呢？”她眯着眼睛看着我，一瞬间，我觉得十分被打动，就是那种被期待和被倾听的感觉，我说，“后来？学校当然会护着食堂，不会让厨师把那个死老鼠吃掉，但是我们还是得到了保证，伙食的标准也提高了，质量也进步了，然后学校还降低了一些饭菜的价格。反正，比过去好些了。”

“这就是因祸得福了。大学里吃的米饭都是陈米，我是知道的。你要是喜欢吃我做的饭，就经常来吧，不教我的时候，也可以来，我平时一个人吃饭，也没有心气儿做饭，反而觉得吃饭不香。”

“我妈妈很早的时候就说过，‘一头猪喂不肥’，就是这个道理。”我说。

她听了，哈哈笑了起来。也许我的比喻不太恰当，把她这个美丽的少妇和我一起比成两个猪，这个比喻太出乎意外，所以她才大笑了。她笑的样子很大方，也很开朗，脸上有两个美丽的几乎是若隐若现的酒窝，闪了一下，倏忽间又不见了。

初次的授课与随后的晚餐令我意外地惊喜，我很满意，也非常兴奋。

那天，我骑车回到学校时已经很晚了，看见宿舍楼一片灯火通明，而校园阴暗的角落里，也到处已经飘满了爱情的萤火虫，那是恋爱的情侣们发亮的眼睛。

早晨我到那片草地上读书的时候，意外地发现了一只装满了液体的避孕套。他妈的，他们怎么总是在气我？

3

这个城市的春天很短，一点也不比北方的春天长，所以，好像是突然之间，天气就变得热了起来，漫天的柳絮像雪花般飘过之后，法国梧桐的绒球小果实，也开始飘落了，空气中弥漫着那种呛人的小绒毛。

很多学生戴上了口罩，这样的情况持续了几天之后，校园里开始大面积铺洒夏日的阳光。暴雨侵袭之后就是烈日当头，一股股白色蒸汽，不停地从地底下蒸腾而起，当一些蝉暗哑地叫了几声之后，大家才猛然觉察到，这个城市特有的漫长、潮湿和炎热的夏天即将降临了。

确实，夏天是不好过的，因为很湿热。我们寝室在这个夏天来临之际，也开始热闹了起来。每天，山东人段海涛那双运动过量的大脚，又开始散发出浓烈的臭味儿，在通风设备不太好的屋子里弥漫，几乎令人捂鼻就跑。似乎大家都不太注意寝室的卫生了，白天里，寝室里到处都是烟头、碎纸片、方便面袋，还有遗落的围棋子儿、鞋垫儿、抹布、书籍，等等。原先制定的寝室卫生规则，诸如一人值一天班，包括早晚各打两次开水，扫一次地，整理一下桌子。而现在，由于高年级那种懒散毛病的瘟疫般的传染，我们寝室内也变得一片狼藉了。

我们这些家伙不像上个学期那样勤奋或者装作勤奋了，每天都开始睡懒觉，因此逃课是经常的。我们后来都发现，历史系的课，比想象的还要沉闷和无聊，发臭的历史和血腥的历史、充满了阴谋的历史，都是我们这些血气方刚的人所不喜欢的。

六个人中，有四个人早晨起来不叠床，摊开的被子散发着夏日雨季之中的潮湿气息。而夜晚降临的时候，先是廖亦文躲在蚊帐里吃东西，发出"嘎吱嘎吱"的声音，使饥肠辘辘的室友们，不停地在各自的蚊帐中吞咽口水。接着，就是杨峰那令人揪心的指甲抠墙声。然后，就是段海涛那惊天动地的鼾声了。

这还不算什么，最叫人发怵的是"气功大师"齐一川，他每晚都要坐着睡觉，常常在夜里梦游，有时候会突然掀开来在下铺睡觉的室友的蚊帐，睁大眼睛观望着熟睡中的室友，这是很令人恐怖的事情。

一天夜里，我好不容易在千思万虑中才睡着，半夜，被一阵响动惊醒，我睁开眼睛，只见一个黑黝黝的人头探进蚊帐，我十分恐怖地大叫一声，"谁？"拧开手电，灯光所照之处，发现竟然是齐一川，他那梦游者的苍白瘦弱和焦躁的脸，以及他那茫然无光的眼睛，活像一个死人。

"你要干什么，齐一川？"我吓坏了。

齐一川被震动了，他似乎清醒了过来，"对不起，我……我搞错了。"然后他就又乖乖地回到了自己的床上。

在这样的环境中生活，我每天都像老鼠一样警觉。我们都日益地变得内向了。渐渐地，寝室里的人分为两派：一派是本地人江晖、杨峰、廖亦文——他们的特征是每周六回一次家，喜欢大声说话，在不该扔东西的地方扔满废物，还有一副鼻孔朝天、爱理不理人的当地人的姿态，彼此猜忌，假装豪放，又都很小气。而另一派则是齐一川、段海涛和我三个外地人。我们的特征是脚臭，打呼噜，梦游，随地吐痰和进行拳击训练。我们两派人，彼此互不侵犯，友好相处，谁也不欠谁，谁也不管谁。

渐渐地，齐一川一个人，又从我们这派中分离出去，他那麦秆一样的身影，整天在校园里晃悠，很少和人交谈。一开始，大家以为齐一川有女朋友了，但是仍旧没有看见他和任何一个女孩子在一起过，我倒是在六楼的平台上，偶然隐约看见他和一个男同学搂搂抱抱的，把我给吓坏了，难道，齐一川是一个同性恋？因为是晚上，所以我觉得自己可能没有看清楚，这个事情还是要继续观察。

倒是我与山东人段海涛日益地亲密起来。这首先表现在我们每天都把对方打得鼻青脸肿的拳击训练上。我放下了绘画，但是练起来了拳击，无处发泄的青春激情，都通过拳头击打出去。

毕竟，在几平方米的面积中生活着六个人，空间是极其狭窄的，于是我开始想办法搬出去住了，我实在受不了寝室里形成的各自为政的阴暗气息。渐渐地，每个人都是一堵墙，看不见一扇窗，见不到一个健康活泼的灵魂，每个人各怀心腹事，表情隐秘复杂地生活着。最后，我打定主意搬出去，不过，一直没有找到合适的地方。

我发觉自己还是很有耐心的。比如当家教，那个比我大八岁的“学生”黄鹂华，真是既聪慧又调皮，在我上课的时候，经常和我争论，而且，有时候她很固执。对历史的看法，比如对历史上一些女人的看法，就特别执拗，像是对武则天、慈禧太后、杨贵妃、秋瑾，等等，都有自己的独特看法。

一句话，她不喜欢那些被男人塑造的女人，觉得这些女人都是男权社会和男人手中的玩物，令我感到多少有些荒唐的是，她竟然很推崇潘金莲，认为潘金莲是中国女性解放的先驱。而像是《水浒传》中的一些女侠，她觉得这些女人，在男权社会中完全变成了虚假的的女人。

“他们，男人们把潘金莲给妖魔化了，实际上这是一个勇敢地追求自己的幸福的女人，你说呢？”

我笑了，这样的观点很新鲜呢。“潘金莲，没有一个男人愿意找这样的女人做老婆的。没有的。”

“那，你想想，她的丈夫可是一个算是侏儒的武大郎啊，而且，看来他没有生育能力，他们没有孩子，是吧？”

“《水浒传》上没有说。”我有些迷惑了。

她的眼睛发亮了，“你说到《水浒传》我就来气了，《水浒传》是我最讨厌的一本书，它中间塑造的女人，像是孙二娘、一丈青，等等，大都是男性化的，而且确实只有这样，她们才能够获得生存的机会，不信你仔细看看。”

我觉得现在和我谈论男人和女人，确实有些为期过早，这个问题我自己还没有太明白呢，“你是一个女权主义者，”我说，“我说不过你。我太小了，什么是女人，我还不太明白呢。”

她看着我，意味深长地笑了，“啊，是的，你确实还不知道什么是真正的女人——真的是这样的？”她看着我，顾盼流彩，十分调皮。

我的脸有些红了，我强硬了起来，“女人的滋味我还是尝过的，怎么——”

看到我有些示威了，她又笑了，“我可不是女权主义者，我只是一个——女性主义者罢了。这两者之间，是有着很大的差别的。”

“有什么差别？不都是想把男人打入地狱吗？女权，女性，有什么区别？”我根本就不相信她的鬼话。

她很兴奋，看来这个话题是她最拿手的，我中计了，“不……不，女权主义是和男性对抗的主义，女性主义很温和，只是提醒男权社会中的男人们，要尊重和考虑女性的一些感受和真实存在。”

“一回事儿，”我有些不以为然，“我不相信女人没有了男人，能自己造出来孩子。”

“怎么不可以？可以有人工授精呀，对不对？”

这个疯狂的狡猾的女人，她这样逼我到底是为什么？“那，没有了做爱，男女之间就没有什么乐趣可言了。”

她笑了，“你就是这么看重做爱？”

我的脸更红了，“对了，怎么样？难道男人和女人在一起，还有别的乐趣可以说，可以干吗——”我觉得自己有些失言了。在不断地交锋之中，我发觉自己变得婆婆妈妈和性情暴躁起来。

看着我也许要发怒了，她站起来，摸了摸我的头，“行了，我去弄些吃的，你呀，还是一个孩子！”

就是这样，每一次，我除了教她英文与历史之外，实际上，我们也是互相在学习与辩论。渐渐地，我了解了她是一个非常热爱生活的人。她教我辨识各种小动物和植物，还教我玩玻璃球游戏，并且领我去电子游艺机房玩电子游戏。这个寂寞的少妇和我很融洽，显然，她很喜欢我，不讨厌我。

此外，黄鹂华有时候说话很幽默，她的幽默是一种很机智的东西，经常逗得我哈哈大笑，具有幽默感的女人并不多见——这种幽默感在短短几天中，就使我们由陌生变得熟悉起来。

黄鹂华也上班的，她在一家中外合资的电脑公司当职员，每天工作七个小时，薪水很高。但是她似乎经常不去，似乎公司对她也没有太多的苛责，更多的时间，就待在家里打毛衣，也不知道她是给谁打毛衣的。课间休息的时候，我可以看她家的彩色大电视，这是学校没有的条件，而黄鹂华就坐在一边的沙发上，翻翻画报，打打毛衣，间或打一两个哈欠，和我随便闲聊。

她对我们大学生的生活很感兴趣，总是问这问那的。不过，我开始感受到她身上独有的女性气息，女性的魅力，即使是她那不经意的慵懒的表情，和打哈欠的动作，也很吸引我的目光。我在发生变化。

随着我在她家当家教的日子一天天长了起来，我就越来越感觉到，女主人黄鹂华身体热量的存在。她就像是一团暖暖的火，在我背后——两米远的沙发上，向我辐射着热量。她身上所具有的那种成熟女性的细心、开朗和大方的美，细腻地震动了我。

我的嗅觉变得敏感了起来，因为，她身上总是飘着一种十分清淡悠长的气味儿，这是她独有的体味儿，她一靠近我，我所有的神经、感官，都立即笼罩着一层清淡的香气。而这香气的来源，我猜想，可能就是黄鹂华柔嫩的皮肤、神秘的腋下、洁白的脖颈与隆起的前胸。这些地方，都是她的汗腺发达或者性征突出的地方，令我开始迷醉。我觉得自己渐渐地被她吸引了。

对于这种状况，我觉得有一些害怕。我慌了。

毕竟，在我看来，黄鹂华是一个十分成熟的女人，她对如何对付男性是有些经验的，因为她是一个结过婚的女人，有过和男人生活的经历。而很多比我大的男人告诫我，成熟的女人是毁灭者，她们可以摧毁一个正在成长中的男孩子所有的矜持与幻想，把你完全给毁掉。

但是，我分明地觉得，成熟的女人又是一个巨大的旋涡，是那种不断地向旋涡内部旋转的旋涡，呈现了巨大的吸食力，使你无法躲避。现在，我清楚地知道，我似乎正在不自觉地陷身于这个旋涡，即使是奋力挣脱，也无法自拔了。

有一天，在我们上完了预先准备好的家教课，我正准备离开她家的时候，借着台灯光，我不经意地从她的衣领处，窥探到了她那一对异常丰满的乳房。那个时候，是她低头整理自己的裤子，掸去衣服上的一根不知道从哪里出来的小毛毛的时候，就是在她低头的一瞬间，春光乍泄了。

哎呀！我心中巨响了一下，油然地升起了一些温暖和欣喜，有一种窥视般的犯罪感，不过，还有一种欣快和愉悦。此前，我觉得黄鹂华是一个具有母性色彩的女人，我尽量地把她想象成我的大姐姐，但是，现在不行了，尤其是最近一些天，她的身影总是可以勾起我的很多性幻想。

我慌乱地起身，赶紧就离开了她的家。

打那天她算是春光乍泻之后，我去她家上课，就开始成为一件既吸引我，又强烈地折磨我的事了。俗话说，不怕贼偷，就怕贼惦记，这是一个老话了。所以，我起了贼心之后，就特别喜欢到她那里偷窥——

告诉你吧——即使不是上家教的时间，我也会悄悄地溜达着到她家附近，远远地看看她在干什么。可是，我不敢被她发现。而每到星期一、三、五、日，吃完晚饭——学校食堂一般是下午五点钟开饭，之后，我就什么也干不成，在校园里，像一条焦躁而又悠闲的狗一样，一直溜达到六点四十五分（整整 105 分钟啊），然后，我就急不可耐、又有些犹疑地驱车前往黄鹂华的居所。很快，我就抵达了那个二层的红色砖房下面，去沐浴每周定期四次的女性之光的辉耀。

我拒绝了她要我早早地去她那里吃晚饭的邀请，就是为了减少我们在日常生活中接触的时间，可是我知道这样是没有用的。

黄鹂华对我也越来越好，经常给我做夜宵，晚上，九点钟，家教结束以后，再留我坐下来，喝半小时的茶。在这每一次令我非常兴奋愉快的半小时中，她给我讲她的公司，她的生活，渐渐地，我们谈到了很多东西，包括非常私人的东西，比如身体的意识，成长的困惑，初恋的感觉等。

看上去，我们更像是一起探讨的同伴，企图一起解决人生的困境。我则讲自己校园的生活和校园生活的繁杂与贫乏，有时候，我喜欢吹牛的毛病又犯了，于是我会给她说自己过去和坏女孩子打交道如何有经验，她看着我，十分狡黠地笑，肯定，她已经看透了我，可是我却浑然不知，仍旧在那里吹牛。

有时候，我去得早些，她还没有回来，但是我知道钥匙在哪里，我会自己打开门，走进屋子，这个时候，我会突然抓住她的一两件挂在那里的小衣服，疯狂地、深深地闻着这衣服上面残存的她的气息，陷入一种精神的狂迷。或者，我会走到阳台上，面对夕阳，感受着黄昏之美。一般在这个时候，黄昏尽力地在天边铺展着，无穷无尽，有一种深沉的东西弥漫在空中。我观察着黄昏的光芒，在这间两层小楼里像是舌头一样伸探，然后我开始画画，就画这样的黄昏。我的心情很焦躁，也非常甜蜜。

去阳台的时候要经过主卧室。每一次走过她睡觉的那间屋子，我都忍不住向整理得干干净净的床上看一眼，我捕捉到的，全是橘黄色的阳光，在柔软的床上低语。我想象着她在这张床上的睡姿，悄悄查看她的身体留在床上的压痕，那里有一个凹陷，那是身体的重量形成的流线型压痕，确实隐约地存在着，并且被我欣喜地找到了。然后，我突然像是一个流氓那样，向这个影子扑了过去。

我这个时候才注意到，在她的卧室的侧面的墙上，挂着一幅画儿，是超现实主义画家德尔沃的作品，叫《访问》，画面上，一个很小的男孩子，走进了一个屋子，里面站着一个裸体的成年女人，像是维纳斯的塑像那样美丽的裸体女人，两个人猝然地相遇，彼此都有些震惊。

这是一个小男孩对成年女性的造访。我感到震惊，感到有一种神秘的力量在使我向她——这个成熟的女人走去。

我知道这幅画的来由，是画家德尔沃展现他自己在少年时代的一次记忆。有一次，他偶然进入浴室，看见了母亲的裸体。我不明白，这幅画是什么时候挂在这里的？它又意味着什么呢？难道，我也像是画中的那个男孩子，在进行着一次向成年女性的“访问”，一种成长的仪式？

4

随着夏日的伸展，我和黄鹂华之间的关系越来越融洽。很快她就叫我“杜小弟”，而我叫她“鹂姐”，这真是一个十分亲近的称呼，表明我们已经进入一种有些复杂和暧昧的关系里。

并且，我日益地感觉到她有一种自己无法抗拒的磁力，在把我和她的距离使劲拉近。但是，我同时也有着很大的疑惑，因为，她是有男人的，只是那个成熟的男人，在黄鹂华生活中出现的男人，现在不在她的身边而已。我突然对她的男人，那个像是影子一样存在又不存在的男人，产生了强烈的想象和好奇，可是，我总是找不到机会，问她这个困扰我的问题——你的男人，是一个什么样的人？

终于，一次闲聊的时候，我得知，她丈夫原来偷渡去香港了，“后来，一直没有他的消息，我在想，他是不是已经淹死在大海里了。”她有些伤感地说，“或者，在香港早就又娶了一个老婆，不会再和我联系了？”她有些忧伤。

“我的黄昏画得怎么样？”

她有些惊喜，“啊，太棒了，我的大画家，看来我还要向你学习画画了。”

说这些的时候，正是一天的黄昏时刻，我很吃惊，因为淡黄色的阳光，非常令人哀愁地铺展在屋子里，那一刻要发生什么了——我们两个怔怔地站着，彼此相望，然后不知怎么回事儿，我们就缓缓地拥抱在一起了。

这个时候，我们都害怕分开来，彼此都把头埋在对方的肩窝里，很长时间，都没有动弹。但是除了拥抱，我们没有干那个事情，因为我们似乎都很紧张。

这是我们第一次的亲密接触。

“卧谈会”是大学生宿舍文化的一个重要现象。因为学校是定时熄灯，这是雷打不动的，在每天晚上的十一点半。所以，每天十一点半，熄灯以后，忽然，我可以听见，宿舍里面就在一片哀鸣中，黑暗了下来，他们吵闹了一阵子，就接受熄灯的现实了。这个时候，室友们会在黑暗的房间里，各自钻进自个的被窝，拉下蚊帐，但是有的人一时间还睡不着，于是大家就进行卧谈。

这就是卧谈会的成因。

由于年龄相当,加上已经初步适应了学校的生活,卧谈会上谈话的内容,大都以女人为主。

每天晚上的时候，灯突然地熄灭了，在床上的卧谈会就算是开始了。卧谈会的主题鲜明，男生就是谈女人，谈论的内容丰富，包括我们过去和女人之间的曾经有过的交往和神秘的体验，也包括给班上的女孩打分，对认识的比较称心的女生，进行描述和评比，选出最中意的等，也是满足男生对女生想象的一种释放。

大家纷纷发表看法，赞扬或贬低正在谈论的对象身体的某个部位，借以满足自己的性想象力。

后来,我听说女生也有“卧谈会”,她们的卧谈会自然以评价男生为主,确实是彼此彼此啊。看来，男人和女人都是一样的，女人也有好色的成分，我们都关心吸引彼此的情况和动向。

我发现,男生们,几乎每个人,都把自己曾经经历过的情感夸大其词了,这些小公鸡，连毛还没有长齐全呢，就吹自己搞了多少个女人了，真是叫我觉得可笑。其实，绝大多数家伙的情感经历，都是高中时代忙于应付高考之余的柏拉图式的精神恋爱，这一点我完全知道。

就拿我们宿舍的几个人来说吧，其实所有的家伙都是童男子，连我那种见识过女性的身体，比如和与邓丽娜一点接触的性经验，可以说都不会有。甚至有人还在大吹自己的性经验（比如江晖、杨峰、段海涛等）如何丰富，过去如何把自己的女朋友给办了，那就更加可疑了。这个时候，我却往往缄默无语。

因为，每当我在黑暗之中，嗅着蚊帐里又潮又热的气味儿，带着鄙夷，听着其他人在那里，大谈什么女人性高潮的表现，以及自己如何如何神勇，我就觉得极其可笑滑稽，可怜的家伙们啊，都是青春期惹的祸！

这个时候，在我的脑海里，晃动的全是黄鹂华的音容笑貌。她那张健康、成熟、明媚的脸，忽远忽近，在朝我笑，而她那饱满的身体飘飘摇摇，袅袅娜娜也在向我走过来。我甚至感到她已经来到了我的床边，掀开了蚊帐，把她温热的身体送了进来，我得承认，这使我常常梦遗。

这个秘密，是我无论如何也不能和同宿舍的只会吹牛的家伙们分享的，我一般就总是一声不吭。

上一次，和黄鹂华那浅浅的拥抱，使我完全感受到了她那成熟女人身体的热量，和具体的形状，甚至给了我她身体所占有的空间感。因此，后来我犯病了，你看，我有时候甚至犯了呆，会在旁边没有人的时候，伸出怀抱去拥抱想象中的黄鹂华，实际上，我拥抱的确实只是空气。

看来，我的确非常危险，已经到了悬崖的边上了。

而白天里，逃开枯燥的历史专业的课程，躲进图书馆，在我阅读的那些大量的、带有性反叛和性反常色彩的文学作品的鼓励下，我的信心又恢复了。哎呀，我总是读到那些被情欲煎熬的勇敢者，最后突出重围，获得了爱情与身体的解放的故事，于是，我被鼓足了勇气，打算向前迈进一步，和黄鹂华来一个更加近距离的接触，也就是，我要深入她的肉体和心灵，哪怕前面等着我的，是火海与深渊。

每一次，我站在她家门前，我在按响了门铃，很快就听到了黄鹂华清脆的应答声的时候，我的心，便像水中落下一块石头一样，不断地迅速地扩展着涟漪，骚动而又安宁。这样的感觉甜蜜而又令人惆怅。

自从上次拥抱之后，我们之间，似乎已经产生了某种默契。我去早了，就在她那里吃饭，我会帮她在厨房里忙活。在她温声细语的指点下，我很快就掌握了一些基本的烹调技术，比如，她喜欢吃海鲜，如何用姜和蒜来炒蛤蜊，如何清蒸对虾，如何蒸螃蟹。我像一个好学的孩子一样，很高兴地学习这一切，而后，就急不可耐地等待着，她品尝之后的褒奖。

实际上，后来，她，黄鹂华，已经变成了我的老师，生活的老师，感情的老师，在引导着我向一个成熟美妙的境地而去。这个过程是那样的美妙，需要我仔细地品味，慢慢地把握，直到那柳暗花明的一刻出现。

现在，我已经熟识了她身上散发出微甜的香气，她有时候也用一点香水，这种香气使我头晕目眩。

“你身上的味道总是让我头晕。”我甜蜜地抱怨到。

“哎呀，那怎么办呢，我总不能不用香水吧。”她轻微地感叹道。

而且，在离近她的时候，我发现她的睫毛很长，像是一排漂亮整齐的雨刷，她的眼睛，则像一枚小杏子那样，向上轻轻斜挂着，非常妩媚。最令我惊叹的是她那纤直的鼻梁，和小巧而又鲜嫩的嘴唇，这一个部位所构成的迷人区域。

而她的脖颈像花瓶，十分流畅，乳房所呈现的，则是不可压制的弹性隆起美，加上她那从腰到臀的落差，流泻出来的弧线，这一切都令我，一个热血腾腾的、正在走向成熟的少年所惊羡与觊觎，我简直都要疯了。

我总是安慰自己，热爱美好的女性，是男性的基本权利，我为内心对她产生的强烈的情欲，在进行着自我辩护，我在竭力开脱自己，想即使和她发生任何事情，都应该与道德无关。

其实，对我构成了压力的，恰恰是道德的压力，因为她比我大，又是已婚妇女。我甚至有些抱怨：是她一直在诱惑着我，吸引着我，但是自己却不主动地走出最关键的一步，只是期待着我走出禁锢的自我。

可是，我哪里能够找到一个勇敢的机会？有些可能要在我们之间发生一些什么的时候，在我的胆怯和她的避让之间就错过去了。

于是，我比过去更加专注黄昏了。

忧伤的黄昏尽情地铺展，在下午到晚上过渡的时刻通进房间。我经常逃课，然后就到黄鹂华那里去。如果只有我一个人，我就会在时间悄悄地流逝中发呆，一直到黄鹂华下班回来。

值得一提的是，有一天，黄鹂华不在，经她吩咐，我帮她重新安装床架，在搬动被褥的时候，从枕头下面，掉出几只透明的避孕套，令我无法回避地进入了自己无尽的幻想：这个东西，她用来干什么？是在暗示我吗？还是，她有别的情人？我为自己的猜测所折磨，我一下子非常焦虑，觉得非常苦恼。这一天，是我最为焦躁的一天。我等待着她回来，准备问问她这个东西是她用来干什么的。

六点钟，她下班回来了，我给她开了门。

这个时候，本来安静的房间里，立刻充满了人的温情和生机。给她开门的时候我想起来，过去，在我上门的时候，她调皮极了，会制造各种圈套，来叫我上当，诸如半开的门上，放着一只盛着少许水的水盆（这足以叫我变成一只落汤鸡），在递给我纸盒中，藏着我一打开，里面就会猛地跳出来一只绿色的大蚂蚱，等等。

“我的胆子很小，你别折腾我了。”受尽了苦头的我曾经求饶说。

“是,你是太胆小了。”黄鹂华当时似乎是不经意地说,但是这句话中间,是不是又蕴藏着无尽的玄机与提示？我不太明白。

现在，她回来了，我假装不明白就里地把那些透明的小套子拿出来，又假装纯真地“哎呀，鹂姐，这是什么东西呀？在你的枕头底下发现的。”

她的脸立刻红了，一把拿了过去，“啊，那是我丈夫过去留下的东西，昨天，我从抽屉里面翻出来的，就是一种工具呗——”她忽然很怀疑地看着我，“你是真的不知道，这是什么东西？”

我仍旧假装天真，摇了摇头，“不知道，你说，这是干什么呢？”

她看着我的表情，明白我在撒谎，“坏小子，这是避孕套，是套在你们那个不听话的小东西上的。”

我假装恍然大悟，“啊，原来如此。那你的先生——”

那天，她终于和我谈到了她的丈夫，她说，“他是一个内向的男人，不爱说话。”然后，她讲述了那个生死未明的男人的情况，他的性格（阴郁，内向）、爱好（喜欢吃生鸡蛋和猪尾巴）、气质（像是一个诗人）等。“真的，一点他的消息都没有，也不知道他是不是已经偷渡成功了，或者就是真的从此从这个世界上消失了。”

“能不能让我看看你过去的照片？”我忽然很想知道她少女时代的样子。她犹豫了一下，终于同意了。

她去卧室，在一个柜子里翻了半天，拿出来一些她过去的影集。我知道，这是她向我展示自己过去生活的时候，我很高兴有这个时刻，这说明，她的很多私人生活，就是在这个时刻向我敞开了。

这个时候，我们坐在一起，共同翻阅她那十几本相册，一边翻阅，她一边给我解读着那些照片背后的生活。

说实话，我轻微地有些失望，因为在我看来，她的生活，就像是任何一个循规蹈矩的女人一样，没有什么特别的。甚至她那些给我念叨的成长的小故事，和她同年龄的人，都是重复的，没有什么特别之处。

但是，有一点我觉得有些神奇——一个豆芽般的女孩，最终长成了我眼前这个成熟性感的大胸女人，一个浑身有着诱惑人的性魅力的女人，这个过程还是非常奇特的。可是，它是怎么发生的？是不是靠男人的催化剂？

我还是没有看到她和她的丈夫的合影，就问她，“你和你的丈夫的合影，没有吗？拿出来吧。”

她稍微迟疑了一下，从最下面拿出来一本相册，看我的目光有些意味深长，“全在这一本里，我已经很久没有看了，都在这里了。”

那一天，橘黄色的黄昏在渐渐地黯淡，我们一起看那本相册，相册里面，全是她和她丈夫亲密的场面。哎呀，我受刺激了。那些照片上，他们搂搂抱抱，卿卿我我，甜甜蜜蜜。我有些难过和特别的不高兴，但是我假装若无其事，问她：“他现在到底在哪里呀？怎么他……”

“我也不知道，这算是活不见人，死也不见鬼啊，让我牵挂和难受。”她哭了起来，宛如梨花带雨，一副楚楚可怜的样子，此时，她似乎非常无助。我顿时感到很内疚，因为我实在不应该让她想起来这些该死的伤心事。

可是，就是在这个时候，我身体的内部，立即腾起了情欲的巨大火焰，我根本就无法控制了。我们一直没有动窝，就斜坐在沙发上，我看着她，她看着我，都明白有些事情要发生了。在一阵静默之中，我们拥吻了。

在我们呼吸的急促中，我把手伸进她的裙子，试探到一片奇异的风景。她几乎控制不住自己，但是，仍旧制止了我：“不要，好不好，不要。”

我有些灰心丧气，停了手，心不在焉地坐在这个肉体炸弹旁边。我们继续翻阅那本影集，但是这一次，我已经没有耐心看那些照片了，我强行合上了影集，迎向她的眼睛和嘴唇，向她靠近。我这一次有些粗鲁，有些强横，很快就脱掉了她的衣服，和我自己的衣服，而她半推半就，没有真正拒绝我。我们在这一刻，听任黄昏的阳光，在我们的皮肤上铺展，使我们的身体变成了谜一样的金黄色。

这的确是最好的时刻，这一次，我没有再犹豫，就在她那柔软的沙发上，我激情难耐，然后我准备行动了。但是，面对这么鲜美的肉体，我忽然有些不知所措了，不知道从何下手。她微笑了，因为她明白了我的色厉内荏和外强中干，于是，在她的手指和体位的指引下，我俯身过去，勇敢地、丝毫没有受到阻碍地，进入了她的身体。这一天，是在 1989 年春夏之交的一天的黄昏里。

我进入她的身体的瞬间，感到了一种灼热感包围了我的那根生命之柱，她的身体剧烈地颤抖，在激情涌动中，她大声呼喊着一个陌生男人的名字。

第三章

1

只要我一回忆起那一段和黄鹂华的疯狂的日子，那一段温馨而又充满了热烈的情欲的日子，我的眼前就浮现出自己苍白和被情欲控制的脸。同时也浮现出内心中其实充满了生活的暗影、但是却努力地寻找着快乐的黄鹂华，她的美妙的形貌来。

在那一段日子里，我的灵魂与肉体，终于停泊在了一个岸边。这个岸就是黄鹂华。可是，也许这个岸注定是一个沙岸。

确实，我太年轻，有着用不完的激情，那种激情，当然是狂热的青春期的最后分泌物，因为，我很快要走向成年了。这些青春期的分泌物，我要用它不断地涂抹我的青葱岁月，然后，把自己变成成熟的深红色。

我得到了成长的最好的导师，一个女人，一个比我成熟的女人，黄鹂华，音乐般的名字，一个像灿烂地开放着的玫瑰的女人，她的花朵的内部完全地向我敞开。

我有些后怕，有些担心，但是却没有迟疑。

而她，黄鹂华，我后来想，是不是也从我这里找到了自信，找到了慰藉，找到了母性之爱，与女人之爱的奔泻口？她不自私，她把自己的生命朝向一个缺乏爱的滋润的人，一个少年，我，一个更需要从她那里得到成长的证明的人，把她有的，都给我了。我得到了，我确实得到了。

看来，我们在互相印证着体内的青春活力，以对方的身体和内心为图纸，在上面描绘着令人迷茫的风景。

我是如此迷恋她成熟的身体，和热烈的灵魂。现在，对于我来讲，黄鹂华完全是一个引导者，引导着我走向一个我梦寐以求的狂迷境界。

很多时日，我探索过她身体的每一寸地方，我再也没有被阻拦，也没有任何障碍，这是我终于可以放心大胆地面对的唯一的异性的身体，一具鲜活的躯体，这美妙躯体有着浓烈的感情，同时，还有一个沼泽地，成熟得散发着蜗牛般黏稠的气息，使人慵倦，使人迷醉，使人产生梦中之梦的恍惚感。

“哎呀，不管怎么说，你肯定会最终离开我的。”她感叹道。

那是七月初的一天，这一天，我刚考完了那该死的考古学——监考老师一下子抓了八个作弊者，我就兴冲冲地来到她家。她也比往常早回来一些。然后，我们不由分说，就立即拥抱在一起，仿佛属于我们的时间，已经不多了似的，我们要充分地利用好这些时间和激情。

我十分神勇，在她身上充分发泄了自己的热情，她完全瘫软了。当我们身体的波浪停止涌动的时候，从我的身体下面，翻转上来的黄鹂华，突然变得忧伤了，于是她说了这么一句。

“不会的，永远不会的。”我的手停留在她的身上，但是我自己都知道，这也许仅仅是一种安慰罢了。“为什么要这样说？”我还有些自我安慰。

“你们的老师或者同学，不会知道我们的事情吧？”她突然地想起来这个问题，问我。我有些迟疑。

“不会，我没有给任何人说。”我确实没有给任何人说过。要是让那些只是在卧谈会上吹牛的家伙们知道，一定嫉妒死我了。

“如果学校知道了怎么办？”她侧着身子，皮肤上都是闪亮的汗水。她笑着，有些吓唬我的意思。

“按照学校规定，给一个严重的处分，或者再严重一些，就开除了。”我想，我说的是真的。其实我没有根本想这个问题的后果，我只是稍微有些担心而已。

“啊，那学校的规定，太不人道了。”她感叹着，仿佛这全都是别人的错一样，然后调皮地说，握了一下我的那个已经很乖的小棒棒，“我们可要小心一些啊？”

那时候，黄昏谜一样的光芒充满了整个屋子，像一层黄金一样，烙在了我们光裸的身体上。我和她已开始松懈的身体上，凝满了细密的汗珠，在阳光辉映下，反衬出晶亮的光芒，如同露水，铺展在亚当和夏娃的身上。

从卧室边上的镜子中，可以看见，我的骨骼粗大，肌肉结实，在身体的各个部位有棱有角地隆起着。

她同样喜欢我强健的身体，这身体是少年向青年过渡的身体，已经充满了男性的力量，尤其在她和我互相的滋润之后，会更加的成熟。

而她的皮肤看起来，白得有些病态，可能是这里的天气，总是潮湿的原因，所以她皮肤细腻光滑，甚至有时候还很凉爽。

“凉爽是因为我们女人有脂肪，脂肪是冬暖夏凉的。”她解释说。而她那从腰到臀流畅的曲线，起伏很大，大腿向小腿过渡的线痕极其生动地流动着，那种线条美得一直使我感到迷醉与震撼。

我的手喜欢长久地停留在那里，从上到下，渐渐地探索她的整个侧身线条，因为那种曲线和中国瓷器的线条，有着特别一致的美。安静的时候，她的手轻轻抚弄着我的生命之根，并且把身体侧卧，面向着我。这个时候，我们一般都不说话，仿佛有些神游物外，只是用目光在彼此探询与慰藉。

不过，我从她的眼睛里读到了一丝忧虑。“你好像有很多的忧虑。”我说。

“是吗？我自己有时候是会陷入一种迷茫，不知道生活会向哪里流淌，不像你，目标确定，信心十足。”

我没有再说话。这个时候，时间似乎已经停止，或者说，我根本就感觉不到时间的流逝。我把头埋在她的怀里，亲吻着她那深红色翘起的乳头，像是寻找母乳记忆的孩子。她那深红色的乳晕，像水波一样一圈圈地扩展开来。我吸吮着它，感到前所未有的安恬与宁静。

确实，在她身上，我找到了母性，同时也找到了我生命的依恋感。黄鹂华，我轻声念着她的名字，仿佛这名字有着溪流一样纯美的性质，我把头贴在她沟壑一般幽深和柔软的胸部，那里是我希望一直停留的地方。

有时候，我的手也探索她那向我敞开的隐秘地带，那里一片嘈杂，毛发丛生，同时散发着沼泽地的热气，与诱惑的危险气息。和她缱绻在一起，我问自己，这就是我停泊的地方吗？

我是一直在寻找自己的成长之路，最终，我却因为遇见她而加速成熟。是她带给了我一条通往成年的捷径。这个捷径多少是危险的，充满了火焰的，但是又是可遇不可求的，无法躲避的。

“我已经老了。而你，还年轻。我们是不一样的。”她再次感叹。

我明白她说我肯定会离开她的那句话的含义。毕竟，她已经快三十岁了，韶华易逝，这句话，她自己的感受一定最为深刻。

有一次她抓起我的手，放在自己的腹部：“你看看，我已经老了，真的老了。我这里的皮肤开始松弛了。”

“没有的，你根本就不老，它还会孕育新的生命呢。你为什么不要孩子？”我有些诧异。

“我回答不了你的这个问题。”她想着心事，“可能，我本来就不会生育吧。这也许是我丈夫离开我的原因。”

我安慰地抚摩她，使她发出了一种惬意的呻吟。

我们每次狂暴抑或安宁地做爱，都是在黄昏的光芒舔进来的时刻。这个时候最为安闲，有足够的时间供我们使用。在我们达到激情的高点的时候，黄鹂华那颤抖的呻吟里，我听出了一个女人内心寂寞的心声，我猛地贴近她，摩擦与攻击她的身体外部和内部，像是蒸汽机车的行进。这种运动如果没有内心的体验，是非常无聊和机械的。现在，我可以把她当作一匹好马，而我则是优秀的骑手。

在她身上，我证明了自己作为一个男人的全部优势。许多次，她爱惜地抚弄着我说："男人真神气！男人，这真是一件神奇的东西。"她说这话的时候，头发披散下来，两只眼睛多少有些空空洞洞。

"我老了。女人一过三十就显得老了。你才十九岁，强壮得像一条小公牛。你迟早会离开我的。"

她重复了她说过的话，而我这个时候，只能回报给她一个长长的，长长的吻。从额头到她玉石一样的脚趾。她的身体犹如一架美丽的钢琴，我把这架钢琴细心擦拭，我温柔地弹响它。

确实，我理解她的恐惧与忧伤，我们不过是偶然在人生之路上碰到的两条小船。在一段时间里，我们会互相需要，而不久，生活的大海上的风暴，肯定会叫我们自动分离。我想，我们彼此付出抑或得到了什么，这本身已经不重要了，重要的在于，我们曾经相遇了。通过她，我找到了一个栖居地，证明了自己已经过渡为一个成熟男人。而她，则通过我证明了自己魅力犹存，证明了自己可以解放自己。这可能与道德无关，与通奸无关。这只是生命的一种风景，情欲的一种真实的渴求。

就是在这年的春夏之交，发生在北京的那场政治风波，影响了我们很多人的日常生活。我无法详细描绘那些日子的激动与焦躁，狂乱与迷离。

当它平息下来之后，我也从外地回到了学校，发现学校里面已经没有多少人了，他们大都提前回家了。

我的同学杨峰还在学校。按说这个时间很快就要到暑期了。可是，听说一些铁路线很不安全，于是我决定留在学校。经杨峰介绍，我可以到长江对岸的汉口去打工，那里有一家海关下属的公司，希望找到一些可靠的大学生打短工，一个月可以赚五百元。这个工作我完全可以糊弄过去，于是我答应了。

我花了一点时间整理好东西,就来到了黄鹂华那幢红砖阁楼,等她回来,准备短暂地分离。

五点三十分，她准时回来了。在阁楼的阳台上看去，她仍旧是出众的，一袭洁白的衣裙，白色的凉鞋，戴一副墨镜，一副职业女性的气质。

一进屋子，我迎上去，用力抱住她，“我看你往哪里跑。”

“到底谁想跑啊？”在她的咯咯娇笑中，我把她扔到那张贮满了情欲的风暴的床上，互相解除对方的武装。我充满激情地俯身进入她，我带着她的快意的呻吟，向一个又一个感觉的高潮攀缘而去。

我们松懈下来的时候，忽然，我抬头看见了那幅《访问》，那幅画，上面的少年，正在造访一个成年的裸体女人。不成熟的男孩子啊，对政治社会和成熟女人的访问，都将是失败的吗？我有些难过，突然地哭了。

她不知道发生了什么，但是立即，她明白这和刚刚过去的全社会的骚乱有关系，“不要哭，告诉你，政治是一柄双刃剑，你不应该去参与的。”

“我是一个大学生，我——”我哭了，不知道如何说下去。

“年轻人往往容易在这个时候，被政治的利刃所割伤。你现在应该逃开这些，算了，不要去想了。来吧。”她向我伸出了胳膊。

这年春夏之交的那场全社会的大震荡刚刚过去，我像一个茫然的孩子那样逃向她的怀抱里时，我确实把她当成了我的堡垒和栖息地。

“现在，我有些冷。”我确实觉得身体十分寒冷，可能，我感冒了。

她很温存，“不要紧，有我哪。而且，还有药。”

我们再次激情迸发。

结束之后，她用她那薄而温软的嘴唇亲吻着我。我告诉她，“明天我要走了，去汉口打工，因为要早起晚归，所以我不回学校了。”

“好哇，尝试一下劳动的滋味，是个好事情。需要干多长时间？”

“就是一个月的时间。”我忽然觉得假如一段时间看不见她，可能，检验我们情感的时候到了。

黄鹂华幽幽地看着我，用手抚摸着我的胸大肌。“我们要分开了是不是？不知道，我们谁先离开谁。”

这一刻，一阵恼火、烦躁和焦虑涌上心头。我说，“我们只是短暂地分开，我要去打工挣钱的。”我一抬头，正与她那情绪低落的目光相对。

“我不想让你走，你打工，一个月挣多少钱？”

“五百元，不少了，我需要这笔钱。”

“那我给你吧。你别去了。”

我觉得这不行，“那样我成什么了？一个男妓？”

“什么话！你不能这样说我。”她生气了，“你不能这么说我，我只是需要看见你，需要你在我身边。”

这个时候，我忽然觉得，女人是危险的，也是无助的，她们是如此需要男人，甚至有占有男人的企图，一旦你陷身于女人的陷阱中，你就跑不了了。那么，她是不是产生了要占有我的念头？我们的一切，向纵深发展，会走到哪一步？

“短暂告别是为了更好的相聚。”我说。

“你走吧，我再也不愿意看到你了！”她生气了。她哭了，不知道是赌气，还是顾影自怜。

我从来没有看见她哭过，我被惊出了一身冷汗。“别哭了，别哭了。”我有一些心乱如麻，我急忙穿好衣服。在这个过程中，黄鹂华不哭了，但是仍旧像横卧的金钱豹一样，盯视着我。

我准备走了，在门口的时候，我听见她喊，“你要是真的一个月不见我，你可能就再也见不到我了。”

我回过头，听她这么说，我猛然间感到恐惧，我不愿意失去她，我会很痛苦的。这个时候，我的视觉幻化了，看见她变成了一只巨大的蜘蛛，正在织一张大网，向我网来——我大叫了一声，慌忙地逃出了她那充满了黄昏的谜一样阳光的屋子，跑下了楼梯，与一楼那个戴眼镜的（是不是经常听到我们狂热的做爱的声音，一直在窥视我们？）房客撞了个满怀，我道歉之后，头也不回地跑了出去。

当天晚上，我就乘坐长途公共汽车来到了汉口，我打工的地方在汉口的边缘，靠近机场的地方。我的工作确实很忙，因为距离遥远，也很难回去。

我觉得现在我需要和她有一点距离，来重新思考和她的激情生活的性质和前途。

2

整整一个月，我似乎忘记了一切。我像疯子一样在那个把我当作劳力看待的公司打工，在海关干装卸工、包装工、工地夜间看守、押运货物的保镖等。这些工作带给我一些全新的体验，这使我觉得很有意思。

这里靠近另外的一条江，汉江。汉江最后也汇入了长江。这里的景象完全和优美的学校风景完全不同，有很多从河南来的人，搭建了很多简易的大棚子，就那么卑微而快活地生活着。每天都有一些着装破烂的人在大街上穿行，人们的生活普遍比较贫困，但这些并没有挂在人们的脸上，他们整天仍为钱奔忙。

似乎生意很难做，这里很多人都是坑蒙拐骗，做假货。也难怪，当时很难有靠正路很快积累百万以上的财富的。

这个时候正是这里一年之中最炎热的时候，所以天气非常闷热，而江水发臭的腥气也到处弥漫。

我学会了打工，学会了靠力气挣钱。这样，一直到一个月以后，我终于拿到了这一个月挣来的五百元钱。

这一天，突然来了大风和暴风雨，天色特别阴郁，一道道闪电在空中掠过，我当时因为结束了打工生活，心情很好，正在一家游泳馆里游泳，忽然看见游泳馆的天花板上，一些巨大的顶棚玻璃掉了下来，砸伤了一些人，“来大风了！”人们惊呼着，觉得大难临头了。一些人慌忙地往更衣室里跑，只有我一个人泰然自若地坐在游泳池边上，看着人们慌乱的样子，直想笑。

这个时候，一个身着蓝红条纹相间的女孩子，在奔跑的时候，突然在我跟前滑倒，我出于本能，快步走过去把她扶起来，倏然间看见了她那浅浅的乳沟。这立即我想起了一个人，那个人就是黄鹂华，迷人的风情万种的黄鹂华，那个唤起我生命只之火的女人。我的秘密的成熟的花蕊。我在这里一个月，在男人的世界里和汗水的世界里浸泡，忘记了女人的身体，确实已经将她给放在脑后了。

当天夜里，在公司的临时宿舍里，听着外面的暴雨击打着屋顶，发出了剧烈的、密集的声响，我十分焦躁，一整夜都陷入奇异的怪梦之中。在这个幻觉中，黄鹂华一个人躺在那张床上，她割开了自己手腕子上的血管，她的血流了一地，但是，她却朝我笑着，笑得十分的诡异与幽深。

早上醒来的时候，对着洗手间的镜子，我发现自己的眼睛里布满了血丝，嘴唇上也起了一串小泡，眼里燃烧着可怕的火焰。我立即坐上了长途汽车，向市区驶去。我太想念她了，我冷落了一个温馨的梦，现在，我要赶紧找回她。

在那张弹性很好的床上，我充分地发泄了自己积蓄了很久的激情，我像一匹野马，整整一个下午都没有停下来。

"你真行，你变得更加强壮了。"黄鹂华快活地赞叹着说。她大汗淋漓，她的娇喘声，仿佛是从水底下发出的声音，在我听来都不太真实了。

结束身体与欲望的饕餮大餐之后，我疲惫地躺在床上，我仰面朝天，觉得自己都有一些虚脱了。窗外，一丝微白的熹光渗进了屋子，我起身要去拉窗帘的时候，黄鹂华制止了我说："别动它。"

我又躺回她身边，她轻轻抚摸着我那经过劳动锻炼的肌体："我还以为你把我忘了，永远也不会再回来了。"

"你为什么总是这样说？"

"因为我们本来就不可能永远在一起，因为，因为我们正在漂移。"

"但是我们是一起漂移的。"

"风浪来了，就不一样了。"她幽幽地说。

“没有什么不一样的。”我不以为然地说。

我发觉自己的记忆突然复活了。也许是生活中的一种麻木，使我的记忆渐渐钝化，但是有些记忆，仍旧会栩栩如生。

现在，我想起来了许多我经历的事件，那西北天山脚下的城市与季节河，那死伤枕藉的青春之路，一些人的脸倏然间浮现，然后又猛然消失，包括醉酒冻死在外的父亲，我那在俄国大地上遭车祸而丧生的初恋对象克秀塔，我已经把你放在脑后很久了。还有注定将要在精神病院过一辈子的宁小星，以及不知道已经到了哪里的邓丽娜，和很多同学们。此外，还有我生活过的天山脚下的那座小城，以及那条在夏季才流淌着殷红的、血一样的河水的季节河。

只有当我在喧嚣的尘世中，脱身遁入黑夜，在我那纷乱的睡梦中，这一切才会作为一些影子，一些事件发生的背景那样出现。我几乎没有同中学的老朋友联系，因为我不太情愿回到过去，同时，生活的洪流，已经完全淹没和把我们推远了，在这种意义上说，人，永远是孤独的个体生命，需要自己承担自己全部的命运。

我也只能瞻望未来，而我，又能到哪里去呢？

“你会把我忘掉的。”斜躺在晨光中的一片暗影之中，她总是这样说。不过，这次这么说，她已经很平静了。难道，她就不会忘记我吗？

“我为什么会忘记你？”我不明白她的意思。“我不会忘记你。你已经是我成长的生命的一部分，不会忘记的。”

“那是因为，和你在一起，我总是觉得我变老了，我就有一种失落和感伤。你太年轻了。”

“你的心态需要调整。可是，我也在走向成年啊。”

的确，岁月使许多人的人生轨迹发生交叉，而后，注定又向各自的固定方向而去，这种结局无法避免。可现在，我们能拒绝生活给我们的馈赠吗？我们能够拒绝生活带给我们的激情吗？毕竟，我早就说过，生活是一场永不停留的宴会，有人离开，就有人迅速地加入进来。

从外面回来，重新见到黄鹂华以后，我的生活又重新恢复了那种激情与狂热。离开学还有半个月，但是所有的室友在五月底的时候，已经早早回家了，因为这是一个混乱的年份，有着混乱的年轻人无法理解和把握的时机。

学校宿舍是空的，还没有一个人回来，宿舍只有我一个人住在那里。因而，每周有几天，我都可以毫无顾忌地在她家里过夜，或者整天地待在那里。她也尽量地早一点下班，然后，当门关上了，窗帘拉上了，我们就在这种似乎使时间停滞的空间中，彼此拥抱，与彼此深入。

那一对因为住房没有解决而租住在隔壁的年轻夫妇，渐渐察觉出了什么。有一天，在公共厕所的小便池边，我和那个戴眼镜的工程师碰见了。我们彼此微笑着，但是似乎都有些紧张，工程师那隐藏在眼镜片后面的眼睛，微妙地闪烁了一会儿，说：“喂，哥们儿，有句话我不知该不该讲——我总觉得你这样下去就毁了。”

“什么意思？我听不明白，愿意讨教。”我大大咧咧地抖搂着没有弄干净的小便。这个家伙是不是嫉妒我啊？

“她是一个成熟的女人，比你大，会毁了你的。我听说，她丈夫并不是去偷渡了，而是被她杀了。他的尸体就埋在她家的院子里。”

“胡说八道的。”我有些生气了。

“不相信我就算了，告诉你，她可是白骨精那样的女人，是专门吸男人精髓的，你可要当心啊。”说完，他提起了裤子，一摇一晃地走了。

这话对我多少有触动，从这一天，我开始反思我和黄鹂华之间的关系了，我首先翻的是《学生守则》。守则上明确说明了，学生发生此类似事件的严重性，也就是，不许有在校期间的性行为，否则我会被开除，或者记大过的。不过，我愤愤地想，处在我们这个年龄段的青年人，精力旺盛，无处释放是非常可怕的，总不至于成为一个强奸犯吧。自己十九年来，好像一直都在寻找一个出口，我似乎找到了，黄鹂华，一个令人无比欣悦的音乐般的名字，黄鹂华，你说，我该怎么办？

但我还是感到了后怕，道德上的自我审视越来越严厉，生命的激情促使我做了违背常规的事情，我是在和一个少妇在一起，这个少妇被描述成一个杀了自己丈夫的女人，一个性感的白骨精。我犹豫了，我担心了，我有一些害怕为这种激情而牺牲自己。不不，自己得逃跑！

接下来的一段时间，我变得内向了。我想和她拉开距离，但是到了黄昏降临的时候，我不自觉就来到了她那里。就像是那幅德尔沃的《访问》一样。

我后来自己创造了一幅我自己的《访问》，画面上，我是那个裸体少年，而那个像美丽的维纳斯雕像一样女人，则是黄鹂华。然后，在经得了她的赞许和同意，她把它挂在了卧室的正中，替代了原来的《访问》。

我不希望她在我的面前，再提自己丈夫过去的事情，叫她把与她丈夫有关的东西，都锁进抽屉和柜子。

而且，她真的杀了她的丈夫吗？这是一个疑问，总是在我的梦中出现，我到后来总是被手拿一把尖刀的黄鹂华所追杀。我确实怀疑，她是不是真的杀了自己的丈夫。

有一天，我憋了好久，终于对她讲了那个工程师对她的说法，她笑了，“杀了自己的丈夫？我可没有这么大的胆子，要是不相信，你去院子里挖挖看吧。不过，要说我是一个白骨精，那倒是有一些像呢。我给你一把铁锹，你去院子里挖尸体去吧。”说完，她哈哈大笑，觉得我很好玩，旋即，目光幽幽地逼了过来，要吸食我的精髓了。

我真的拿了铁锹到院子里挖了几下，花圃下面的确什么也没有。我只挖出了一些蚯蚓，和一些蠕动的蜗牛。

不久，秋季学期开学了，学校立刻又恢复了热闹景象，那些躲开了这年的时代风暴的家伙都回来了。接下来学校开始整顿学风，开始安排很多政治学习。

我突然觉得很厌烦，我厌烦很多人的面孔，一些人变得虚伪，一些人显得更加猥琐。我如同鱼汛旺季中的一条鱼，重新又在校园里晃动起来。

3

这学期一开学，就发生了一件叫我们十分震撼的事。九月的天空灰白一片，温煦的风猛烈地吹着，桂花的香气再次飘荡，使我觉得嗓子很痒，老想打喷嚏。学生生活立即再次进入既定轨道，而散发着青铜气息的历史系学生，也在那些白头发老师的带领下，继续进入不同的时空，去咀嚼阴暗与血腥的历史。面对那些由死人构成的历史，那学习的过程，仿佛是我们每一个人都像是奔赴刑场的看客，观看历史本身这个刽子手的表演，我们自己的表情却是镇定而麻木的。

一天早晨，天才刚蒙蒙亮，准备早起锻炼的段海涛，把脑袋伸出窗台，拿晾在窗户外面的球鞋，在鱼肚白的天色中，他突然像发现了什么似的大叫着："喂，兄弟们，快醒醒！怎么下面有一个人躺着？有人跳楼了，有人死了！"

室友们从朦胧中惊醒，我也醒了，"真的假的？"我们的几颗脑袋都赶紧从窗台上伸了出去，看见有一个人，以扭曲的姿势，躺在楼下的地面上一动不动。

"确实是有人跳楼自杀！"杨峰说。大家觉得很不对劲，连忙查人，发现屋子里的确少了一个人：齐一川。我赶紧摸了一下他的被窝，发现他的被窝是冷的，这说明，他早就从窗户上跳了下去。

我们赶紧起来跑到了楼下，经过亲眼证实，那个死人果然是齐一川，现在，他那瘦瘦的像火柴棍一样的身体，扭曲地摊在硬实的地面上，脑袋枕在一块石头上，流出了一些乳黄色的黏液。他脸上还挂着一丝残忍的微笑，几颗咀嚼艰难生活的牙齿向外展露着，眼睛微睁，头发凌乱。他那凝固的残忍微笑，深深印进了我的脑子，这种笑是那种扮演撕碎了生活最坚硬的部分的人，才具有的。我真是不敢相信，人们都傻了。

其实，在这所大学里，每一个学期平均下来，都有一个人自杀。后来我才知道，自杀也是人的一种本能，从古代到今天，自杀从来也没有停止过。而大学校园中，总是有无法翻越青春的山坡，无法解决内心的困境的人，要选择自杀。同时，我觉得，好像要完成这个学期的指标似的，齐一川完成了他的自杀。

关于他自杀的原因，一直是众说纷纭，比较流行的说法是，他练气功走火入魔了，然后就自杀了。他留下来的日记，也没有直接地提到自杀的原因，但是因为每一个学期，都有人自杀的规律，显然影响了齐一川，在他的日记中，他总是恐惧他会成为下一个自杀的人，结果，他果然成为这样的人。

不过，由于我常看见齐一川和经济学院的一个男生在一起，甚至那次隐约看见他们躲在暗处接吻，这个印象使我觉得，齐一川的死，也许与他是一个可能的同性恋有关——他无法面对自己的性取向，或者，是自己无法得到喜欢的恋人的爱，结果就选择了这样的结局？

我把这个事情告诉了黄鹂华，她并不惊讶，“自杀者有选择自杀的权力。再说，你的这个同学很可能就是同性恋。”

“但是这仍旧是不人道的。自杀是不负责的。我们知道了就会制止。”我有些生气她的一种泰然的态度。

“你根本没有义务和权力，去阻止自杀者。”她很严肃地和我争论着，“那是人家自己的选择。人有权选择自己生命存在和结束的方式。”

“是，”我承认，“说实话，要是一个人想死，谁都拦不住的。”我忽然有些担心，“你这么说，不会有什么绝望的想法吧？”

她笑了，“我？你看我像是要自杀的人吗？”

接下来的许多天，死亡的阴影，一直笼罩在我们每个室友的头顶，人人都好像患了一种叫“妄想自杀症”的病症。比如，每当我们站在高处向下看的时候，都在想象中经历了由半空跌落，粉身而死的过程，像是齐一川一样，内心立即感受到了莫大的刺激。宿舍里面的几个人，都更加忧心忡忡，觉得这个学期开学之后，一定有什么大事情发生。杨峰抠墙皮和廖亦文躲在蚊帐里吃东西的声音，也忽然消失了。有一天，段海涛脸色苍白地告诉我，说他只要把脑袋伸出窗台，就想跳下去。他说他感到一种悬空感，在高处，除了跳下去，自己简直别无选择。实际上，室友们都有这种感觉。这是一种强烈的心理暗示，使我们心慌。

齐一川是从江苏苏北一个小县的乡村考来的，家里人大概是为了省路费或是路上耽误了，一直都没见人来，只是打来电话，希望把骨灰送回去，于是，历史系派人，到火葬场先把齐一川火化了，然后派我和杨峰，护送骨灰盒和一笔抚恤金到他老家。

这是一个可以暂时摆脱学校上课的机会，我很高兴，还向黄鹂华告别，“一个星期之后，我就回来了。”但是，那天我觉得黄鹂华看我的目光，哪个地方有一些不对劲。

“路上注意安全。”她叮嘱到，“外面很乱的。”

“放心吧，我的鹂姐姐。”我亲吻了她。

她的目光中有着一种忧伤，“你——要多保重！”

我看着她，觉得多少有些不对劲，但是，我还是走了。离开了她家的那个小楼，和橘黄色的黄昏。

我和杨峰一起坐上火车又换汽车，有一段路程，还改坐了三轮农用车，最后在泥路上步行了一段路，花了两天的时间，终于抵达了山村中的齐一川的家。

在他家里，我们得知齐一川是他们家族几辈子出来的唯一一个大学生。

杨峰很生气，“这么一个家庭，好不容易出来他一个大学生，全家族的希望都在他的身上，他怎么能自杀呢？”

他家里只有几间草房，父亲老了，佝偻着腰，把那笔不菲的抚恤金点了一遍，微微地点了一下头，“谢谢学校，谢谢你们。”脸上浮着一层苍黄之气。

在他背后，跟着三个有些痴呆的姑娘——她们都是齐一川的姐姐，弱智人。一些猪在堂屋的八仙桌下钻来钻去，一只公鸡呼地跳上桌子拉屎。我们只在他家待了半个小时，就仓皇而去了，他娘号啕大哭的声音一直伴我们上了三轮车。

我们寝室永远地失去了一个注定会被我们淡忘的伙伴。

我和杨峰回到校园已经是 7 天之后了。离校这几天，我比往常更加倍地渴望见到黄鹂华，以她的身体与语言温暖过我，引我走出可怕的青春期的躁乱的女人。黄鹂华，美丽、丰满、温慈的少妇，我人生中的小姐姐，现在，我需要在她成熟的怀抱中，排遣对死亡的感伤，得到安慰。

于是，刚刚抵达学校，安顿好了自己的一些杂事，在梦幻一样的黄昏降临的时刻，我骑着车子朝黄鹂华家而去。

远远地，我就看见了那幢红砖小楼，我的心莫名其妙地狂跳着，我忽然觉得，她已经不在那里了。我不知道这个感觉从何而来。夕阳光十分温厚，颜色呈现出一种深红色，在窗玻璃上映现出千百种灵动的瞬间变化。

我像过去一样，按了一下门铃。我感到黄昏的阳光在这一刹那穿透了我的身体。真是橘黄色的黄昏，我想。

这时候门开了，从走出一个胖胖的中年妇女：“你找谁呀？”

我愣了一下，十分惊愕，怀疑自己敲错了门，我说：“黄鹂华在吗？”

“噢，你问先前的住户啊，她三天前把这房子卖了，卖给我们了，听说到海南岛去了。你——你是她家请的家教吧？是小杜吗？”

我点了点头，她放心了，“这有一封信，是她留给你的。”说到这，中年妇女拍拍手中的面粉，转身进屋拿信去了。

我无法描述我刚听到这些话的感觉。我的喉咙干渴，血液上涌，我深深地凝望了一眼黄昏里即将沉没的太阳，最后的黄昏里的太阳。此刻，我心中的群鸟腾空而起，大片大片地掠过。

我明白了，她没有向我当面告别，她害怕分离，害怕面对我，选择了不辞而别，选择了淡然的离去，她自己主动地选择了一种逃离。

中年妇女再次走出屋子，手里拿着一封粉红色的信笺。“给你，就是这个，要不进来坐坐？”

我接过了信件，忽然想起来了什么，就是我自己画的那幅《访问》，我问她：“不了。对了，我记得在卧室的墙上有一幅画，还在吗？”

“就是上面有一个裸体男孩的那幅画？在的，我已经把它摘下来了，你等着，我给你去拿。”

在她转身去取那幅我的《访问》的时候，我才感到了难受，我的喉咙干涩，手心里溢出了汗，湿漉漉的。

很快，她又把那幅《访问》给我了。这幅画现在对我有着特殊的意义。

我谢了她，转身离开了，骑着车子胡乱地走着，一直到了一个僻静的地方，坐下来想很长的时间，把我的《访问》点着了，看着火舌吞没了画布，画面上的我和黄鹂华消失在了一片虚空中，最后，我拆开了那封信。

信上的内容很简单，黄鹂华说，她的丈夫从香港又到了海南岛，他和她联系上了，要她过去，那边现在有成千上万的人去寻找发财的机会，她的丈夫开了一家房地产公司，需要她去帮忙。

看来，黄鹂华去海南并不是为了躲我，而是寻找和巩固她自己已经建立的生活。她到达了一个美丽的地方了，海南岛。过去，她曾多次向我提起海南，她喜欢那里的风光，喜欢在小岛上生活。

她确实是投奔自己的丈夫去了。我想，可能，最终一个女人总会守住一个男人，而男人也一样。我和她曾经相遇，曾经相遇。

在离开那幢曾让我激动无比的、留下了我很多生活回忆的红砖小楼之前，我再次用眼睛捕捉到了这个橘黄色的黄昏。

是的，这一个黄昏，将作为我生命中重要的记忆，不断地在我的回忆中闪现，烛照我脚下的路。

太阳渐渐沉没了。

我撕碎了信件，我把一手的碎纸在微风中撒开来。我看见碎纸片迎风招展，像白蝴蝶一样，在风中轻轻地飞舞与飘散。

而我的整个 20 世纪 80 年代，也就这样和碎纸一起随风飘散了。